張廉
插畫／Ai×Kira
U0025783
凰的男臣
6
凰的夫王
Kadokawa Fantastic Novels DX

凰的男臣

目錄

第一章 女皇被催婚

清新明麗的春日籠罩在這片櫻花林上，給每一片櫻花的花瓣染上一層淡淡的金色，風過之時，花瓣漫天飛舞在碧藍天空下，與彩蝶一起追逐嬉戲。

幽幽的春風帶來縷縷的花香，和我面前的茶香恰到好處地融合在一起。華美的帳篷架在這紛飛的花瓣飄雪之中，足不出戶也有野營的樂趣。

案几上是我愛吃的瓜果糕點，一旁是高高的奏摺和玉璽。

我懶洋洋躺在案几後面，做女皇，好無聊……

每天上朝，然後是批不完的奏摺，從早……到晚……每一天都在重複、重複、重複……

所以我才不想做這女皇。歲月年華全都獻給了一堆奏摺，無法好好享受自己的人生。

「女皇陛下。」懷幽輕輕入帳，跪坐我的身旁。「白侍官把人帶來了。」

宮人們一直奇怪為何大侍官不是懷幽，而是白殤秋。

有些人明白其中的奧妙，不過他們想太多了，比如……認為懷幽是我的男人。

我也有自己的私心，懷幽……我捨不得。

我懶懶起身，看到懷幽的頭上灑滿片片花瓣，我笑了，伸手朝他探去。他身體微微一怔，臉默默垂下。我一片一片拾去他頭上花瓣，揚唇而笑，乘機打趣。

「小幽幽為何現在不與我親近了？莫非擔心別人誤會你與我關係匪淺？這又有何關係，你本是我男人。」

懷幽身體立時一緊，長髮下的面容繃緊之時，卻已經紅得似血。

「女皇陛下，請不要打趣懷幽，白殤秋他們將至，女皇陛下莫讓臣子們誤會。」

「誤會什麼？誤會我好色？」我伸手去捏懷幽的臉，懷幽忽然後退，別過悶悶的臉。

「女皇陛下！」

我單手托腮：「小幽幽生氣了？誤會我好色又有什麼關係？我自去年下山就一直色名遠播……」

「心玉！」忽的，懷幽竟是著急地喚我一聲。我微微一怔，看著他認真之中帶一絲怒意的臉。他為什麼突然生氣了？難道因為我不正經？

帳外白殤秋一行人匆匆前來，懷幽眼神閃爍了一下，抿唇頷首退到帳篷的一邊，與我保持君臣的距離。他雖然還是我的御前，但是……自從回來後，他離我的距離……越來越遠……

每天晚上，他會為我鋪完床，看我入睡後才熄燈離開。每天早上，他會在我醒前入內，輕輕喚醒我，然後吩咐桃香她們服侍我更衣。他依然在我的身邊，可是……不知為何，感覺我們之間的距離，卻比之前還要疏遠……

白殤秋今天帶來的是各司局的主事和司長。宮內足足清理了一個月餘才算清理乾淨，更別說外出出差的子律他們。我不擔心子律和玉明，倒是有點擔心瑾崋和凝霜。

之前他們在我後宮的事，多多少少會影響他們。雖然朝臣知道，當初一切只是演戲。但是，後宮緋聞一直是百姓茶餘飯後津津樂道之事，所以，瑾崋和凝霜還有懷幽，其實已經與我撇不清干係，洗不淨清白了。

瑾崋和凝霜，又該怎麼辦？

「女皇陛下？」忽地，懷幽輕輕喚我，我回過神，發現白殤秋和各司局的主事已跪在案前，似是候了很久。

「對不起，我走神了。」我抱歉看他們。

未曾見過我的各司局主事立時面露驚慌，匆匆趴伏：「奴才惶恐。」

對啊，女皇是不能跟奴才道歉的。

「別那麼緊張，今日叫你們前來，是想問你們可還想留在宮中？」

立時，眾人又是面露惶恐之色：「女皇陛下，奴才們願留在宮中！」

我笑了，看著面前的大叔、大嬸，甚至是大爺。

「你們是宮中最好的針線師、製衣師、製鞋師、首飾工匠，我覺得，你們這麼好的技藝，只有我一人享用實在可惜，而且，你們日後的日子也沒有保障。所以，我想給你們一筆錢，再讓你們在喜歡的城鎮裡開一家店，讓你們的手藝可以流傳下去，也可以讓你們的設計在百姓之間流傳起來。」

巫月是女兒國，女人喜歡美麗，而且女人喜歡花錢，這樣可以使巫月的錢幣迅速流通起來，讓財之水奔流不息，帶來意想不到的發展速度。

眾人在我的話中一驚，但是臉上已露出心動之色。可是，他們還在害怕，怕自己做錯了什麼，要被我逐出皇宮。

我繼續道：「你們每個人會獲得我御賜的牌匾，以及一塊『皇家御造』的金牌，以證明你們曾是宮廷御造師的身分。」

當我這句話尚未說完時，他們已經大大吃驚地偷偷看向彼此，面露興奮之色。「皇家御造」是一個無上的榮譽，這證明他們曾為女皇效力。如此一塊金牌已經足以吸引百姓源源不斷登門造訪，誰不想穿穿女皇穿過的款式？

「你們給我做過的衣服、鞋子、首飾、絹帕等款式，都可為百姓製作。」我再次補充。

「這、這這這真的可以嗎？」有人緊張地問。其他人的目光也是惶惶不安。

我微笑點頭：「你們回去和家人好好商量一下吧，或許你們是全巫月最精良的技師，但未必會做生意，別出去砸了我這皇家御造的招牌。」

眾人面露喜色，激動得無法言語。

「可是、可是女皇陛下，若我們走了，誰來幫您製衣做鞋呢？」有人擔心地看我。

「我有需要，自會下旨。到時皇旨到你們店門之前，還可為你們招攬生意。」我笑道。

而且，我還能省去宮內一筆開銷，可謂是雙雙獲益，利己利人。

眾人在我的話中連連點頭。看得出他們很高興，這無疑解決了他們傳宗接代的問題。

「如此一來，你們的手藝不會浪費在這後宮裡，造福百姓。」

「奴才領旨！」眾人欣喜謝恩：「女皇陛下萬歲萬歲萬萬歲——」

見他們欣喜而去，我伸個懶腰。

「啊～～終於又解決了一件事。」很多事開始慢慢收尾，所以事情變得越來越瑣碎。

我笑看白殤秋，向他招手：「來來來，陪我喝茶賞賞春景。」

白殤秋微笑抬眸，卻是看到了什麼又匆匆低下臉，唇角帶出淡淡的微笑，那抹微笑，意味深長。

我微微挑眉，他似乎是看往懷幽的方向。

我起身，懷幽立時也要起身，我伸手按住了他的肩膀：「待著。」

他一愣，我看向白殤秋：「殤秋，走，陪我賞花去。」

白殤秋垂臉微微一笑，似是調笑般看了懷幽一眼，搖頭起身：「是。」

白殤秋垂首走在我身前，伸手為我擋住帳篷頂邊，我微微彎腰走出，伸個大大的懶腰，揚唇一笑：「懷幽，我沒回來之前，你不許離開。」

「是。」身後響起懷幽沉悶的回應。

和白殤秋走在繁華似錦的御花園中，百花爭豔，芳香迷人。

他站於明媚春光之下，一身淡雅的鵝黃官服在百花之中如同那淡淡的含笑花。

「為何笑懷幽？」我問他。

「懷御前……不夠坦然。」他笑語。

「哦？怎麼個不坦然？」

他又笑了，雙眼皮的美眸因他的君子之氣越發清新迷人。

「懷御前對女皇明明深愛不已，卻又刻意遠離，但看到女皇與我等相處，又心懷氣悶。女皇陛下，您說，他是不是不夠坦然，獨自吃醋生悶氣？」

「哈哈哈——」我大笑起來，心中卻又浮起絲絲哀愁，笑容在花香之中漸漸淡去。春風揚起我臉邊髮絲，我凝望百花叢中那一朵白色牡丹，雍容華貴之中多一分妖嬈，妖嬈之中又多一分清麗，獨立百花之間，卻分外高挑，冷傲俯視群花，不屑天下。在風中輕輕搖曳，如泗海的雪髮在幽幽飛揚。

我不由輕嘆：「他是不想為難我啊……他知道我對他有愧，我對他有愧啊……」

白殤秋在我的嘆息中變得沉默，立在一旁靜靜看我。他不知道我和懷幽之間發生了什麼，但是，身處後宮的他，和懷幽一樣善解人意。

一隻黑色的蝴蝶輕輕落在了我右側的肩膀上，我側臉看去，漆黑的黑色上卻是鮮紅的斑點，如他黑袍中那一抹豔紅，讓人無法忘懷。

「女皇陛下，奴才有一事不知當不當講。」他顯得欲言又止，眼神閃爍。

看他神情忽然嚴肅，我感覺到此事非同小可。

「說。」

他微微蹙眉，俯臉到我耳邊，當他的低語出口之時，我大吃一驚：「竟有此事！何時開始？」

他退回身形，目露凝重：「從囚禁第二日開始。」

我吃驚地倒吸一口冷氣：「懷幽為何不告訴我？」

他認真說道：「起先他不知，後來我告訴了他，但是……他似乎並不想讓女皇陛下分心，所以讓我不要上報。然而，此事畢竟影響深遠，奴才還是想稟告女皇陛下一聲。」

我不由蹙眉：「宮中竟有此事！你告訴我是對的。這種事若是流傳出去，百姓如何信任我們皇族？帶我去！」

「這……」

「這什麼這，我要去看看到底有多嚴重！」

告訴我。

泗海，原來這就是你說的，讓她生不如死！你真的太狠了。

懷幽不告訴我，到底是不忍心？還是不想讓她再出現我的面前，讓我煩心？但是這件事，真的該告訴我。

白殤秋多少面帶憂慮，他大概是在顧慮懷幽知道他「告密」後會怎樣。

我看他一會兒，說：「你走吧，今日是我自己想去禁宮看看。」

白殤秋面露輕鬆，立刻離開。

那個地方，在一個月前我離開後，未再踏足，今日白殤秋告訴我的事，竟是那麼的讓人吃驚。

我獨自到了囚禁巫溪雪的那座冷院，院門前是嚴密守衛的侍衛。

我也准許月傾城照顧她，是因為我虧欠月傾城一份人情。

他在大庭廣眾之下，出言助我，背叛自己心愛女人，雖是為自己家族復仇，但那打斷巫溪雪質問我對泗海感情的舉動，是真真實實地在助我。

可是，我卻沒想到，他會助她如此。

白殤秋告訴我，巫溪雪在吸食——狐仙散。

狐仙散曾是孤煌少司控制朝中官員以及斂財的利器！他用毒品滲透巫月上層，將一些左右搖擺的官員徹底拉下了水。

好在狐仙散屬於上流貴族享用的奢侈品。在孤煌少司的眼裡，狐仙散應該是高級仙藥呢！而普通百姓，不配享受那神仙般逍遙的快活。算是挽救了巫月蒼生。

我緩緩進入陰暗的院子，即使春暖花開也曬不到半點陽光，感受不到絲毫的春意。

輕輕推開緊閉的殿門，裡面傳來顫顫的聲音：「給我買回來了嗎？傾城！」

我走入殿內，往內殿看去時，昏暗不見天日的房間裡，一個女人腳步踉蹌地跑了出來，身形佝僂，不停地吸著鼻涕擦著眼淚。

或許是她眼淚流得太多，她沒有看清我似地依然朝我跑來，一隻蒼白的手從昏暗中伸出，竟是瘦削如同枯骨！

我徹底驚呆了！

短短一個月，一個曾經那麼英姿煥發的女人，竟變成了現在這副鬼樣！

「傾城！傾城！」她的聲音也顫抖著，她走入了亮光中，卻驚得立刻退回。僅這片刻間，我已看到她深凹的眼窩和高凸的顴骨！蓬頭垢面，枯髮萎黃！

站在我面前的已不再是那個領兵三十萬，與我一起討伐妖男的巫溪雪，而是一個毒癮發作，被狐仙散徹底吸乾的可憐女人。

泗海，你徹底踐踏了她的尊嚴，讓她真真正正地生不如死。

「傾城，快給我！快給我——」她在昏暗中著急地嘶喊，雙手抱住自己的身體，不停輕顫。

我與她只是一縷陽光之隔，她卻永遠無法再站立在陽光之下。

「給妳什麼？」我開了口。

立時，陰暗中的身體變得僵滯。

「妳看看妳現在變成了什麼樣子！」

「不、不！」她痛苦地抓住自己的頭髮，轉身跑回。

無名的怒火瞬間衝上我的頭頂。

「妳可是曾經要殺我的巫溪雪！可是現在，妳卻變成了只敢躲在黑暗中的老鼠！」

陰暗的房間裡只聽得到我的厲喝，而那個蜷縮的身影卻躲在深深的黑暗中抱緊自己不停地搖擺。

我氣，是因為她始終是皇族！一個堂堂的皇族，接受的是巫月最高等的教育，享受的是用之不盡的金銀財寶，在妖男禍國時，更是勇敢站起與之對抗！

可是現在呢？

「哼。」我心寒地冷笑：「妳知道嗎？泗海不是誰都可以擁有的。妳太貪了，巫溪雪。如果妳那時殺了他，說不定還會贏得他的尊重！但是，妳卻和別的女人一樣，迷上了他！想佔有他！妳和那些沉迷於孤煌少司的女人有何兩樣！」

「哼……」顫顫的氣息從陰暗中而來，帶著苦澀與痛苦。「妳走……我求求妳，妳走好嗎？給我留一點尊嚴好嗎？」

「是不想讓我知道，讓我看見是嗎？」

「是——」她大喊起來，隨即溢出輕輕的嗚咽：「是……求妳，妳走……」

我登時拂袖轉身，再也不想見她。可是，在我轉身那一刻，我看到月傾城匆匆而來的身影。

他緊張地抓緊自己腰間的一個小小香袋，神色有異地朝這裡而來。太過緊張，讓他一時也沒有察覺到屋內還有人。

「溪雪，狐仙散越來越難買了，妳可能要省……」在他跨入門檻，看見我時，他的話音頓住了。

他驚訝而難堪地看著我，右手依然緊緊抓著腰間的香袋，徹底僵滯在我的面前。紅唇半張，那雙美眸閃爍，迴避我的視線。

忽然，一個身影迅速掠過我和他之間，一把扯落他腰間的香袋，迅速跑回了屋內，再次沒入黑暗之中。

「你打算一直這樣下去？」我只看著月傾城。

「我還能怎麼辦？」月傾城痛苦地低下臉。

我搖頭輕笑：「你應該知道，孤煌少司死後，狐仙散會越來越難買，你這樣縱容她，只會讓她的毒癮越來越深，到最後斷了貨，她一刻都會熬不下去！那時，她的全身會被毒癮啃噬，她會不停撕扯自己的身體，死狀極為恐怖！你，打算給她收屍嗎？」

「那我能怎麼辦？」

他忽然痛苦地朝我看來，傾國傾城的臉上已經布滿愧疚的淚水。

「如果不是我！」他痛苦地咬了咬紅唇，哽咽地低垂臉龐。「她也不會這樣……我看著她犯毒癮真的很難受，我虧欠她太多了，只想讓她在最後的日子裡可以舒服一些。」

「想讓她舒服就讓她戒毒！」我受不了地甩手指向屋內。「你好好看看她現在變成什麼鬼樣子了！」

陰暗的屋內，巫溪雪匆匆打開錦囊，整個人毫不知羞恥地趴在錦囊上吸食著月傾城給她帶回來的狐仙散。

月傾城沒有看，他始終沒有抬頭：「我知道，我全知道！但是……我實在不忍心……」

「你覺得虧欠她是嗎？」

月傾城沒有說話，什麼都沒說。

「沒關係，這個惡人，我來做！」我蹙眉轉身，大步走過月傾城的身邊。既然他不忍心，我來。

「妳不恨她？」身後傳來他輕輕的低聲詢問。

我不由沉默。怎能不恨？我信過她，可她卻殺了我。

「我也想過殺了她，卻始終下不了手。可是，現在她那副模樣更教我噁心！」

「那就成全她吧！」忽然，身後傳來月傾城大聲的請求。

我驚然轉身，他的身影在我面前「撲通」跪落，墨髮在空氣裡輕顫，他雙目空洞地垂下了臉，低低而語：

「請……成全她。即使，妳讓她戒了毒癮，她也不想再活下去。因為……是妳給她戒的毒……」

因為……是妳給她戒的毒……

我與巫溪雪，因為泗海而糾葛在了一起。泗海讓她生不如死，他……做到了。

我無聲地抬步離去，忽然間，月傾城拉住了我的裙襬。

「求妳……成全她……」他再次哽咽哀求。

「所以，這個惡人，你想讓我來做嗎？」我揚起臉。

他的手緩緩從我的裙襬上滑落，我抬步離去，風吹過這個院子，也染上了一絲淒涼。

泗海對巫溪雪的懲罰已經夠了。泗海，你還是那麼任意妄為，在你這麼做的時候，你可曾想過巫溪雪是個皇族！皇族卻深染毒癮，你讓我的百姓該如何看待這個皇族？這個朝廷？

泗海，我不能讓這樣的罪孽，再加諸於你的身上，因為我知道，你和少司並沒死……

台灣角川
© 張廉 2016 Illustration：Ai×Kira

夜色悄然降臨，空中無月無星，靜謐得彷彿只有花開花謝的聲音。這個皇宮，越來越安靜了。

懷幽手端燉盅輕輕進入：「心玉，喝湯了。」

我放落朱筆和奏摺，他跪坐我的身旁，打開燉盅，輕輕吹拂。我看著他認真的神情，問：

「為什麼不告訴我？」

他拂熱氣的手微微一頓，隨即拿起湯勺鎮定自若地舀出一碗，微笑放到我的面前：「快喝吧。」

我繼續看著他：「你不說，我不喝。」

他緩緩放落湯碗，幽微的燈光照出他微笑漸漸消失的臉。他清俊的臉上，竟是多了一分恨意。

「我想讓她繼續生不如死！」狠狠的沉語從他口中而出，他垂下了臉，不再說話。

搖曳的燭火讓他沉默的臉變得忽明忽暗，我吃驚地久久看著沉默的他，情不自禁地伸手撫上他清俊的臉龐，他微微一怔，但沒有閃開。我心疼地看他。

「懷幽，你變了。我不想看到你恨任何人，看到你深沉的眼神，會讓我感覺你越來越陌生……」

他的神情立時凝滯，怔怔跪坐在案桌旁。我收回手，他的臉上也露出一抹悵然若失。

「原來的懷幽……」

「原來的懷幽膽小懦弱，軟弱畏縮！」他身體緊繃地低臉恨恨而語，那像是恨鐵不成鋼的恨卻是在恨自己。

「不！你沒有！」我伸手緊緊按住了他緊握在膝蓋上的手。「你為我與孤煌少司周旋，在瑾崋要殺我時，你擋在了我的身前……」

懷幽在我的話音中微微吃驚地抬起了臉，宛如不敢相信他為我做的一切都被記在心中。他秀美的雙目之中，眸光在燈火中顫動，似是裡面有一撮小小的火苗，開始點燃，並越來越閃亮。

「即使所有人不相信我，但你懷幽依然堅定不移地站在我的身邊，我死後，你一步一步把我揹上了神廟，你怎會膽小懦弱、軟弱畏縮？你是我……」

忽然間，我頓住了口，垂下了目光，因為，我不知道該怎麼說下去，如果說你是我最忠心的御前，他定會傷心。

房間再次靜了下來，他也默默低臉。我緩緩收回手，微微而笑，拿起湯碗，他的目光卻隨我而動，在他心裡，或許我喝了這碗燉湯才是此時最重要的。

「看，你總是把我照顧得很好，沒了你，我該怎麼辦？」

「涼了，我去給妳換熱的。」他伸手來取我手中的碗，手指卻不小心碰觸到了我的手，他的手微微一躲，我給他的湯碗也跌落在了案桌上，清香的銀耳羹黏膩膩地灑在案桌上，我慌忙移開奏摺。

懷幽也匆匆喊道：「來人！收拾！」

桃香匆匆進入，用布巾擦去，懷幽有些煩躁地把燉盅給桃香：「換熱的來！」

「是。」桃香匆匆離開。

「懷幽該死……」懷幽面露自責。

「為什麼該死？」我打斷了他，他又是一怔，怔怔看我，我擔心地看他。「懷幽，你最近怎麼了？總是心神不寧，心不在焉？與我也是越來越疏遠。」

「因為……」

他微微起身，筆挺地跪立起來，雙眸灼灼看著我的眼睛，黑色閃亮的眼中悄然劃過一抹頹然，他再次垂下了臉。

「因為……懷幽是御前，與心玉始終君臣有別，懷幽不想落人口舌，說女皇與御前關係曖昧，那會有損心玉重塑的明君形象。」

「所以……你只想僅僅做我的御前，是嗎？」我有些心沉地問，複雜而無奈地看著他。

他沉默了良久，點了點頭：「是，能照顧好女皇陛下是懷幽此生的心願，懷幽已經知足。」

我看他良久，他一直垂臉靜靜跪立，微涼的夜風拂起他臉邊的髮絲與官帽上的絲條，他的雙眉緊緊蹙起，抿緊的雙唇卻露出一抹自嘲苦澀的輕笑。

我收回目光，再次翻開奏摺，拿起朱筆，淡語：「賜死巫溪雪，別再讓她生不如死了。」

「妳要賜死巫溪雪？那豈不是便宜了她？」懷幽憤恨地急語，忘記了他謹守的君臣之義。

我抬眸深深看他：「我只想要回我原來的懷幽。如果她活著是讓你放縱心裡的恨，痛快地去折磨，我寧可殺了她，換回那個或許有點古板、有點無趣，但單純因為能照顧我而保持快樂的懷幽。」

懷幽在燭光中久久地怔視我。

我低下臉，開始批閱奏摺：「我也恨她，但我放下了。現在，是為保留一個皇族最後的尊嚴！」

面前的懷幽再無聲音。

沒想到泗海死了，他在人間的罪孽卻以狐仙散的形式繼續延續著，這可怕的毒物還在荼毒巫月子民，必須連根拔除！

眼前的奏摺，是安寧父親安大人的，他建議重開皇家學院，而且皇家學院不再是達官貴族的專屬，而是培育巫月賢才之處，所以，他提出了招考制。任何人都可以報考皇家學院。

安大人這個提議很好，我落筆時一頓。好久沒出宮了，不如藉這個機會，明天出宮看看。

「心玉，今天晚了，休息吧。」懷幽在旁輕輕提醒。

我拿起玉璽，在奏摺上蓋落。

「不行啊，梁相他們都在為國效力，我不能獨自偷懶。放心吧，我身體好，不睡也無礙。」

「不行！妳必須休息！」懷幽忽然起身，直接到我身邊。我疑惑看他，他忽然俯身，伸手穿過我的身體，竟是直接將我抱起。

厚重的裙衫垂落在地，他抱起我目不斜視地看著前方，臉色繃緊地把我抱上了那張大大的鳳床，他依然不看我地輕輕把我放落，雙手撐在我身體兩旁。他側開臉，墨髮垂臉，微微遮蓋他暈紅的臉龐，微紅的耳尖在墨髮中若隱若現。

「不是想讓我開心嗎……」他輕輕低語：「只要妳吃得好、睡得好，我就開心了，睡吧。」

說著，他立刻抽身離開，經過我書桌時，把上面的奏摺也疊在一起，通通抱走吹熄了燈。

房間瞬間暗了下來，倒是讓皎潔的月光灑滿整個鳳床。我獨自坐在鳳床上，笑了。我真傻，懷幽不是疏遠我，而是……逃避我，他還能逃避什麼？逃避對我的感情，對我的愛。

我起身下床，再次打開許久沒用的密室，點上火把，照亮整間密室，玉狐的面具安安靜靜地放在床上。

密室的一旁，是我從狐仙山帶回的藥箱。

我打開了藥箱，取出一個黑色的藥瓶，上面是師傅寫的「毒藥」。此毒無色無味，毒發時也無所察覺，會讓人漸漸疲乏睏倦，然後在睡眠中悄然奪走生命。

我手拿毒藥走入密道，出來時，已是巫溪雪的冷院，門外侍衛依然嚴守，門內靜謐無聲，房內的燈卻還亮著，窗櫺上映出了兩個淡淡的身影。

我悄然入內，看到月傾城正拿著碗，餵抱坐在床上的巫溪雪。

「溪雪，吃點吧。」月傾城盡量用溫柔的聲音說著。

忽然，巫溪雪揚起手，「啪！」一聲打掉了月傾城手裡的碗，繼續一聲不吭地抱坐在床上，長髮披散，三分像人，七分像鬼。

月傾城沒有生氣而是默默地拾起地上的碗，裡面的飯菜已經灑滿一地，看不見熱氣。他一點一點地把飯菜拾入碗中，再次放到巫溪雪的面前。

「溪雪，妳要吃飯啊，不然會餓死的。」

「啪！」又是衣袖甩起，月傾城手中的碗再次落地，巫溪雪怨恨的眸光從亂髮中射出。

「我寧願死！也不願再讓巫心玉看到我這副樣子！是不是你告訴她的！是不是！」

巫溪雪憤恨地起身拽緊了月傾城的衣領，長期吸食狐仙散，讓她的眼睛也已經充血發紅。

「不是。」月傾城痛心地看著她：「我不知道她是怎麼知道的，溪雪，戒了吧……」

「哼……戒？」巫溪雪笑了起來。「哈哈哈——我為什麼要戒？」

巫溪雪重重推開月傾城，癡癡地看著關閉的窗戶。

「這是泗海唯一留給我的，我是不會戒的……有了它……我才感覺到泗海還在我的身邊……」

癡癡的笑從她的嘴角浮起，她緩緩抱住了自己的身體，視線散亂而沒有焦距。

「他抱著我……對我說……他愛的是我……他恨巫心玉……因為巫心玉殺了他……只有我……還

愛著他……想著他……」

「溪雪！」月傾城痛心大喊之時，我大步入內，衣裙掠過月傾城的身邊，直接把手中的毒藥扔在了巫溪雪的身前。

「咚」一聲，毒藥瓶滾落在巫溪雪的膝蓋前，她呆呆地跪立在床上，眼神空洞地看向我。

月傾城跪坐在床榻邊吃驚地看向我：「女皇陛下？」

我轉開臉不看巫溪雪：「喝了它，妳就解脫了，妳現在的樣子讓我實在太噁心了！」

「妳……妳願意放我去跟泗海團聚了？」巫溪雪的語氣忽然開心起來，狐仙散的毒已經侵蝕了她的大腦，最後只會瘋瘋癲癲，除了知道要吸食狐仙散，其他什麼都不知。

「留下妳作為一個皇族，最後的尊嚴！」說罷我拂袖而去。

有人貪生，但有人求死。因為，死對他們來說，才是最幸福的一件事。

‡ ‡ ‡

沒想到，這個晚上，我在密室裡整整……枯坐了一夜……

春天的凌晨，依然透著冷。

我在密室裡緩緩起身，忽然，想去看看懷幽。

天還未亮，懷幽應該還沒起。

每天寅時，他會準時起床，梳洗之後開始趕往我的寢殿，日復一日，從不間斷。他的生活永遠只在這皇宮之內，唯一踏出皇宮的那一次，是揹我上狐仙山。

我知道懷幽恨巫溪雪，很恨……很恨……

不僅是他，還有瑾崋。所以他們密謀反叛，他們所做的一切是為了我。

不知不覺，已經到了懷幽的門前。

懷幽是御前，住的地方和其他宮人一樣。他的房間在走廊的盡頭，享有比別的宮人更大一些的空間。所謂更大一些，也僅僅是多了一間客室。

輕輕推開門，屋內一片漆黑，黑暗的深處，傳來有些急促的呼吸聲。

懷幽在作惡夢嗎？

我匆匆到他臥榻前，昏暗之中，隱隱可見他雙眉緊蹙，額頭冒冷汗。

「不、不！不要死！心玉！心玉！」

見淚水從他的眼角滑落，我怔然呆立。懷幽……現在還沒有擺脫那時的陰影嗎？

懷幽，你就這麼害怕我死去嗎？

「心玉……心玉……」他在睡夢中哽咽落淚，每一滴淚水都化作巨石落在我的心頭，讓我無法呼吸。

我心痛地坐在他的身旁，握住了他緊握的雙拳。

「懷幽……我在……」

我終於明白懷幽為何如此恨巫溪雪，每日每日的夢魘不斷提醒他到底是誰殺了我，提醒誰是他的仇人！這日積月累的恨已經深深吞沒了他的心，讓他無法再像以前那樣平靜生活。

「心玉……不要死……不要離開我……」

「我知道，我不會離開你。」俯身撫上他淚濕的臉，輕輕吻落他的額頭。「別再哭了，我還活著，你這樣哭，不晦氣嗎？」

他的神情在我輕柔的話語中漸漸平靜下來，淡淡的晨光透入窗縫灑落在他已經柔和的臉上，柔軟的雙唇揚起一個淡淡的幅度，他終於陷入沉睡，可以安穩地睡上一會兒了。

輕輕走出他的房間，宮人們都起了，他們看見我吃驚地立刻下跪，我微笑地看著他們。

「今天讓懷御前繼續睡吧，大家不要叫醒他。」

宮人們曖昧地笑了，紛紛低頭，恭送我離開。

宮裡的作息也該改改了。

辰時用早膳時，懷幽匆匆跑來，面色又是有些緊繃。

他匆匆跪坐我的身旁，我笑了。

「小幽幽，你來得正好，吃飯吧。」我把可愛的小豬饅頭放到他面前。

他隨手推開，生氣看我，柔聲輕語：「妳怎讓他們不叫我？」

「我只想讓你多睡會兒。」我微微瞇起眼睛：「你總是作惡夢嗎？」

他的眼神立時閃爍了一下，撇開臉：「沒有，我睡得很好。」

我看他一會兒，收回目光，拿起粥碗輕輕一嘆：「哎……你現在怎麼跟以前的瑾崋一樣不坦誠？」

他身體微微一怔，柔美俊秀的臉又再次繃起，不看我地沉語：「吃飯莫嘆氣。」

我立刻抓起饅頭往他嘴裡一塞，他瞪大秀目緊張看向四周，桃香她們趕緊低臉卻又忍不住偷笑。

我扣住他的下巴讓他不要再緊張地四處看。

「你的清白早被我毀了，現在還緊張做什麼？你再解釋，別人也不會信。不如快快樂樂做你自己，看你整天臉繃得跟什麼似的。」

我扣住他的下巴搖啊搖，他嘴裡塞著小豬饅頭，無法再說出任何話語。

這世上的事，解釋就是掩飾，說什麼都是錯。懷幽以前是御前，做事本本分分，異常謹慎，這也讓他非常在意周遭的環境，所以，現在變得放不開也是正常。

倒是以前陪我演戲，他豁了出去，倒也自然。而現在……

他還是在意我這女皇的名聲和在百姓心目中的形象。

到了上朝時分，懷幽扶我走出寢殿，台階之下，卻是無神的月傾城，淡淡的晨霧讓他變得如同畫中走出的仙人，哀傷而孤寂地站在朦朧的世界中，表情一絲迷茫，在迷霧般的世界裡迷了路似的。

懷幽微微皺眉，扶我走下台階，月傾城緩緩回神看向我。我的心情也在看到他時，多了一分沉重。

「走了嗎？」我問。

他默默垂臉，點了點頭。

懷幽在旁露出迷惑的神情。

我沉默片刻，說：「厚葬巫溪雪，葬入皇陵。」

懷幽和月傾城同時一驚，月傾城立時下跪：「謝女皇陛下！」

我抬步離去，懷幽愣了片刻，立刻跟來。他吃驚地一直看著我，我看向他，他匆匆垂臉。

「在月傾城叫她戒毒的時候，她卻說那是泗海唯一留給她的東西……」我蹙眉搖頭。「那一刻，我下定了決心。她向我感謝，謝我准她去和泗海相聚，所以……我達成了她的心願。」

「那妳放下了嗎？」忽的，他在我身邊輕輕問。

我微頓腳步。

「女皇陛下，該上朝了。」懷幽再次垂臉，輕輕提醒。

我垂下目光，在晨霧中，大步走向宮門。

每一天，懷幽要陪我走上一大段路，因為我不喜歡坐鳳椅。懷幽喜歡散步，他不知道，其實我只想多一些與他獨處親近的時間。

大臣們在得知巫溪雪病逝後極為震驚，朝中現在都是忠良，我也知他們對巫溪雪的死心存懷疑。

「全國嚴查狐仙散，命御醫院速速找出戒毒之法！民間若有良方，重重有賞！」我朗聲道。

忽然間，大家在我這道命令中，似乎明白了什麼，面露一絲凝重。

「女皇陛下英明——」眾人高呼。

「這狐仙散在巫月已經荼毒已久，必要除之！」

「是啊是啊。」

「女皇陛下，臣還有事啟奏。」梁相走出。

「梁相請說。」我微笑看她。

她面露一分嚴肅，垂眸而道：

「現巫月已經平定，巫溪雪公主病逝，皇族血脈岌岌可危，女皇陛下，是否該選夫入宮了？」

我不由一愣，完全沒想到梁相突然催婚了。

這件事沒有半絲預兆，先前的奏摺中也沒人提及，確實讓我很意外。雖然知道被催婚是必然之事，卻沒想到會如此之快。

我看向懷幽，懷幽依然恭敬站立，面無表情，已是完完全全御前的姿態。

然而，梁相卻朝我看來，順著我的目光也偷偷瞧了懷幽一眼。見到我的視線，她立刻從懷幽身上收回目光，其他官員也忽然間抿唇不言，頷首低眸。整個大殿的氣氛是從未有過的安靜和緊繃。

朝臣中像是慕容飛雲、聞人和連未央等年輕官員也是目不轉睛，只盯著自己腳尖之間的地板，默不作聲。

他們居然也有這麼守規矩的時候。

我掃視群臣：「你們也是這麼覺得嗎？」

我看向慕容飛雲他們，他們依然目不斜視，慕容飛雲仗著自己看不見更是轉向了別處。

「皇室後繼，刻不容緩！」梁秋瑛說得發自肺腑。

「請女皇陛下選夫入宮——」所有官員竟是齊聲奏請，同時行禮，喊聲在殿內久久迴盪。

我看了片刻，整個大殿靜得彷彿可以聽見陽光流淌的聲音。

「巫溪雪公主剛剛病逝。」我開了口：「四方貪官未除，我無心選夫。」

沒想到巫溪雪在最後竟幫了我一次。

眾人不再言語。

梁秋瑛再次認真一禮：「巫溪雪公主之前刺殺女皇陛下，大逆不道！本是罪臣！選夫王過程十分繁複，需要層層選拔，女皇陛下現在下令，也要三個月之後才有候選之人入宮……」

「梁相。」我打斷了梁秋瑛的話。

「女皇陛下。」她頷首一禮。

「子律回來了嗎？」我親暱的稱呼讓梁秋瑛渾身一僵，僵硬地行禮。

「未曾。」

「那……子律幾歲了？」

這時，不僅僅是梁相，滿朝的官員神情都微變，帶著些許曖昧地看向梁相，又似是察覺了什麼，尷尬地看一旁已經臉色發黃的曲安大人。宛如他們以為我看上了梁子律。

聞人胤輕輕一笑，慕容飛雲輕輕推了他一下，方才止住笑容。連末央看了看，也是暗暗偷笑。

「呃……已有二十四了。」梁秋瑛過了半天才答。

「年紀這麼大啦……我真是有愧於他……」我感嘆。

「臣惶恐。」梁秋瑛惶恐而語。

「若不是為了助我，他可能已與安寧成婚了吧。如此功臣，卻為這巫月而婚事一拖再拖，我……愧對梁相。」

「臣不敢！」梁秋瑛慌張起來，匆匆跪地。「為巫月效力是臣子們應盡的職責！」

「那也不能耽誤婚事啊。這樣吧，等子律回來，我立刻給他與安寧舉辦婚事，這樣也好讓我心安。」

我不再給梁相說話的機會。

「他和瑾崋、凝霜曾為我冒死征戰，我與他們的感情親如兄弟，我拖了兄弟的婚事，而他們現在還在外面為我繼續戰鬥，我卻在宮內舒舒服服地大肆選夫，我心慚愧啊。所以，選夫之事，等子律他們回來再議。下朝吧！」

說罷，我直接起身，懷幽伸出手，我輕扶走下，梁相恭敬退到一旁。等我走到她的身旁，百官神情百變，至少，曲安大人算是鬆了口氣。

梁相起身為難地看我：「女皇陛下……」

「噓……」我對她微微一笑。

她蹙眉抿唇，面容多了分著急，最後卻只能化作一聲輕嘆。

連末央和聞人胤攙扶慕容飛雲，慕容飛雲雪白的眸子裡卻閃過一抹淡淡的憂愁。

飛雲，你是不是已經知道我為何不選夫了？

你這雙眼睛，我到底是治，還是不治呢？

從大殿出來，我和懷幽回了後宮。在綠色的宮道上，我看懷幽。

「選夫之事，你有何看法？」

懷幽的神情微微凝滯，垂臉低語：「沒有任何看法。」

我腳步微頓：「真的沒有？」

他緊蹙雙眉，依然低臉不看我：「沒有。」

「好，那我就當你沒有。」說罷，我開始脫去鳳袍，他驚然看向左右。

「女皇陛下，不可在大庭廣眾寬衣。」

我把鳳袍往他身上一扔：「既然你沒有任何看法，那我就去聽聽大臣們有什麼看法。」

大臣們下朝後，不會那麼快出宮。他們會聚在朝鳳殿，繼續商討上朝後的事宜。今日梁相提出選夫王，朝鳳殿內必然熱鬧。

很久沒有這樣偷偷去偷聽大臣們聊天了。脫去鳳袍，一身輕鬆。我坐於大樹之上，朝鳳殿內大臣們焦急的容顏全映入眼底。

「梁相，女皇陛下到底是何意？」曲安大人面露急色，其他大人們也紛紛上前議論起來。

「依我看，女皇陛下已心有所屬了，故而拖延。」

「那會是誰？」

大家紛紛猜測。

慕容飛雲獨坐一旁，默默聽著，然後，抬起臉朝我的方向看來，雪白眸中的目光直直落在了我的身上。

我微微而笑，果然他的眼睛很厲害。

「怎麼了？飛雲？」連未央疑惑看他，聞人胤正拉長脖子好奇地聽官員們議論。

「沒什麼。」慕容飛雲垂落雙眸，摸索茶几，連未央立刻把茶杯放入他的手中，也好奇地看向梁秋瑛的方向。

「女皇陛下心上人必是那三人之中！」有人篤定地說。

「你是說那三個人？」旁人驚語。

瑾毓面色開始尷尬，微微避開。梁秋瑛看向她，反而笑了起來。

「當初女皇陛下身邊就是他們三人，此三人深得女皇陛下信任，問題是……到底是誰？」

「我看現在不是誰，而是女皇陛下會選誰為夫王！」

「你的意思是……」

眾大臣立時曖昧地笑了起來。

「哈哈哈哈——我們的女皇陛下也是魅力無限吶～～」

「別不正經了。我看，夫王之選，瑾崋莫屬！」終於，有人徹底捅破了窗戶。

瑾毓立刻擺手：「不行不行，我家那小子成事不足敗事有餘，不行的不行的……」

梁秋瑛淡然而笑：「也是，瑾崋那孩子太過耿直，脾氣又躁，若為夫王，很難坐鎮後宮。」

「但瑾崋、蘇凝霜和懷幽三人中，只有瑾崋是將門之後，蘇凝霜只是宮廷樂師之子，而懷幽就……除卻瑾相之子，另二人實在不是夫王人選。」

「懷幽別說家世，他根本不行，你們忘啦，懷幽他……」有人蹙眉搖頭，立時，大臣們也紛紛嘆息。

莫名的，我有些生氣，一講到選夫王，就開始挑選家世！完全不考慮是不是我喜歡的人。

「以前夫王可都是月家的人啊……」曲安大人開了口：「不得不說，月家教出來的孩子，真是無可挑剔吶。」

「可月傾城那孩子，心裡是巫溪雪。而且，那孩子是巫溪雪的未婚夫，這若是給我們女皇，我們女皇陛下成了什麼？不行不行，月傾城再好也不要！」

淨淨的孩子。」

「是啊是啊。」大家紛紛點頭。

「沒錯，我們女人不愛撿破爛，月傾城現在最多只能做一個御夫，當不成夫王，夫王必須是乾乾淨淨的孩子。」

「月家……倒是還有個孩子。」梁秋瑛淡淡地說。

「月家還有子孫？」官員們有些吃驚。

梁秋瑛點了點頭，曲安的神情也嚴肅起來。

「他名叫月紫君，是月氏家族中不老童顏的血脈。」聽了梁秋瑛的話，眾人面露驚色。

「這月紫君我知道。」禮部尚書葛大人接了口：「先前月傾城並非巫溪雪的未婚夫，而是打算入宮的，那時還是慧芝女皇。可是後來，月紫君身體忽然不長，容顏也永遠像個孩子，便被巫溪雪那邊退了婚。之後慧芝女皇迷戀妖男，月家人才又決定讓月傾城與巫溪雪聯姻。再後來這月紫君便失蹤了，聽說是受了打擊離開了月氏。」

「不錯，我也是這麼聽說的，幸好這月紫君當時離開月氏，所以在妖男滅族之時，他僥倖躲過一劫。」

「梁相，妳是說，妳知道這月紫君現在何處？」大家再次看向梁秋瑛。

梁秋瑛點了點頭：「其實紫君這孩子在知道月氏被滅族後，就已經回來了，他相助巫溪雪和月傾城，化名阿寶，進入宮中成為巫溪雪的線人。先前我還不知，還是女皇陛下告訴我的。」

「是嗎！這麼說，女皇陛下認識阿寶？」大家目露驚訝，連連嘆息。「女皇陛下真是無所不知啊……」

梁秋瑛點了點頭，目露擔憂。

「但是，阿寶現在是什麼情況，我並不清楚，但我可以肯定，他還在女皇陛下後宮之中。」

「哦～～」有人呵呵地笑了。「看來女皇陛下對這阿寶倒是很有好感吶～～」

「不可能。」梁秋瑛目露嚴肅：「女皇陛下是怎樣的人，你我還不知？若是她信任、喜歡之人，必會帶在身邊，或是站於朝堂之上。她給了慕容家的孩子和蕭家孩子機會，卻沒讓這阿寶現於人前，她必是不信任這孩子。」

梁秋瑛的話讓慕容飛雲和聞人胤他們面露尷尬，梁秋瑛這個比喻，多少帶出他們一些尷尬往事。

我看向自己的雙手，這段日子，處決了不少人。

因為不想在公開場合處斬，驚擾百姓，我改革了死刑。再無斬首，也沒有凌遲那種酷刑，不再有誅九族之罪，只有毒酒一杯，可以讓他們在監獄裡，安靜地、完整地離開這個人世，也算是留給他們做人的最後一點尊嚴。

深吸一口氣，心情變得沉重，不想再聽朝臣議論夫王之事。他們以為我拖延時間，是因為我的意中人在瑾崋、懷幽和凝霜之中，我在等他們回來成婚。

但是……有人知道，我不想選夫王的真正原因，瑾崋、凝霜、懷幽都知道……甚至是……慕容飛雲……

抬眸時，再次撞上慕容飛雲遠遠看來的目光，我落眸轉身，在他的注視中，悄然離去。背後，響起慕容飛雲輕輕的感嘆。

「女皇陛下不會選夫的……至少，一年之內不會……」

我沒有回宮，而是直接出了宮，走小路，不然會驚擾百姓。

來到于府門前，兩個僕人正在清掃，我到他們身邊：「于老院長在嗎？」

他們朝我看來，登時目瞪口呆。

「女、女女女女……」

「算了，我進去找他。」我輕笑搖頭，直接進了門。

一入于府，就感受到和皇家書院一般的文雅氣息。

修剪精美的盆景，墨色的廊柱，字畫四處可見，牆上、走廊裡、花瓶上，乃至廊柱的石墩，皆可見巫月的名詩名畫。

府內的僕人看見我無不驚訝，京都百姓無不認識我這巫月女皇。

「于老院長呢？」我問。

他們驚驚慌慌地遙指桃花深處。我朝前看去，一片粉雲勝晚霞，不輸櫻花半分嬌。春風拂面，花香陣陣，讓人心曠神怡。

我揚起笑，提起裙襬大步走下台階，步入桃花林。

一陣風起，掀起花瓣無數，化作粉蝶飛舞在我身旁，美輪美奐，讓人瞬間在這花海之中忘卻一切煩憂。

我不禁閉眸，去享受這迷人的春意。花香拂面，花瓣輕輕蹭過我的臉龐，風兒帶起我的髮絲，一起飛揚。

「丁鈴……」耳邊像是響起了狐仙山的鈴聲，隨即傳來輕輕的腳步聲。我緩緩睜開眼睛，負手轉身，卻看到了一個陌生的清秀書生，呆呆站立著。書生一身淡藍袍衫，薄薄的罩紗蓋住了那藍色的衣衫，讓他在粉桃下多了分飄逸。

「小于！」他身後傳來熟悉的聲音，一個人撲上他的後背。書生一個踉蹌，露出了辰炎陽的臉。

「看什麼呢？看呆了。」辰炎陽抬起臉，看到我的那一刻，也表情呆住了。

我朝他揚起了笑：「怎麼，今天你也在？」

他依然呆呆看我。我緩步到他身前，抬手點上他的額頭，他抱著那書生一起往後倒落，開心的神情宛如身後長出彩翼，飛上天空。

他立時推開那書生，輕飄飄地飄到我身邊：「妳怎麼來了？」

「找于老院長。」

「好啊~~」他輕飄飄地跳了起來：「我帶妳去。」

辰炎陽輕飄飄地飄入桃林深處，一張石桌現於眼前，石桌上一盤棋、一壺茶、一個鳥籠，鳥籠裡有隻八哥說著：「妳好、妳好。」

于老院長正手捏黑子看著棋盤沉思。

我走上前，辰炎陽貼在我的手臂邊，跟我黏得緊緊的。

我看了看棋盤，拿起白子在中心落子，于老院長一驚，然後笑了。

「哎，老了老了，真是不及孫兒了……」

「誰是你的孫兒？」我笑著坐下，于老院長登時出現和之前那年輕書生一樣呆住的表情。

我雙手托腮看于老院長，再看看隨我們返回的那個書生，笑了。

「原來那孩子是老先生的孫子，難怪你們現在的表情一模一樣。」

「女、女皇陛下！」老先生匆匆離座。

「免了免了，老先生還真養鳥、下棋、喝茶？」我立刻道。

「女皇之命，臣哪敢不遵從？」于老院長笑了起來。

「那我現在讓你復出，再為皇家書院的院長。」

于老院長起身一禮：「臣，遵命。」

于老院長笑呵呵坐回，辰炎陽殷勤地為我倒上一杯茶，繼續黏在我身邊坐下。于老院長的孫子小心翼翼回到于老院長身旁，紅著臉卻是不敢再看我一眼。

「芮兒，快見過女皇陛下，不要沒規矩。」

「是。小人于芮，拜見女皇陛下。」于老院長的孫子于芮朝我恭敬行禮。

「不愧是出自書香門第，舉止、談吐都是溫文爾雅。」我讚道。

于老院長捋鬚而笑，似是對自己的孫兒十分滿意，讓他自豪驕傲。于芮的臉再次紅起，默不作聲地站在于老院長身旁，而不像辰炎陽毫不客氣地坐在我旁邊。

我看向于老院長。

「皇家書院改革的奏摺想必是老先生托曲安大人呈上來的吧。」我拿起茶杯，輕抿一口。

于老院長微笑點頭：「果然什麼都逃不過女皇陛下的眼睛。正是老夫。」

「很好，你的建議很好。此外，我覺得學費還是要收的，但是貧窮之人可以免去學雜費，再建立一套獎學金體系。」

「獎學金？」于老院長面露興趣：「那是……何物？」

「獎勵成績優異者，或是單方面才能突出者。」

「哦～～」于老院長輕捋長鬚，但隨即面露一分憂慮。「可是，皇家學院若向全國招生，原來的學院，只怕場地不夠了。」

我放落茶杯：「我把攝政王府給你如何？」

于老院長大驚地看我：「這、這！」

不僅僅是于老院長，辰炎陽和于芮也聽得目瞪口呆。

我大方道：「別客氣，攝政王府雖然出了妖男，但環境優美，房間諸多，還有正殿、大殿、書樓、廚房等等一應俱全。入住攝政王府的學生還可時時提醒自己讀書是為何？若是心生貪腐，下場必與妖男一樣。所以，新的皇家書院設在攝政王府更是警示之用。」

「妙啊！」于老院長輕聲感嘆。

「此外，原來的皇家書院設立為小學，招收京都幼童讀書。所以，需要更多優良的老師，來教導孩子們。我希望于老院長能幫我把關，莫讓一些心地不良者誤人子弟。」

于老院長忽然肅穆起身，再次鄭重一禮。

「老夫定當不辱使命！老夫也推薦孫兒于芮入小學執教，為女皇陛下效力。」

我看向目露吃驚的于芮，點頭微笑。

「准了。于老院長推薦的人我自不懷疑。」有那麼多年輕的新人效力巫月，真是朝氣蓬勃，欣欣向榮，讓人振奮。

「那我去教武！」辰炎陽在一旁自告奮勇。

我斜睨他：「不行，你太色了。」

辰炎陽立時呆若木雞。

「哈哈哈哈哈——」于老院長大笑起來，再次坐回。「聽說，梁相奏請女皇陛下全國選夫，女皇陛下可有所選？」

「什麼？妳要選夫了！」辰炎陽目露驚喜，咧著嘴看我，一副躍躍欲試的模樣。

我氣定神閒地拿起茶杯，直接說：「我不會選你的。」

「為什麼啊？」辰炎陽立刻起身：「我覺得自己不錯啊，哦～妳想著瑾崋。」

「噗！咳咳咳……」我的茶水不小心嗆出。

辰炎陽傲然輕笑：「瑾崋有什麼好？他一沒我帥，二沒我功夫強，三沒我聰明，四沒什麼軍功，無論哪一點，我都比他強上幾分。」

于老院長一邊聽一邊捋鬚微笑；于芮聽了直搖頭，一臉懶得搭理的清高神情。文人多清高，面前的于芮讓我不由自主地想念凝霜。見到他與辰炎陽，更讓我想起瑾崋與凝霜。

「前三者，你說得都對。」我說道，辰炎陽得意洋洋而笑，我繼續道：「但最後一點，你……似乎也沒什麼軍功吧。」

我轉臉看向他，辰炎陽不服氣地甩臉。

「妳果然向著瑾崋，哼。等妳選夫之時……」他忽然俯下身，單手撐於我的身旁，灼灼盯視我。

「我必會參加！」

我輕笑搖頭，抬手拂開他撐在石桌上的手臂，清理棋盤。

「于老院長，你來陪我下盤棋，我被人催婚催得有點煩了。」

「哈哈哈哈——看來老夫還比那些年輕人有希望，女皇陛下竟躲到老夫這兒了。」

于老院長的打趣讓辰炎陽臉色一陣青白交加，氣悶地坐回我身旁，狠狠盯視我。于芮好笑地看他一眼，輕嗤一聲。

他的輕嗤讓于老院長聽到，忽的，他微微蹙眉。

「嘶……女皇陛下，老夫先去趟茅廁，先讓孫兒代替，他的棋藝只會在老夫之上。」

說罷，他直接起身，把一時呆滯的于芮按坐在我的面前，還沉臉囑咐：

「芮兒，老夫也知女皇陛下傾國傾城，但你可不能因她而分心，別輸了這盤棋，女皇陛下會不高興的。」

于芮的臉瞬間紅起，木訥點頭：「是，爺爺。」

我依然氣定神閒地收拾棋子。這幫老狐狸，知道我要選夫，一個個把自家的兒孫往我這裡塞，哎……看來南宮不會荒廢了，乾脆把滿朝青年全塞入南宮，皆大歡喜。

女皇選夫，必會引起天下「大亂」，夫王之爭，一觸即發。

但是，對於百姓來說，這又成了一件舉國歡騰之事，他們又有了茶餘飯後的話題。梁相想盡快舉行選夫，也是為了讓巫月盡快熱鬧起來，讓百姓從戰亂的陰霾中走出來。

我知她是為社稷、為江山、為皇族血脈，可謂用心良苦。但是這一次，我想任性一次，我真的沒心思……選夫……

于芮的棋藝不錯，但有點中規中矩，而老院長這一去，也沒再回。

粉色的桃花花瓣緩緩飄落，落在我們的棋盤上，桃香陣陣，讓人變得有些慵懶。

「于芮你可有兄弟姊妹？」我問。

「有，有兩個姊姊，一個弟弟。」他老實地答。

「那為何于老院長寵愛你？」

他落子的手微微一頓，緩緩收回，面露一絲窘迫。

「因為爺爺說我長得最像他，和他年輕時一樣……聰明。」

「咳。」我掩唇輕咳：「沒想到老院長還挺自戀。」

「啪！」黑子落下，定了江山。于芮吃驚呆坐，似是沒想到我會那麼快贏了他。

我起身：「炎陽，陪我去一趟天牢。」

「去什麼天牢？」辰炎陽揚唇壞笑：「今日如此春光明媚，該去河邊踏青才是。」

「愛去不去。」我冷眸看他，說罷，直接走過他的面前。他怔了怔，趕緊追來。

「去！妳去哪兒，我就去哪兒，反正我是跟定妳了！那……去完天牢能不能去踏青？」他揚唇笑問。

我站定腳步，于芮走到他的身後，側身而語：「女皇陛下心繫巫月，無暇陪你遊玩。」

辰炎陽聞聲轉身，于芮繼續道：「你若想踏青，我可陪你。」

辰炎陽登時一跳：「誰要跟男人去踏青？你閃開，別搗亂。」

桃花片片從他們之間飄過，同樣的美男子，同樣的長髮飄飄，瑾崋、凝霜，我有點想念你們打打鬧鬧了。你們不在，我的身邊真的冷清了許多。

巫月的天牢裡人滿為患，巫月沒有計劃生育，所以達官貴族會努力生兒育女，這一次抓貪反腐，牽連甚廣，動不動一個家族就有數十人涉案，從上到下，從京城到鄉村，整個家族像是一根毒藤一樣遍及數個城鎮。

有些人因為案子尚未了結，還沒宣判，於是，天牢裡的人滿了。

最近刑部和吏部抽調了不少人手，連未央也因此瘦了整整一圈。

我去天牢，是去會一個人，這個人是孤煌一案重要的人證，因為他曾是孤煌少司的心腹和身邊人。

這個人，便是文庭。

諷刺的是，文庭現在正關在當初孤煌少司關押重犯的地方，那間滿是血腥、腐臭之處。

辰炎陽為我打開厚重的鐵門，立刻熟悉的腥臭撲面而來。我想起那次來天牢，懷幽以香帕為我捂鼻，心思之縝密，無人能及。

我緩緩走下，文庭靜靜坐在鐵牢之中，他死罪難免，但活罪難逃。等孤煌少司的餘黨全部歸案，他便會發配西山，終身挖礦。

我站到鐵牢前，文庭披頭散髮的臉微微一怔，緩緩抬起了臉，汗髮後的眼睛看見我時立刻流露欣喜之色。

「女皇陛下！」

我有些疑惑，因為文庭每次見我都很殷勤，那時理所當然地認為他是受孤煌少司的派遣，職責所在。

可是現在，我殺了他的主子，而他見我，依然欣喜。他的眼中是一種癡迷，這種癡迷，讓我想起無數雙注視著孤煌少司的眼睛，以及巫溪雪看著泗海的眼神。

似乎……我明白了……

「不許你這樣看著女皇陛下！」忽然間，辰炎陽在我身邊厲喝，文庭立刻匆匆低下臉，戴著手鍊、腳銬朝我一拜：「小人拜見女皇陛下。」

文庭趴伏在地：「小人願意告訴女皇陛下，但小人有一個小小的要求。」

我俯看文庭：「文庭，我今天來是想問你，狐仙散是在哪裡做的，原料在何處？」

我微微蹙眉。

「大膽！」辰炎陽沉聲厲喝：「你算什麼東西，敢跟女皇陛下談條件。」

「說吧。」我直接說。

辰炎陽驚訝看我。

文庭再次欣喜起來，連連叩頭。

「謝女皇陛下，小人的要求是，請准許小人為女皇陛下帶路，小人已經心滿意足。」

「你真的……只想給我帶路？」

「是的，請女皇陛下放心，小人不會藉機逃跑，小人只想為女皇陛下帶路。」

「為什麼？」我不解地看他。

他低著臉，雙手微微有些激動地緊握：「小人……不敢說。」

「說吧，我赦你無罪。」

文庭的後背起伏起來，似在久久掙扎，忽然，他像是鼓起勇氣抬起了臉，激動地看向我。

「小人第一眼看到女皇陛下就深深地欽慕女皇陛下……」

他的視線開始迷離起來，宛如陷入美好的回憶。

「女皇陛下如同神女般出現在小人的面前，小人有幸能跟隨在女皇陛下身邊一天，小人真的……很高興……高興得幾天都睡不著……現在……」

他緩緩低下臉看自己手上的鐐銬。

「小人知道自己罪孽深重，女皇陛下仁慈，饒我一命，但我此生再也無緣再見女皇陛下了，所以……小人想再跟隨在女皇陛下身邊一天，已經足以……」

「你真有臉說！」辰炎陽受不了地渾身殺氣，像是恨不得馬上進去把文庭踩碎！

我看文庭片刻，淡淡而語：「准了。」

立時，文庭和辰炎陽同時看向我，文庭是驚喜，辰炎陽更像是驚嚇。

說罷，我轉身離去，辰炎陽一直用那副像是驚嚇的神情看我。

「妳為什麼對他那麼好？」走出牢房時，辰炎陽不解地問。

我停步嘆息。

「我無法拒絕一個因為癡迷我，而可以背叛自己主人的人，這種人只怕是為我死，也願意……」

厚重的鐵門在我身後緩緩關閉，關住了文庭激動地抓住鐵籠仰臉看我的癡迷視線。

辰炎陽的神情開始變得古怪。

「怎麼了？」我看向他。

他砸了砸嘴，側開臉：「我忽然感覺他跟我有點像。」

「哼……辰炎陽，你知道你跟瑾崋的區別嗎？」

「什麼？」辰炎陽立刻轉回臉緊張看我，眼神格外認真。

我淡淡而笑，指向自己的臉：「你是因為這個而喜歡我。但是瑾崋……不是。」

辰炎陽怔立在我的身旁，我往前而去，幽幽輕語：

「若我是個醜女，你見我的第一眼，還會喜歡我嗎？你不會的……」

師傅，你給我的這張臉，用處似乎越來越大了。

色本無罪，罪在人心。若是孤煌少司能從善，或許那些癡迷他的女人也會從善，他反而成了一個優質偶像。

✣ ✣ ✣

巫溪雪的棺木是在晚上運出宮的。

我站在高高的觀星台上，凝望月色中那一對細細的長線，那是巫溪雪的送葬隊，除了月傾城，還有看不見的慕容飛雲。

「女皇陛下，別看了。」懷幽輕輕為我披上斗篷，話音之中是一絲疼惜。

我轉過身，靜靜看著月光下的他，柔和的月光在他身上鍍了一層朦朧的柔光，讓人的心自然而然感到寧靜。

他微微閃避我的目光，看向別處。

「懷幽。」我在他轉頭時，靠在了他的胸膛上，立時，他胸膛裡的心跳，出現了片刻的凝滯，隨即，開始不斷地不斷地加快。而他的胸膛也變得越來越僵硬如石。

「女皇陛下……」他尷尬地輕聲呼喚。

「噓……我有點累了……」我閉上了眼睛。

「但是！」

「噓……」

他不再說話，變得安靜，可是心跳卻沒有減速。

「撲通撲通撲通！」

我靠在他僵硬的胸膛上輕輕低喃：

「懷幽……我只做了兩個月的女皇已經覺得累了……每天上朝批奏摺，上朝批奏摺……現在……又被催婚……梁相他們一定不會放過我的……以後的日子……我該怎麼辦……」

「撲通撲通撲通！」

「等瑾崋……他們回來……妳……跟他們……成婚，梁相……便無話可說了……」

我在他斷斷續續的話中睜開了眼睛。

「這是你的意見？讓我跟瑾崋或是凝霜成婚？」

久久地，他沒有說話。靜靜的夜風吹散了他身上獨有的淡淡桂花幽香。我緩緩離開他的胸膛，凝視遠方。

「因為放不下他？」他忽然間，變得有些激動。

我沒有說話。

「我是不會跟任何男人成婚的。」

忽然，他握住了我的手臂站到我的身前。

「心玉！妳是女皇陛下！妳必須要選夫成婚，延續皇室血脈！放下吧，放下那個男人！他已經死了！」

他激動地按住了我的肩膀，雙手強勁的力道像是永遠不想放開。

「那你呢？你能不能放下我？」我抬眸看他。

他的神情凝滯在了清冷的月光之下。我落眸看他緊緊握住我肩膀的手。

「我聽見了，我聽見你作惡夢害怕我死去，害怕我離開你……」

懷幽的雙手倏然如同觸電般從我身上逃離，整個人倉皇轉身。

我看著他的背影，上前一步，痛心而語：「你讓我放下泗海，那你能不能放下我？你對我的心意，和我對泗海是一樣的！但是，但是我親手殺了他，你卻讓我在這麼短的時間內放下他，和別的男人成婚。懷幽……我原以為最了解我的人，是你……」

他的身體在月光中輕顫起來，他慌亂地不敢轉身面對我的臉，我伸出手撫上他失措的後背，他立時在我手心下繃緊，急速的心跳敲打著我的手心。

「懷幽，你難道到現在還想說你對我是忠心，而不是……愛嗎……」

他猛地抽了口氣，從我的面前倉皇逃離……

我停在空氣中的手，緩緩垂落。

假裝女皇的時候，我有敵人泗海與少司，有時時監視我的瑾崋，有對我忠心的懷幽，有知己好友凝霜，有一起戰鬥的獨狼。

可是現在……我真的有點……寂寞了……

敵人死了，懷幽開始疏遠我，子律、凝霜和瑾崋還沒有回來，但隱隱感覺，他們不會再像從前。

在一個風和日麗的日子，我帶月傾城出了城，隨行的還有慕容飛雲。

那晚觀星台之後，懷幽越來越少和我交談了。

倒是飛雲，最近和我在一起的時間越來越多。或許是因為他看不見，或許是因為他負責守護宮廷的緣故。

我們低調離開皇宮，在心玉湖邊上了鳳船，月傾城安靜地坐在我的對面，飛雲站在船艙外默默守護。

我們走的是心玉湖偏僻水域，所以很安靜。

懷幽命桃香和蘭琴隨行，兩個小丫頭因為能出宮而十分高興。

月傾城坐在我的對面顯得有些心神不寧，似是因為與我獨處，也似是在不解我要帶他去何處。

懷幽靜靜站在我的身旁，我帶他出來也是想讓他散心，自觀星台那個夜晚之後，他越發與我保持距離，這是我最不希望的。

我很後悔那晚因為一時的激動，不小心戳破了他與我之間那層幾乎透明的窗戶紙。

「之後你有什麼打算？」我打破了船內的沉默。

桃香和蘭琴為我們端上茶果。懷幽為我倒上了清香的花茶。整個船艙開始瀰漫淡淡的花香。

月傾城在我的話音中反而稍許平靜。

「沒有什麼打算……」他的眸中浮出了絲絲迷茫，他真的沒有打算。

懷幽給月傾城也倒上了一杯清茶。

我端起茶杯：「你們月氏家族一直以培養夫王為己任……」

當我說到培養夫王時，月傾城驚了一下，神情變得古怪而尷尬，傾國傾城的容顏也因此而微微泛紅。與此同時，懷幽手中的茶壺也頓在了空氣之中，久久沒有收回。

我故作沒看見地繼續如常說道：「而你，是他們最為看重之人，所以，我想……」

我頓了頓，還是有些擔心地看他，他卻變得緊張起來，眸光閃爍，睫毛在明麗的春日中不停顫動，如同拍翅的蝴蝶，讓人心動。

懷幽緩緩放落茶壺，面色淡然地默默後退一步，再無聲息。

「我擔心我的要求會不會唐突了一點……」我看著月傾城越來越緊張的容顏，眼角瞄到懷幽無聲的身影，我頓住了話音，因為懷幽……而分了心。

月傾城抬眸朝我看來，氣息微微不穩，咬了咬紅唇，蹙緊了雙眉。

「女皇陛下，傾城……深知家族使命，可是，傾城曾是巫溪雪公主的未婚夫，傾城自覺……配不上女皇陛下。」

「欸？」我一愣。

月傾城因我這一愣也愣住了神情。

懷幽微微一怔，也默默朝我看來。

我愣愣地眨眨眼：「我想說你是夫王人選，精通各種技藝，博學多才，文武兼備，沒有比你更好的老師了！」

「呼——」一陣湖風掠過，鳳船輕輕搖曳了一下，月傾城怔坐在了春日之下，懷幽的嘴角也慢慢地揚起。他緊繃的身體終於放鬆下來，我心裡忽然莫名多了一分爽快。

懷幽，今天這樣你就一驚一乍了，往後選夫的日子，我看你如何繼續鎮定。

茶香化作一縷青煙悠然飄過月傾城傾國傾城的容顏，他僵硬而尷尬地笑了笑。

「原來……女皇陛下是讓傾城……為師……」

「正是，傾城你是難能可貴的人才。」我放下茶杯，開心看他。「皇家學院將要重開，而你無一不精，我捨不得放你離開。你留在京內，任教皇家書院，待你心境平靜之後，我更希望你能入朝堂為我效力。傾城，別離開我，我需要你。」

月傾城怔住了神情，呆呆地看著我，鳳眸之中水光顫動。他緩緩回神，匆匆起身，向我一禮。

「傾城謝女皇陛下賞識，傾城必不辱使命！」

忽然船又隨著波浪搖曳了一下，月傾城一時沒有站穩往我身旁倒去，我下意識伸手握住了他的手臂，他的墨髮掠過我的手，帶來絲絲的清涼。他緩緩抬臉，亂髮劃過他嫣紅的唇瓣，一抹特殊的性感讓人無法移開目光。

一抹深褐色進入我的視野，是懷幽替我扶住了月傾城。我自然而然收回手，看懷幽深褐的身影，官府外的薄紗在春風中輕輕飛揚。

「傾城公子，請小心。」懷幽扶起月傾城，身形幾乎擋住了我全部的視野。

船外傳來飄渺的悠悠歌聲，我淡笑起身，在懷幽扶月傾城坐下時走出船艙，那歌聲在春風中斷斷續續，飄飄渺渺，這裡離湖中心不遠了。

我走出船艙，不遠處的湖面上畫舫簇擁，岸邊百姓站立，曲樂之聲已從湖心而來，化入綿綿春風暖人心房。

「女皇陛下，您還是請入船艙。」慕容飛雲輕聲提醒。

「繞開。」我微笑揚手。

「是，繞開湖中心。」

鳳船撐開，柔柔的春風將美妙的琴聲帶來，如百花盛開，彩蝶翻飛。

懷幽站在了船艙門後：「女皇陛下。」

我揮揮手：「快去，把琴取來。」

「是。」鳳船搖曳，月傾城從船艙中而出，站在慕容飛雲身邊也好奇看向遠處湖中心。「那裡緣何如此熱鬧？」

慕容飛雲微微揚笑：「傾城公子久未出宮，不知京都變化之大。妖男死後，許多癡迷於妖男的女子鬱鬱寡歡，於是，女皇陛下打造了一支美男子皇家樂師團，在心玉湖日日演奏。」

月傾城面露吃驚之色：「以色替色？」

慕容飛雲豎起食指：「噓……」

面前琴案已經擺上，懷幽將軟墊放於我的身下，扶我坐下，雙手放上古琴，撥出一串琴聲，如柳枝在風中飄揚。

椒萸，辛苦了，選出那些美少年一定費了你不少工夫。

椒萸之前淪落花街柳巷，所以他比我更清楚哪裡有適合的美少年，也算是解救了他們。現在，他們是皇家的人了。

演奏彈唱，舞劍弄扇，翩翩的美少年，悅耳的曲聲，清靈的歌聲，飄逸的舞姿，他們用陽光般的笑容化解內亂之後籠罩在百姓心裡的陰翳，用美妙的音樂把春的活力重新注入人的體內。

「為什麼要這麼做？」月傾城露出不解的神情。

「因為音樂可以治癒一切傷痛……」我停下了雙手，對他微笑。「若是美貌的男子，會更增強音樂的神力……」

空氣之中傳來椒萸的琴聲，他知道我來了。

懷幽看向樂聲的方向。

「椒萸也很厲害，他們訓練了半個月，就有此成果，明天他們就要離開京城，去下一處了。」

我微笑點頭，閉上了眼睛，靜靜聆聽椒萸這一支為我彈奏的琴曲。動聽的琴聲如湖水粼粼波光，顫動的水光之中，少年坐於輕紗飄搖的畫舫中，薄薄的輕紗在風中掀起之時，露出玉面粉腮的少年，羞澀窺視，美眸盈盈，紅唇微張，似有話語想要傾訴，卻默默躲回……

癡迷孤煌少司的女人，主要在京都與京都周圍的城市，所以椒萸會帶領他選出來的少年們，一個地方一個地方巡迴表演。

這是我原來的世界帶給我的啟發。我不迷明星，所以不理解其他女孩對自己偶像的癡迷。但是看到那些偶像成千上萬的粉絲時，我感到非常震撼。而這些偶像一定是高高帥帥的美少年，巫月男女平等，我想這個方法應該也適用於女兒國。現在看來，確實效果不錯。

椒萸成功之後，我會讓椒萸回到椒家，由其他人接手，再多打造幾個，這會讓巫月越來越熱鬧。

鳳船出了城，兩邊桃紅柳綠，紙鳶在空中翻飛，岸邊孩童歡笑，情侶相依相偎。

一艘官船從河岸而來，官船上衙差站立，守衛森嚴。

官船漸漸駛近，侍衛放上甲板，一個囚犯從官船中押出，鐐銬丁鈴噹啷走上了甲板，白色的囚服，披散的亂髮。

侍衛上前交接，那囚犯看見我便欣喜地朝我跑來。

「女皇陛下！」但是被侍衛狠狠拽住，不能靠近我半分。

我端坐原位，揮了揮手：「放開他吧，他傷不了我。」

「是。」侍衛放開了囚犯，他激動地跑到離我一米處跪了下來，他沒有更靠近，而是遠遠跪立，開心地看著我。

「文庭！」月傾城吃驚看他，驚呼之中帶著深深仇恨。

文庭依然遠遠癡癡地看著我，宛如聽不到其他任何聲音，也看不到其他人。

「女皇陛下，妳這是……」月傾城不解看我，懷幽微微靠前，擋住了月傾城的目光。

「文庭知道狐仙散原料種在何處，他會帶我們去，徹底銷毀這種害人的植物！」

月傾城恨恨地看著文庭，他還在恨泗海，滅族之恨無法因為泗海的死而消除。

鳳船在明月初升時入了一處山谷，沒想到那可惡的狐仙散原料就在京城之外。整片山谷是一種迷人的粉色鮮花，它們像薰衣草一樣布滿整個山谷，在銀色的月光下散發粉紅的光彩，讓人甚至捨不得採摘。

它們就像泗海，美麗卻很邪惡。

我把手中的火把交給月傾城：「你來吧。」

月傾城沉重地接過，黑眸之中火焰閃耀，他毫不猶豫地把火把朝那片迷人的花海甩去，火把在夜空下轉著圈，最後落入粉花之中，漸漸的，粉色海洋之中燃起了一小撮火苗。

「呼！」一股詭異的邪風在山谷而起，火苗瞬間變成了妖媚的綠色，那綠色的火苗頃刻間燃起了周圍的粉花。

文庭匆匆到我面前，著急看我：「女皇陛下快走吧，此花燃燒有毒！」

我點點頭：「飛雲，你們先回船，我看著。」

慕容飛雲帶領侍衛護送懷幽和所有人回船，月傾城疑惑地看我，我依然佇立在花海之旁。

「丁鈴噹啷！」忽然文庭掙脫了侍衛，在大家吃驚時，他大步跑入了花海，轉身對我深深一禮，嘴角揚起幸福的笑容。

「女皇陛下，文庭自知死罪，今日能隨女皇陛下半日已是滿足。謝女皇陛下！文庭祝女皇陛下一生安康。」文庭說完毫不猶豫地轉身跑入燃燒的花海之中！

「文庭！」我向前一步，倏然濃濃滾煙朝我們逼來。

「快走！」侍衛們紛紛退回。

我揚起衣袖遮擋撲面而來的毒煙，放落之時，面前的花海已化作一片綠色的火海！燃燒的花瓣隨風飄起，化作一個個綠色的螢火蟲飄浮在綠色的火海之上，美得讓人驚嘆！

一片綠色的光芒之中，一抹銀色倏然隨風揚起，我心驚地看去，朦朧的塵煙之中，恰似泗海站在熒綠的火焰之中，與我遙遙相望。

「泗海……」我不由自主地上前一步，突然，它在火焰中剝落，化作綠色的火星被風捲起，飄飛在山谷之中……

泗海……

淚水從我眼角滑落，原來，我真的放不下。

哼……不由自嘲一笑，我若真能放下，又怎會留下他們的衣衫。

慕容飛雲說得對，我是不會選夫王，至少，在這一年裡……

回到宮內，懷幽再次拿來清水為我淨足。俊秀的容顏在柔和的燈光中多了一分暖光，自從重生之後，他似是脫胎換骨，線條越發飽滿俊美起來。懷幽所過之處，宮女無不駐足偷偷觀看，都在紛紛議論懷御前越來越俊美。

似是重生對他產生了一絲影響，或許是仙氣的作用。但懷幽自己卻不知。

我看著他認真的神情，忍不住壞笑道：

「今天在船上，月傾城誤以為我要選他為夫王，你……是不是吃醋了？」

懷幽輕扶我的腳的手一頓，微微蹙眉，緊抿雙唇不言，拿起布巾輕拭我的腳背，輕柔的動作如同隔著布巾輕輕撫過我的腳背。

「你怎麼不說話？」

他依然不語，似是目不轉睛地專心為我擦淨裸足。

我壞笑起來，在他手中勾了勾腳，他一怔，我慢慢抬起腳戳上他的心口。

「我在跟你說話，你居然敢不答？」

忽然，他的手一把扣住了我戳向他心口的腳，灼熱的手心瞬間燒熱了我的腳背，他的胸膛起伏起來。

「妳想讓我說什麼？」他捏住我的腳踝，胸膛劇烈起伏地低語：「請不要再拿我的感情消遣我了！」

我一怔，玩心和笑容因他的話而徹底消散，我靜靜盯視著他低垂的臉，他緩緩放開了我的腳踝，慢慢抽離，灼熱的手心擦過我腳踝上的肌膚。

「所以，你覺得我是在利用你對我的感情消遣你嗎？」

他再一次沉默不語，重新拿起布巾要為我擦拭另一隻腳。

「嘩啦！」我直接從水盆中抽回腳，站在了床榻之上，乾淨的床單瞬間深深映入我的腳印。「我不會再煩你了，你去把阿寶叫來。」

他一怔，驚然抬臉看我：「現在？」

「嗯。」我高高俯視他吃驚的臉：「不錯，現在。」

他雙眸立時收緊，倏然站起，直視我的臉：「現在已夜深，還是請女皇陛下就寢。」

他直直站立在我的身前，毫不畏懼地盯視我的眼睛，灼灼的眼神幾乎是在命令。

我一直與他對視，我不言，他不語，但是他的臉上寫滿一貫的堅持和倔強。

我撇開目光，提裙要從他身邊下床，忽然，他伸手一把將我抱住，俯身壓下了我的身體。

「砰！」

他的手撐在我的身邊，熱熱地盯視我的臉：「請女皇陛下就寢，深夜不要再見男人。」

我雙手撐在他起伏不定的胸膛上，手心傳來他劇烈的心跳。

我再次壞笑起來，緩緩抓住了他心口的衣領：「怎麼？懷御前今晚想侍寢？」

立時，他的黑眸中閃過一抹星火，他側開臉，白皙的肌膚上瞬間晚霞綻放，他咬了咬薄唇，唇角帶出一抹苦澀的笑。

「女皇陛下想嗎？」

我見他笑得苦澀，知道今晚已經玩笑開過了頭。

「妳的心裡只有那個妖男，又怎麼會有我？」

他黯啞苦痛的話語讓我陷入沉默，他緩緩抽離了身體，慢慢地跪落床旁，垂下的臉上是讓人心疼的木然。

「懷幽該死……懷幽對女皇陛下說了大不敬的話……請女皇陛下恕罪……」他緩緩拜倒在了我的榻邊。

我的心還是痛了，我緩緩坐起，沉默地看著他，看了他很久很久。我深吸一口氣轉開臉，淡淡道：「我找阿寶是有話想問他，他是月家的人，不能再這樣不聞不問下去。你去把他叫來吧，你留在屋內，自然知道我要與他說什麼。」

「是。」他應了一聲，起身時，帶走了床榻邊的水盆。

我走到書桌後坐下，看著厚厚的奏摺開始失神……

以前，我逗懷幽，懷幽不會放在心上，而現在，他卻那麼的在意，他為此而生氣，為此而痛苦，甚至還胡思亂想，認為我在消遣他、戲耍他，以紓解做女皇的壓力與壓抑。

他的誤會來自於他的愛。我沒有想到自己已經不能再像以前那樣與他相處了……

「女皇陛下，阿寶帶到。」懷幽的聲音喚回我的神思，我抬眸看去，懷幽垂臉默默走到一旁，跪坐下來。

阿寶的臉上也沒了以前總是充滿稚氣的燦爛笑容，而是非常深沉嚴肅。他像是一夜長大的孩子，彷彿瞬間換了一個人。

他低著臉面無表情地跪落：「拜見女皇陛下。」

我看了他一會兒，揚唇輕笑：「不笑了？」

「哼。」他自嘲一笑：「女皇陛下請不要再玩我了。」

「我從未玩過你。」我說。說實話，阿寶還不夠資格給我玩。

他抬眸看我一眼，又是自嘲一笑。

「妳既知我身分，卻又把我留在身邊，不是把我當猴子玩嗎？我就像那可憐的巫溪雪，被妳戲玩在鼓掌之間。」

「放肆！」懷幽沉沉厲喝。

阿寶瞥眸看向懷幽，可人的臉忽然冷傲起來。

「我放肆？你才放肆吧。你以為你真是夫王了？我可是月氏家族的後裔，依然是個皇族，你這個御前憑什麼對我呼呼喝喝！」

阿寶的厲喝在房內響起，登時讓懷幽的目光失去了片刻的焦距，黯然失神。

我立刻拍案「啪！」一聲，阿寶朝我看來，我沉沉道：「懷幽是我的人，但你不是！」

阿寶的眸光瞬間銳利起來，那一刻，懷幽在我身邊怔住了身體。

我深沉地看著阿寶：「我那時用你，正是因為已知你的身分，所以我沒有在玩你，恰恰相反，我需要你。」

阿寶銳利的眸光因為我最後的話而陷入愣怔，我繼續說道：

「那時，我以為你是因為被巫溪雪退婚而不服，你想證明給她看，讓她後悔沒有選擇你做她的未婚夫，你想讓別人知道，你是有夫王之資的！所以，我覺得你對夫王的位置始終有著執念。」

阿寶的目光再次深沉起來，看似稚嫩的臉上浮起了絲絲不甘與不服，他眯了眯眼睛，唇角浮起一抹冷笑。

「不錯！我是不服！當初，族長認為我才是未來夫王的人選！但是，就因為我童顏而將我給了巫溪雪！那時，巫溪雪才十六歲，但我已看出她有女皇之相。我當時入住她的公主府，教她兵法，傳她武功，沒想到幾年後，她因為我童顏比她年輕，她竟然提出了退婚！我真的咽不下這口氣，巫溪雪的才智，可以說都是我教她的！我是她的師傅！」

阿寶憤怒地激動起來，粉嫩嬰兒肥的臉因此而繃緊。

他顫顫地深呼吸許久，才讓自己平靜，他慢慢摸上自己的臉。

「多少女人羨慕我長生不老，可是這張臉卻讓我月紫君顏面掃盡！尊嚴無存！」

「所以你更想證明自己？」

「不錯！」他傲然看我：「不僅僅是向巫溪雪，也是向巫月所有的女人！」

「所以，你現在還想做夫王？」我揚笑看他。

他也揚唇而笑，眸中充滿自信的目光。

「若是女皇陛下給我這個機會，我月紫君定然不讓妳失望！」

我笑了，身邊的懷幽因我的笑容而垂下了臉龐，一股黯然的氣息從他身上默默散發出來。

我笑看阿寶：「說實話，你確實比月傾城更有企圖心，月傾城若為夫王，未必能鎮住文武百官，但是，你可以……」

阿寶聽了我這番話，瞬間眸光精銳。

「但是……你的野心是不是大過頭了？我看你……似乎不單單想做夫王啊。」我繼續道。

阿寶一怔，銳利的視線立時緊鎖我的眼睛。懷幽微微吃驚地側臉，目光落在我的身上。

我揚唇而笑：「如果我沒猜錯，你失蹤的那些年應該是去了別的國家。是不是哪個大國許了你好處，想扶你做……巫月之王？」

阿寶神情不變地看我良久，忽然輕笑一聲，轉過臉：「我不明白妳的意思。」

阿寶確實比月傾城更加沉穩沉著，但也更加危險，他就像第二個孤煌少司，野心勃勃。

「不明白？好。」我單手支頤，慵懶看他：「我放你走。」

他微微吃驚回眸看我。

我眯眸看他：「你走吧，我也懶得跟你繼續玩這猜謎遊戲。你去告訴你的合夥人，我在巫月隨時恭候；若他敢來，我就會讓他知道，我們巫月女人的厲害！」

是該讓外面自大的男人知道我們女人的厲害了，誰說我們女人強硬不起來？

阿寶眯眸看我，我對懷幽說：

「懷幽，送月紫君公子回房休息，明天給他足夠的銀兩，放他離宮。」

「是。」懷幽的嘴角微微揚起，起身走向阿寶：「月公子，請回。」

月紫君眯眸看我片刻，緩緩起身，沉臉轉身，抬步離去，我悠閒地說道：

「你會覺得我對你更好些。」

他頓了頓腳步，發出「哼」一聲輕笑，毫不猶豫地大步離去，走出了這座寢殿，也走出了他的國家——巫月。

他和孤煌少司有點像，俊美又充滿野心，雖然型不一樣。不過他們童顏一族只是衰老的速度比常人慢，待他三十歲時，或許就有二十歲的容貌了。

懷幽回來時我已入睡，我不想再讓他在我身邊卻內心受折磨，如果他想要距離，那我就給他足夠的距離，只要他可以繼續安心地留在我身邊。

接下去的日子裡，再也沒有大臣上書催婚。慕容飛雲告訴我，他們一致認定我心儀之人就在瑾崋與凝霜之間，因此，所有人都在等待他們回來，然後再次上書選夫。

瑾崋……

凝霜……

為何他們從不想到懷幽？

他們當然不會想到懷幽，因為懷幽不育。

我在漸漸減少的奏摺之中，迎來了夏日，熱熱的風中飄散著幽幽的荷香，這讓我更加懷念狐仙山，因為狐仙山在夏天依然清涼，而這裡卻悶熱難當。

即使仙氣護體，依然難熬這酷暑的炎熱，我躺在涼亭中，奏摺扣在臉上昏昏欲睡。

有人輕輕為我蓋上薄毯，我知道是懷幽。自從我和他保持距離後，他反而輕鬆了許多，笑容也變多了，我沒想到遠離他會讓他快樂，多多少少有些落寞呢……

迷迷糊糊之中，我回到了狐仙山的楓樹林，涼爽的秋風帶起了片片紅色的楓葉，楓葉變成了紅色的蝴蝶，在我的周圍飛舞。

我開心地看著牠們，抬起手讓牠們停落在我的指尖，一陣風起，忽然指尖的蝴蝶變成了黑色，下一秒，所有的蝴蝶都化為黑色，飛舞聚攏，漸漸現出了一個黑色的人影。

他靜靜地站在紅色楓樹之下，像是站立在另一個與我隔絕的世界裡。

「少司？是你嗎？」我朝他走去，他卻往前一步，平伸出手不讓我靠近。

我站定了腳步，抱歉看他：「對不起，我殺了你。」

他微微搖頭，緩緩收回手扶住了面前的紅楓樹，後背劇烈起伏，似是陷入巨大的痛苦。

「你是不是還很恨我？沒關係的，你儘管恨我。」我焦急地向前。

在我朝他疾步走去時，他卻慌張地揚起手，用黑色的袍袖遮住了自己的側臉。

我站在他的身旁，心情複雜難言：「少司，泗海和你……還好嗎？」

他怔了怔，緩緩放落了遮住臉的袍袖，赫然間，黑色的狐臉映入了眼簾，我驚訝後退了一步。他緩緩轉身，黑色狐臉上的毛髮因為淚水而濡濕了一片，眼淚兀自從他的眸中流出。

「這是怎麼了？這是……怎麼了……」我驚訝地伸手緩緩撫上他淚濕的眼睛。

他痛苦地搖頭閉眸，垂下了淚濕的狐臉。我撫上他雙眸下濕透的狐毛，心疼看他。

「告訴我，到底發生了什麼。」即使他以狐形現身，但是我知道他就是少司。

我撫落他的狐臉，他只是痛苦地搖著頭，卻如何也不說話，甚至連哭聲也無法聽見。他張了張嘴，感覺他想說什麼，可是像是有什麼堵住了他的聲音，讓他無法說話。

我心驚地看他：「少司，你怎麼了？你怎麼不說話？你和泗海到底怎麼了？」

「心玉，他不能說話了。」

忽然間，身後傳來流芳的聲音。我吃驚轉身，流芳淡然地站立在片片楓葉之下，看向我的身後。

「快回去，如果讓天庭知道，你應該清楚會受到怎樣的懲罰。」

我立刻轉身看少司，他深吸一口氣，漸漸在我面前消散。

「少司！」我伸出手抓向他，卻只有一滴淚冰涼涼地落在我的手心之上。晶瑩的淚水像是一塊破碎的水晶，漸漸融化在我的手心裡，沁入我的皮膚，一抹冰寒的涼意刺入我的心，我不由自主地想起了泗海。

我立即看向流芳：「孤煌少司怎麼不能說話了？」

流芳的臉上露出一抹惋嘆的神情。

「這是對他最輕也是他應得的懲罰。他在人間用俊美的容貌與花言巧語迷惑女皇，玩弄女皇們的感情，把持朝野，所以在這之後的五百年，他無法再說話，也無法成人形。所以，心玉，妳不必同情他。」

流芳的話真的讓我心中多了幾分感嘆。前一世，他俊美無瑕，溫柔儒雅，磁性的聲音可以輕易蠱惑任何一個女人，寥寥幾句甜言蜜語便能讓女人為他神魂顛倒。

而這一世，他卻再也無法說話，只能悲傷痛苦地對著我默默流淚。我知道他一定想告訴我什麼，可是……他卻什麼都說不出了……

泗海……

那泗海會是怎樣的懲罰？

我著急地看流芳，還未開口，流芳已經淡笑而語：

「妳放心，少司現在是我的侍從，我會好好照顧他的。」

「那泗海呢？」

「泗海沒事。」

流芳緩步到我身前，銀髮在紅楓之間飛揚，他抬手撫上我擔心的臉，微笑看我。

「心玉，妳不必擔心，懲罰是一定會有的，但經歷過懲罰，他們就可以恢復狐仙的身分，所以現在的一切，是值得的……」

周圍的一切在流芳的話音中漸漸消逝，我在夕陽中緩緩醒來，紅紅的落日染紅了身邊的一切。

「女皇陛下！」懷幽激動地匆匆入亭：「他們回來了。」

「人呢？」我驚喜起身。

「正往這裡趕來。」

我高興點頭：「好！設宴！」

懷幽微露一絲驚訝，臉上的笑容卻淡了些，恭敬垂臉：「是！」

我提裙跑過他的身邊，帶起的風揚起了他纖纖細髮和垂在臉龐的絲條，與他擦肩而過的那一剎那，我感覺到了他落寞的情緒。

我在亭外停住了腳步，轉身看他，他依然背對我站立在亭中，無聲無息。

「你不跟我去接瑾崋和凝霜嗎？」我站在亭外問。

金紅的夕陽照入亭中，落在他的身上，將他描出一圈金色的輪廓。

「懷幽還要準備御宴。」他轉身微笑頷首。

「好吧。」我淡淡說了聲，轉身頓了頓，說道：「那你也替他們準備好房間，今晚我要把他們留在宮裡。」

空氣靜謐下來，帶著暑意的熱風撫過我的臉，揚起我臉邊縷縷長髮，身後是長時間的安靜。我緩緩提裙，邁步之時，身後傳來他淡淡的聲音：「是……」

不知為何，我笑了。我垂眸一笑，開始大步跑了起來，衣裙在身下飛揚，我隨手脫掉累贅的外衣，甩向了空中，那金色的外衣如同金色的蝴蝶，在夕陽下翩翩飛舞。

當我跑出宮門時，夕陽灑落在廣場上，風塵僕僕的四個男人正和慕容飛雲緊緊擁抱，同樣顏色的官服，同樣長髮飄然，暖黃的夕陽籠罩在他們的身上，讓眼前的一切變得有種隔世般的朦朧。

他們放開了彼此，朝宮門看來時同時怔住了神情，子律、瑾崋、凝霜還有玉明。慕容飛雲因這突然的安靜而微微側臉，隨即唇角漸漸揚起。

「辛苦了。」我高興地笑看他們。

他們的神情在夕陽中同時顫了顫，玉明微笑垂眸，子律微微鬆了口氣，凝霜唇角揚起之時，倏然瑾崋從他和子律之間衝出，帶起的風同時揚起了子律和凝霜的長髮，讓他們的神情也為之愣怔。

暗紅色的身影落在我面前時，他忽然撲上了我的身體，將我緊緊擁抱，他身後不遠處的凝霜和子律眸光同時寒冷起來。玉明後知後覺地看來，愣了一愣，慕容飛雲微笑地走到他身邊，單手扶在他的肩膀之上。

「聽說妳要選夫了。」耳邊傳來瑾崋低啞的話語，他緩緩放開我，但依然緊緊捏住我的肩膀，星眸更像是發狠地看我。「說！妳選誰！」

我被他「狠狠」的目光盯視，一時忘記了言語。

「哼。」瑾崋身後傳來凝霜的輕笑，他身體搖晃地走到瑾崋身旁，斜睨瑾崋，冷傲揚唇。「原來你加快辦案，是為了趕回來選夫？瑾崋，我真是高估你了，我當你聰明了。」

「少調侃我。」瑾崋也狠狠白了他一眼：「有人聽說我要回來，還不是馬上也回來了！」

凝霜冷冷睨他一眼，雙手環胸：「我是玩累了，想回宮了，整日對著那些官吏心煩。」

「哼。」瑾崋冷哼。

「還有，投懷送抱對巫心玉可沒用的。」

凝霜抬手扣住了瑾崋的手，從我肩膀上拉開。

「若是有用～～」凝霜俯身笑看我：「我是不是早就是妳的人了？我的女、皇、陛、下。」

忽的，他俯下臉啄在了我的唇上。

我表情發怔，看到了凝霜眸中深深的眼神，臉上沒了清高與冷傲的神情，只有深深的思念。那幾乎像要進入我靈魂深處的視線，深切地讓我窒息。

「蘇凝霜！」殺氣而來時，瑾崋憤然地把凝霜推開，凝霜輕巧地躍開，揚起鄙笑地看瑾崋，他眸中深切的思念徹底消失，宛如我看到的那片刻深情只是我一人的錯覺。

瑾崋伸出拳頭要打凝霜，忽然，子律矯捷的身姿插入二人之間，揚手扣住了瑾崋的手，肅然看他。

「夠了！這裡是宮門口！」

子律的臉始終冷峻而沒有過多的表情，眼眸之中還留存著商人的精銳。

瑾崋憤然從子律手中抽回手，凝霜靠在宮門旁依然不屑地冷看他。

「我為你們設宴洗塵，都隨我入宮吧。」我立刻說。

「女皇陛下。」忽的，蕭玉明遠遠一禮：「玉明思念家中未婚妻，想回家看看，請女皇陛下恩准玉明回家。」

「你有未婚妻了？」我驚喜看他。

蕭玉明臉上的神情也有些古怪，他匆匆一禮：「玉明告退。」

蕭玉明轉身匆匆離開，腳步還是一瘸一拐。

慕容飛雲搖頭輕笑，看向我。

「我去送他。」說罷，慕容飛雲轉身，完全不用盲杖地追上了蕭玉明，和他相扶遠去。

忽然間，我明白了。今晚我為他們設宴，他們只有四個人，瑾崋、凝霜、子律和玉明，玉明這是不想摻和進來。

巫月果然人才濟濟，對了，子律的未婚妻安寧也已經上朝，為監察院副院，負責案件卷宗整理和修訂。

「走了！」瑾崋忽然一把拉起我直接進入宮門，蘇凝霜躍了過來，冷視瑾崋。「喂，你這莽夫不要弄痛我們女皇陛下！」

蘇凝霜伸手去拉他的手，反被瑾崋握住，壞壞一笑：「你拉著我就好。」

蘇凝霜細眸微瞇，瑾崋一手拉住我，一手拉住他。

「嗤。」蘇凝霜冷嗤一聲，白他一眼，用力甩開他的手，一邊走一邊整理自己的衣袖。

「別弄皺我的官服！你這莽夫！」

子律走到我身旁，冷峻的臉上一臉深沉，雙眉又是緊鎖，在夕陽的光芒中透出一分獨狼的煩躁。

瑾崋不搭理蘇凝霜，扭頭依然狠狠看我，緊緊握住我的手臂：「妳說！妳到底選誰？」

我蹙緊眉。

「瑾崋，不要煩她。」子律終於開了口，滿臉的煩躁。「你我四人有任務在身，回來應是先行彙報，好讓心玉安心。」

「心玉、心玉，別叫那麼親熱好不好。」瑾崋也煩躁起來：「她現在是女皇陛下了，不再是以前的玉狐，你也是梁子律，不再是獨狼。你梁子律有未婚妻了，回家看你未婚妻去，別留在宮裡招人口舌！」

子律腳步立時一頓，臉沉到了極點，果然話不多說，扭頭就走！

「子律！」我叫住了他，他再次停下腳步，深青色的背影陰氣纏繞。

我氣鬱看瑾崋，瑾崋輕笑挑眉：「我有說錯了嗎？」

我拉開他握住我的手，他立刻甩臉。凝霜細長的眸子裡光芒流轉，始終站在一旁觀看。

我上前一步轉身看他們三人：「你們離開的這段時間，我很擔心，也很想念你們……」

子律在我的話音中轉身，面容緊繃，但眸中的目光漸漸柔和。

「在你們離開沒多久，梁相就上奏摺催婚……」

瑾崋轉回了臉，眼中充滿急切與煩躁。

凝霜的神情平靜下來，微微垂眸，變得沉默。

夕陽漸漸落下，收走了宮道上最後一抹陽光，我認真地看著他們。

「但是，我以你們為由拖延了。」

他們三人同時一怔，目露吃驚與迷惑。

我淡淡而笑：「因為……你們在外面那麼努力為我做事，我怎麼好意思在這裡大肆選美男呢？所以，這段時間……」

我還是撇開了目光，避開了瑾崋焦灼的視線。

「我是不會選夫的，我還不想成婚。」

我說完轉身，獨自走在了陰暗的宮道上，身後變得一片安靜，靜得像是有什麼吞沒了他們，把我獨自一人留在世上。

我想念以前那個動不動要殺我的瑾崋，也想念那個總是扮演妖妃的凝霜，還想念那個喜歡獨來獨往，話不多言的獨狼。

可現在，全都不一樣了。

瑾崋會催問我選誰為夫，子律變得越來越像梁相，整日緊鎖雙眉和一臉的憂國憂民。

似乎，現在只有凝霜還沒變……

晚宴設在荷花池旁，幽幽荷香瀰漫在溫暖柔和的夏風之中，晴朗的月光灑在那粉嫩的荷尖之上，閃現微微的珠光，宛如一顆珍珠躲在粉色的花瓣之中。

柔軟的地毯上擺滿柔軟的靠墊，淡藍色的薄紗在四周飄搖，一盤熏香驅散了夏季的蚊蟲，靜靜的夜裡蟲鳴來為我們伴奏。

懷幽讓所有人走遠，然後規規矩矩地跪坐在我身旁不遠之處。

瑾崋、凝霜和子律紛紛入座，子律還是一臉化不開的重重心事。

瑾崋直接看向懷幽，一直盯著他看，若非他說他心中的是我，如炬的目光會讓人以為他看上了懷幽。那火辣辣的目光像是在質問些什麼，又像是在嫉妒著什麼。

但是懷幽在瑾崋的盯視中依然鎮定自若，目不斜視，不看瑾崋也不看旁人。

難道……瑾崋以為與我日夜相處的懷幽，已經侍寢？

明明是洗塵宴，氣氛卻莫名僵硬起來。

凝霜坐在瑾崋一旁，一直用眼角餘光看他，嘴角掛著玩味的冷笑。

子律也不說話，雖知他不愛說話，但他那張從未笑過的臉，讓氣壓又低了一分。

我看了看大家，立刻笑道：「大家把桌子併起來，這樣才熱鬧。」

瑾崋收回視線，凝霜也不再看瑾崋。子律微露猶豫之時，凝霜已經端起桌子，放到了我的面前，與我相對，挑眉看我。

「果然還是我的女皇陛下最賞心悅目。」

「蘇凝霜！」忽的，同樣的沉語竟從瑾崋和懷幽口中一起而來，蘇凝霜瞥眸看向他們，他們紛紛一怔，各自轉開了臉。

「哈哈哈——」蘇凝霜仰臉大笑：「你們果然還是老樣子！」

瑾崋氣呼呼地把桌子搬起，「啪」一聲放在我們旁邊。子律也搖搖頭，把桌子搬了過來，大家圍坐在了一起，瞬間感覺親近了一分。

「懷幽你不過來嗎～～」蘇凝霜舉起酒杯看懷幽，懷幽想了片刻還是走了過來，提袍坐到我身邊時，瑾崋倏然移了過來，佔據了懷幽的位置。懷幽微微蹙眉，目光看向我的另一邊，他最終還是坐在瑾崋原先的位置上，依然遠離我的身旁。

「這樣才對，今晚可沒君臣，讓我們像以前一樣開開心心聚上一聚。」我笑看他們。

「這才對。」蘇凝霜第一個贊同，微微拉開整齊的衣領。「穿著這套官服太難受了。」

蘇凝霜不舒服地要去扯腰帶，立時，所有男人的目光聚焦在了他的身上，離他最近的懷幽立刻扣住他的手，沉臉看他。

「不要在心玉面前寬衣！」

蘇凝霜的手微微一頓，冷笑看懷幽。

「你們裝什麼正經？想當初，在座的男人除了梁子律，可都跟心玉同床共枕過。」

子律眉峰立時蹙緊，黑眸中也露出心煩之色，抬手拉了拉衣領，轉開了臉，凝霜繼續輕嘲地看瑾崋和懷幽。

「今天反而不能脫了？這是要熱死我嗎？」

「蘇凝霜！要脫你回房脫去。」瑾崋心煩地看他：「別在這裡放浪，沒人留你！」

一抹寒光立刻劃過凝霜的雙眸，我開始有了不好的預感。惹惱凝霜，他那張嘴可不會讓你好過。

我立刻拿起酒杯，大聲說：「大家辛苦了。」確保每個人的注意力都被拉回晚宴之上。

懷幽放開了蘇凝霜，蘇凝霜冷笑一聲，拿起酒杯。瑾崋終於不再瞪著懷幽，而是瞪著凝霜。

大家紛紛舉杯，可是這氣氛卻越來越讓人窒息。我心想，或許喝了酒，會融洽一些。

我沒想到大家回來時，會帶著如此濃烈的……火藥味。

「心玉，現在孤煌少司的黨羽基本已經清除，但是一些貪官潛逃出境，想要捉回，還有些困難……」子律在放下酒杯後，就開始彙報公事。

「子律，你饒了我吧……」我頭疼地抱住頭。

子律一愣。

我放落雙手可憐巴巴地看他，他在我「痛苦」的神情中徹底怔住了，我趴在桌上苦楚地說道：

「你應該知道我最不喜歡被關在房裡，這幾個月，我幾乎沒走出皇宮半步，沒日沒夜地批奏摺，希望你們能早點回來陪我說說話，玩一玩。好不容易把你們給盼回來，你又開始跟我說公事，子律，早上我對著你娘真的已經夠了，現在你就做一下獨狼好嗎，拜託拜託。」

我雙手合十。

他的黑眸在明麗的月色中漸漸浮出憐惜，他抿了抿唇，點了點頭。

我開心地拿起酒壺為他倒上酒：「喝酒喝酒，我們真是好久沒聚了。」

「怎麼宮裡沒人陪巫心玉妳說話嗎？」

凝霜坐在對面，單腿曲起，衣領已經微微開合，露出裡面絲薄的內單，他細長冷豔的眸中掠過一抹高冷，看向懷幽。

「看來有人沒有服侍好我們的女皇陛下啊。」

懷幽在凝霜的話中微微垂臉，默默端起了酒杯，送入口中。

瑾崋立時看向懷幽，脫口而出：「你沒侍寢嗎？」

「噗！」懷幽喝入的酒立刻噴出，登時，凝霜冷傲的神情凝固，子律也咳嗽連連：「咳咳咳。」

懷幽的臉越發下沉，轉開臉不看瑾崋。

「哈哈哈——」凝霜再次朗聲大笑：「我說怎麼懷幽一出現，小花花的眼睛就像要吃了懷幽，原來是在嫉妒小幽幽可以日夜陪伴在巫心玉身邊。小花花～現在你知道小幽幽沒有侍寢，可以安心了？」

瑾崋的臉色果然好了許多，舉杯一口飲下，放鬆地長舒一口氣：「呼，現在我心裡舒服多了。」

懷幽在他的話中蹙起秀眉，抿唇不語。

「心玉，這件事妳拖不了多久……」子律看向了我。

立時，我感覺到瑾崋、凝霜和懷幽的目光一起朝這裡看來，雖然瑾崋的臉對著別處，凝霜懶洋洋地躺下，懷幽低臉端酒，但是他們之間的氣氛始終很緊繃。

子律沒有察覺地繼續說著：「妳以我們為由拖延，我娘就派人八百里加急送書信給我，命我速速辦案，盡快回京。心玉，妳該做出決定了。」

我拿起酒杯喝了一口，無聊地看向別處：「既然如此……你們訂吧，我就隨便湊合吧。」

「怎能湊合？」瑾崋陡然生氣起來，懷幽看向他，他「啪」一聲放落酒杯灼灼看我。「妳就是這種態度嗎？如果妳選懷幽，選那個人渣！」

瑾崋甩手指向對面的凝霜，凝霜立刻坐起冷眸看他：「你說誰是人渣，你這頭豬！」

瑾崋不搭理他，繼續狠狠看我。

「妳選他們不選我瑾崋，我瑾崋毫無怨言！但是，巫心玉，妳如果選別人，什麼隨便湊合，我瑾崋第一個不答應！」

他激動地朝我俯來，單手撐在我身旁的地毯上，目光越發逼人。

「想當初我們都是妳帶進宮的！我們的清白早已經洗不乾淨了！他們不敢說，是他們的事！」

瑾崋再次指向凝霜和懷幽。

「但是我瑾崋一定要說！我的心、我的清白，全給了妳，妳要對我負責！你若是找別的什麼人湊合，我瑾崋立刻出家！」

他的手緊緊按在自己的胸脯上，目光灼熱得幾乎要吞沒我的一切。

他居然用出家來威脅我！

我在他灼灼的視線中，渾身開始發熱，細細的汗絲偷偷從皮膚中鑽出，這分熱意不是由酷暑帶來，而是一種更像是心虛和窘迫。

「有人也要看看自己有沒有資格做夫王～～」凝霜冷笑的話語從對面而來，他側坐桌邊，單手支頤，清高而傲慢，長髮垂於桌邊，一抹冷豔的嫵媚油然而生。

瑾崋轉臉狠狠看凝霜，我乘機偷偷挪開，挪到子律身邊。子律半垂眼瞼盯視我，我推了推他，對他一笑，他煩躁鬱悶地撇開眼，搖搖頭與我悄悄換了位置。

我的對面變成了懷幽，懷幽在瑾崋和凝霜之間默默地低下臉，再次拿起酒杯，默默飲下。

「夫王不是誰都能做的～～」

凝霜提起酒杯輕輕晃，空氣中瀰漫出絲絲酒香，他冷豔的雙眸看向瑾崋。

「他不僅僅要坐鎮後宮，還要在女皇生病、懷孕期間代理國政。瑾崋～～不是我蘇凝霜小看你，你有那個能力嗎？」

凝霜冷眸瞥向他，嘴角掛著輕鄙的冷笑。

「哼，我看你啊～～只有做御夫的資格，也就是……做小的。」

「你就能嗎？」瑾崋冷笑回擊，白了凝霜一眼。「你這張臭嘴，會把大臣全部得罪的！」

「哈哈哈——我蘇凝霜幾時說過自己要做夫王？」

凝霜仰天大笑，抬手拂過長髮，轉臉嫵媚朝我看來。

「我就愛做小的，是吧，巫、心、玉？」

凝霜單手支頤朝我眨了眨眼，嫣紅的唇像冬雪中的紅梅般冷豔綻放。

我一愣，在他的媚眼中變得僵硬。凝霜這玩笑，可不能亂開。

「你什麼時候坐那兒去了！」瑾崋這才回神，星眸閃閃看我。「不許看那個人渣！」

他忽然探身，伸出手臂用大手遮住了我的眼睛，不讓我看凝霜。凝霜輕笑一聲，再次拂了拂長髮，轉回臉愜意地飲酒。

「夠了！」子律一把按下瑾崋的手，蹙眉嫌棄看他。「幼不幼稚！」

瑾崋甩開子律的手，煩躁地拿起酒杯一飲而盡，重重放落，微帶一分醉意捏住梁子律的手臂。

「你回家成親去，這是我們的家事。」

「家事？」子律的神情變得哭笑不得，懶得搭理他，繼續喝酒。

自始至終，懷幽一直不言。

「若說夫王資質，我們幾人之中，只有……」凝霜清冷的聲音再次而來，他瞥眸看向了對面的子律。「子律兄可以。」

「咳！咳！」子律一口酒嗆出，匆匆以袍袖掩唇。

懷幽也看向子律，瑾崋好笑地拿起酒杯，輕笑一聲：「他有老婆了。」

「但確實無論家世，還是能力，子律兄都當之無愧。」忽然間，懷幽竟說話了，這讓瑾崋和凝霜露出一分驚訝。

瑾崋苦笑看懷幽：「巫心玉跟別的男人成婚了，你咽得下這口氣？」

這些男人說話越來越不顧及我在場了。我蹙眉拿起酒杯，忽然被子律按住，我看向他，他對我搖搖頭。

我看著他清明的眼睛，他在說我不能醉。

我放落酒杯，他收回手，子律和凝霜依然看著懷幽，而懷幽卻只是看著自己面前的酒杯。

「我……只是個御前，只想……好好照顧女皇陛下。」他拿起酒杯，緩緩咽下。凝霜單腿曲起，手肘撐在膝蓋上，冷豔的眸光掃過懷幽。

「那我們的心玉寂寞了，你怎麼沒有陪她？侍寢也是一種照顧，你……不懂嗎？」凝霜的冷言冷語讓懷幽的臉瞬間炸紅，吃驚得紅唇半張地看凝霜，眸中帶出一分怒意。

「蘇凝霜！你知道你在說什麼嗎？」

「別理那個人渣！」瑾崋坐到懷幽身邊，攬住了他的肩膀，先前還狠狠瞪視懷幽，此刻卻要好似地勾肩搭背。瑾崋手中的酒杯冷冷指向蘇凝霜的臉上。

「你以為我們的心玉是那麼隨便的女皇啊！」

「哈哈哈哈——」凝霜又是仰天大笑，搖頭飲酒。「哎……我們的心玉真可憐，想想她在我們離開之後便無人暖被，陪她入睡，想著也心疼。不過……」

他的嘴角壞壞一揚，緩緩放落酒杯，纖長的手指在玉杯上輕輕打了個圈。

「我回來了，我不會再讓妳寂寞的。」

他微微轉身，唇角揚起，下巴微抬看我，雖然依然帶著他蘇凝霜的冷傲，但那雙冷豔的雙眸卻讓他多了分嫵媚。

我笑了，忍不住伸手捏了捏凝霜的面頰：「你回來真好。」

凝霜順勢輕輕握住了我的手，我卻感覺到他手心的一絲熱意。我有些吃驚看他，他細長澈黑的眸子裡流露出他如常的微笑。

「蘇！凝！霜！」瑾崋忽然撲了過來，凝霜瞬間從我面前消失，握住我的手從我的手上滑離。

「撲通！」他被瑾崋撲倒在地毯上，瑾崋扯起他已經鬆散的衣領，立時露出凝霜衣衫下赤裸白淨的肌膚。瑾崋揪起了他，狠狠看他：「不要勾引巫心玉！」

「哼。」凝霜冷笑瞥眸，不看瑾崋。伸手推開他，冷臉輕拉自己被瑾崋拉皺的衣領。「我不想跟醉鬼說話。」

「你這個人渣！」瑾崋又要上前，倏然懷幽拍案而起，「啪」一聲，世界頓時變得安靜，大家紛紛看向這個老實、從不多言的御前。

懷幽的臉上也帶了一分酒的微紅，他擰了擰雙拳，睫毛在月光中輕輕顫動。

「你們別再逼心玉了，她的心裡……還沒放下那個男人……」

當最後一個話音從他口中吐出時，他拿起案上的酒杯仰臉一飲而盡，「啪！」一聲重重放落，緊擰的雙眉間是深深的痛苦。他捏緊了酒杯，宛如要捏碎的力度，接著痛苦地埋下臉。

「對不起，奴才醉了，請容奴才先行告退。」他哽咽輕顫地說完，沒有聽我的回答就直接起身離開，深褐的身影搖搖擺擺地漸漸消失在了月色之中。

我一直看著他，心裡很疼，卻又很無奈，我低下臉。

「瑾崋，麻煩你送懷幽去浴殿洗漱一下，那裡的男侍們會服侍你們，你的房間也還在老地方。」

「知道了。」他低低地說了聲，起身默默離開。

懷幽的話終於讓夫王的話題告一段落，卻也讓這次晚宴就此收尾，他瞬間剿滅了瑾崋身上的火焰，也帶走了團聚時應該有的快樂。

淡淡的荷香與酒香夾雜在了一起，杯中酒映出了天空的明月，我揚起臉，看向空中圓圓的銀盤。

「一直等著你們回來……盼著你們回來……結果，最後變成了這樣……」

目光垂落，身邊只剩下安靜的凝霜和子律。

「哼。」子律輕輕一笑，拿起酒杯對我一敬。「對不起，早知那隻豬那麼失控，我們應該先把他揍暈再拖回來的。」

「噗嗤！」我忍不住笑了，凝霜單手支頤，舒眉笑看我。

「笑了就好。」

「此事確實心煩。」子律在一旁默默舉杯。

「你煩什麼？」凝霜轉眸輕笑看他：「煩的是心玉。」

子律抬眸，放落酒杯：「問題是心玉以我作為藉口，今晚回去，只怕煩的是我了。」

子律心煩地舉起酒杯，飲下時雙眉已經緊鎖。他是最怕麻煩的人。

「哈哈哈哈——」凝霜在他對面笑起，勾唇瞥看他：「你是怕被梁相催婚嗎？」

子律一怔，眸光閃了閃，放落酒杯，再次為自己倒上一杯。

「你也奇怪，安寧跟你青梅竹馬，你怎遲遲不與她成婚？」凝霜勾起的唇角帶出一絲壞意。

我也看向子律，子律感覺到了我的目光，微微轉過身體，側臉上寫滿濃濃的心事。

「就因為是青梅竹馬，所以……」

「哦～～變成兄妹情了？」凝霜冷冷地從鼻中哼了一聲：「所以才遲遲拖延？你這是打算拖老人家姑娘嗎？」

「本是打算成親的，未料妖男禍國。」子律蹙緊了雙眉，似是極為心煩。

「妖男禍國跟你成親有什麼關係？」凝霜好笑地喝酒，滿臉的不屑：「不想成親就不想成親，少拿別的事情來做藉口！」

子律在凝霜的話中並未生氣，而是繼續說道：

「若是成親，一旦出事，就是兩個家族。所以那時不成婚，也是安寧母親和父親的決定。」

凝霜的臉慢慢轉向了子律，子律再次舉杯，看著酒杯的目光漸漸失神起來。我疑惑地看著失神的子律，他從未有過這樣帶著一絲迷茫的神情。因為無論是行事雷厲風行的獨狼，還是那個精銳的生意人梁子律，都從未有難題能讓他陷入困惑與迷茫。

「雖然明知對安寧是兄妹之情，但一直沒有心儀的女子，從未有過動心的感覺，打算與安寧做一生的夫妻……」

「沒有心儀的女子？哼。」凝霜懶散地躺在了桌邊，雙肘後撐地毯，仰面星空。「是因為你梁子律梁大公子眼光高吧！梁相之子的身分讓你以前在皇家書院便萬眾矚目，多少少女為你踏破梁相門檻。為了不讓人以為你靠梁相，你棄官從商，即使如此，京中少女依然趨之若鶩等你梁大公子打開心扉。雖是巫月女兒國，我看等著做你妾的女人也不少。」

「啪！」子律的酒杯放落桌面，慢慢捏緊。「我不能再拖下去。」

「要我給你們主婚嗎？」我高興地說：「真的好久沒有喜事可以讓我湊熱鬧了，我在宮裡真的很悶……」

「啪！」一聲，子律竟捏碎了手中的酒杯，我立時頓住了話音，看著鮮血染紅了他的手指。

「子律，你怎麼了？」我心驚看他，立刻拿起他的手。他依然側臉坐在一邊，我拿出絲帕為他包桀：「還好傷口不大，還是去我房間塗點傷藥吧。」

他身體一僵，卻是第一刻從我手中抽回了手，側臉低語：

「不用了。夜已深，我該回了。留在宮裡，我娘只怕睡不好。」

說罷，他起身準備離去。凝霜在一旁勾唇笑看他，不屑的目光宛如又在笑別人不夠坦誠。

他最後的話，不知為何讓我不禁笑了。我是女皇吶，若是他們留睡宮中，即使無事發生，第二天清白也會被我毀了。

「還有，別喝酒。」他側臉沉語：「男人已經醉了，妳若是再醉了，會出亂子。」

他沉沉囑咐完，大步離去，更像是在逃離什麼。

我看著子律遠去的身影，感嘆：「都不一樣了……」

「怎麼？捨不得？」凝霜在一旁輕語。

我看向他：「不是捨不得，感覺子律也變了。」

凝霜細長冷豔的雙眸劃過一抹笑意，忽然到我身邊，仰臉躺在了我的腿上。我微微一怔，他閉眸自得地單腿疊起。

「終於只剩我們了，看來只有我沒變。」

他的這句話讓我的心中再次感慨重重。

「懷幽怎麼了？」他忽然問：「這個悶葫蘆以前巴不得跟妳寸步不離，現在怎麼反而想遠離妳？」

我心裡發悶地靠在桌邊：「我知道懷幽對我的感情了。」

凝霜猛地睜眼，立時起身：「然後呢？」他露出少有的認真。

我瞥眸看他：「然後？然後就這樣了。懷幽以為我利用他的感情消遣他。」

凝霜細長的眸中劃過一抹沉思，微微蹙眉：「這個悶葫蘆。」

「確實，我因為太悶，喜歡開他玩笑……沒想到會讓他生氣……」我微瞇雙眸：「懷幽因為不想讓我為難，而刻意遠離我……瑾崋又整天逼問我選誰為夫……子律也因為我以他為由拖延婚事而一臉煩惱。凝霜，我該怎麼辦？」

「哼。」他輕輕一笑，拿起酒杯微微一抿，嘴角微揚：「簡單，全要了。」

我一個機靈，看向他。他拿起酒壺倒了倒，酒已無，他伸個懶腰。

「哎呀，終於可以休息了，累死我了。」

「去浴殿吧，我讓人準備了熱水給你們沐浴。」我對他微笑。

凝霜站了起來，身體微微一個踉蹌，冷豔的眸中劃過一抹漫不經心的冷笑。

「我才不要跟他們一起。」他的語氣裡多了一分醉意。

他轉過身，朝荷花池一步一步走去，鞋子不知何時已經脫在地毯邊，雙手放在腰間。

「他們一個悶葫蘆，一個豬，看得我有氣！」揚手之間，腰帶已在他手中飛揚，他隨意扔下，腰帶落在了地面。夜風吹過，微微掀起了他鬆散的衣衫。

他抬起手，長髮隨意地挽在頭頂，露出了修長的頸項，幾縷碎髮落在頸邊，越發襯出他頸項的性感和誘人。

已經鬆散的衣衫在月光下漸漸打開，露出了泛著月光的赤裸肩膀，我一怔，微微側開目光。

「你就在這裡？」

「哼，我覺得挺不錯。」凝霜的身體在月光下搖曳了一下，聲音染上了夏風的醉意和慵懶。「我蘇凝霜一直那麼隨性，妳又不是不知道。」

「撲簌」一聲，衣衫滑落他赤裸的手臂，明麗的月光在他的身上瞬間勾勒出銀色的輪廓，炫目得讓人心跳加速。

他仰了仰臉，衣衫徹底落地，柔美的腰線瞬間吸引了人的目光，那凹凸有致的，屬於男人的性感，讓蘇凝霜「冰山美人」的稱號當之無愧。

他白色的絲綢長褲在夜風中服貼在他的腿上，修長的雙腿立時隱現，月光下勻稱的雙腿從絲薄的長褲中透了出來，若隱若現的性感足以讓女人心跳加速。

「撲通！」他躍入荷花池中，粉嫩的荷花與荷葉搖曳了一下，水珠濺落在大大的荷葉上，在月光中滾動，閃爍。

我拿起酒杯，杯中純淨的酒液微微蕩開一層漣漪，如同此刻波光粼粼的池水。不知為何，心神始終無法平靜，最後還是放落酒杯，看向漸漸平靜的荷花池。

波光緩緩平靜，卻不見凝霜出來，心中擔憂，起身走到池邊，池中不見人影只見一輪明月。

難道因為醉了，沉下去了？

「凝霜！凝霜！」我焦急地喊了起來，忽的，水面微微波動，一個人影從那輪明月中緩緩浮出，瀲灩的水光流淌在他俊美的臉上，水中明月的月光讓他變得朦朧不可見。

我安心地鬆了口氣，提裙坐在了池邊：「你把我嚇到了。」

「妳擔心我？」他依然在那輪明月之中，宛如美麗的人魚從明月中鑽出。

「我當然擔心你……」我深深看著月光中朦朧安靜的他：「不然，也不會盼著你們回來了……」

月光籠罩在他浸濕的長髮上，帶出迷人的月牙色。他微微沉下，緩緩朝我而來，輕悠的水聲隨著他的前進在這個寧靜的世界響起，他的身後留下一條長長的月牙色痕跡，月亮被打碎，在池中顫動，波光再次閃爍，也閃爍在了我的身上。

他緩緩到了我的身前，雙手從池水中伸出，放在岸邊，微笑看我。

「我說過，我是妳的魚。」

我笑了，俯下身與他面對面：「那麼……魚兒魚兒，你想吃什麼？我餵你。」

他冷豔的雙眸漸漸瞇起，薄唇開啟之時，醉啞地吐出兩個字：「吃妳……」

我一怔。

「嘩啦」一聲，他從水中而出，吻上了我的唇，清涼的池水讓他的薄唇變得冰涼，熟悉的觸感讓我的心立時顫動，泗海……

他微微離開了我的唇，同樣冰涼的手撫上了我的臉。

「他們不懂妳，我懂……」

他撐起了身體，輕輕吻上我的臉，清涼的池水從他的手心沾到了我的臉上。

「妳殺了妳最愛的男人，但只能看著別人說好……」他一點一點吻落我的面頰：「我知道妳很痛，很想念他。巫心玉，不要再一個人硬撐了……」

他輕輕捧起我的臉，鼻尖蹭過我的鼻尖，我的心在他充滿疼惜的溫柔話音中感到揪痛、下沉，有誰能懂我的痛？

我殺了泗海，卻只能看著別人笑！卻只能聽著別人說好！

他們為泗海的死而鼓掌，為泗海的死而歡呼，而我……卻無法為他辯駁半句……

淚水從眼中落下，這壓抑得太久……太久的淚水……

他從水中起身，泛著水光的身體在我的眼中越發朦朧。他捧住了我的臉，微微灼熱的唇吻上了我的眼淚，順著我的淚痕一點一點吻落，緩緩吻上了我的唇。這一次，他沒有再離開，而是深深地咬住了我的唇，吸走了我心中所有的苦悶。他的呼吸也開始灼熱，手滑落我的頸項，留下他火熱的痕跡，接著身體靠了上來，濕熱的身體瞬間濡濕了我單薄的衣裙，也將他渾身的熱意映入我的身體。

「不要再強忍……」他火熱的氣息吐在我的唇上，將我深深擁緊，吻過我的面頰、吻上我的頸項。「想他的時候……可以把他當作我……」

我推上他赤裸的已經分不清是汗還是水的濕熱胸膛，但他肌膚火熱的溫度卻與泗海完全不一樣。

「怎麼？妳不想？」他抱緊了我，埋在我的頸邊。

「那你呢？你想嗎？」我淡淡而笑。

「哼……」他在我耳邊輕笑：「還記得那次妳我在密室裡，妳問我想不想，我撒謊了。」

我在他的臉邊微怔。

他的胸膛在我的身前深深起伏，隨即在我的耳邊深深吸入一口氣，緩緩吐出他黯啞的話語：

「我想。巫心玉，我想妳，在我蘇凝霜第一次說喜歡妳的時候，就已經認定妳了。所以，這一次我回來，我不要加官進爵，我只要進宮留在妳的身邊，妳別想趕我走，我想做妳的魚，永遠永遠……」

我的呼吸因他的話而凝滯，情不自禁地伸手撫上他熱燙濕濡的後背：「不後悔？」

「不後悔。」

「即使宮內還有別的男人？」

「哼，不在乎。」他輕笑：「瑾崋那頭豬我可從沒當作人。」

「呵……」我忍不住笑了，輕輕推開了他。

他的臉上浮出了一絲失落，微微側開臉：「不願把我當作那個男人嗎？」

我輕輕撫上他看似清高，卻很豔美嫵媚的臉。

「當然不願，你是你，他是他。我放不下他，但我也不能把別的男人當作他。凝霜，這對你不公平，你就是你，我的男人、我的蘇凝霜。」

凝霜驚詫地朝我看來，我垂眸而笑。

「我把他放在心裡，也是一種放下，現在放不下的，是懷幽，是你們……你們真的那麼在意我愛他嗎？」

「原來是這樣！」

凝霜驚喜地看著我，忽然仰天大笑。

「哈哈哈——懷幽這個大笨蛋，哈哈哈——」他笑罷，拉起我的手，揚唇而笑。「看來要被我搶先了，我愛妳，我的女皇陛下……」

他執起我的雙手，俯臉吻落……

「蘇！凝！霜！」

忽然，殺氣從旁而來，我搖頭微笑之時，瑾崋的腿已飛到我的面前。一陣風揚起我的長髮，凝霜立時起身閃開，輕巧地落在不遠處，微抬下巴，清高傲慢地俯視一切。

瑾崋憤怒地站在我的面前，一身潔白如雪的浴袍在風中輕揚，他長髮披散，散發幽幽清香。我深吸一口氣，風中還有那熟悉的淡淡桂花香。

「你這個人渣！今天一定要閹了你！」瑾崋雙拳緊擰。

說罷，他朝蘇凝霜躍起，我隨手抓起凝霜地上的衣衫，朝凝霜扔去。

「別凍著了！」

凝霜躍起之時，雙臂撐開，衣衫宛若翼翅，他纖長的手臂滑入其中，落地之時，衣衫已在他身上。他甩開雙臂轉身，明明是整齊的官服，也被他穿得飄逸迷人。

「哼，得不到，就亂咬人了？」凝霜此時真的是萬分鄙夷地看瑾崋，抬手朝他勾了勾。「來來來，我陪你，去去你這身躁火！」

瑾崋一躍而起，瑾崋轉身飛入夜空，輕盈的身姿在荷花池上輕點，已經躍到遠方，瑾崋緊追不捨，月光之中，兩個人的身影交纏重疊。

身邊腳步聲踏過草地，窸窸窣窣，他蹲在了我的身旁，浴衣散發出乾淨桂花香。我朝他看去，瑾崋一頭長髮在身後用髮帶微束，潔白的衣領因為他俯身而散開，恰到好處地露出他柔美的鎖骨。

「蘇凝霜沒對妳做什麼吧？」他有些著急地說，看著他黑眸中的擔憂，我大笑起來。

「哈哈哈——你們真是奇怪，不是應該問我有沒有對他做什麼嗎？」

我落眸深深看面前的男人，我的御前，我的懷幽。

他黑眸之中已經少了方才的醉意，眸光因為我的話而閃爍。

我輕笑一聲，起身。

「我是女皇，懷幽。」說罷，我轉身抬步向前，走出了草坪。宮人為我掌燈，我走在去浴殿的路上。

他一言不發地跟在我的身旁，可是渾身的寒氣連桃香她們也不敢多看他一眼。

浴殿安安靜靜，只有月光從上而落，整個浴池的水已經換過，飄散著花香。我揚手讓所有人退下，月光明媚，不想讓燭火破壞了這天然的美色。

只有他，沒有走。

「妳是想讓蘇凝霜侍寢嗎？」在所有人走後，他低低的話音從我身後而來。

我頓住了腳步，揚起笑，沒有回答，開始寬衣。

「心玉！」

我立刻轉身：「你要服侍我沐浴嗎？」

見我拉開衣衫，懷幽驚然後退，一腳踏空，他倒向了浴池，黑髮和絲薄的浴袍在月光中飛揚，「撲通」一聲，水花四濺，他墜入水中。

「哈哈哈——哈哈哈——」我站在浴池邊大笑：「你還是那麼害羞，害羞什麼？我們以前可是一直同床共枕。」

「嘩啦嘩啦！」他好不容易在水池中站穩，黑髮在花瓣中飄揚，他垂下了臉，晶瑩的水珠從他的臉上緩緩低落。他沒有說話，只是靜靜地站立在漸漸平靜的水中。

水光在月光的作用下，反射在他的身上，為他染上了一層無法言喻的哀傷和悽楚，他像是沐浴在月光中孤獨的精靈，對這個世界漸漸絕望……

「女皇陛下，請不要再跟奴才開這樣的玩笑……」

我心中劃過微微的一抹疼，沉沉看他：「你還以為我是在消遣你嗎？」

他沒有說話，微微側開臉。

「那你是怎麼看剛才的事？」

「奴才……不敢……」他咬了咬下唇。

「不敢說？」我抬起腳，走下了浴池。我的裙衣在池水中浮起，他在水中怔住了身體，緊繃得無法挪動一步。

我朝他一步一步走去。

「你覺得是因為我太寂寞了，正好凝霜投懷送抱，所以，我借他的身體來尋求慰藉，是嗎？」

他的腳步在水中踉蹌了一步，眸光閃爍而慌張。

「所以，在你心裡我是一個隨便的女人，是嗎？」我走到了他的身前。

他慌張地後退一步，再次跌落水中，踉蹌站起，低下臉急語：「不，不是的。」

「不是？你分明就是那麼想的。」我再上前一步，他再次急急後退，憂急臉紅地看我。

「不是的！心玉，我……」他靠在了池邊，無法逃脫。

我緩緩上前，伸手撐在了他身邊的浴池上，踮起腳尖對上他紅透窘迫的臉龐。

「所以，懷御前，我現在寂寞了，想讓你侍寢，你肯嗎？」

他的神情倏然僵滯，眸光呆滯地落在我的臉上。水光瀲灩，映落在我和他的身上，寧靜的浴殿，幽幽的花香，還有，半濕的他和我。

他咬了咬唇，緩緩垂下臉，我傾身上前，撫上了他熱燙的臉，貼上他柔軟熱燙的胸膛，他的身體徹底緊繃，失措地閉上了眼睛。

我緩緩吻上他的唇，他的唇在我的唇下顫抖，睫毛在月光中如同蝶翅震顫不停，連帶著他的身體也開始輕顫。

我退回身體說：「你太緊張了。」

說罷，我準備離去。

「心玉！」他忽然從我身後緊緊抱住了我：「對、對不起……我、我……」

「懷幽，說出來吧，不要再忍在心裡，不然，你只會把我越推越遠，把我推給蘇凝霜，把我推給瑾崋。」

我在他的雙臂中轉身，他垂落的眸光中流露出不安和迷茫。我撫上他的臉，他閉上了眼睛，緊蹙的雙眉間卻是深深的痛苦。

「懷幽，我不願坐鳳轎上朝，只是為了跟你一起散散步，多說說話……」我注視著他。

懷幽一怔，睫毛顫了顫，緩緩睜開了眼睛。我微微而笑，他在我的笑容中徹底失了神……

我靠上他的胸膛，聽著裡面激烈的心跳。

「我跟你撒嬌，是因為我真的依賴你，從來不是因為知道你喜歡我，故意消遣你。或者說，正因為知道你喜歡我，我才想這樣靠在你的身上，得到你的溫暖……」

「心玉……我……」

「你不必自卑……在我心裡，最依賴的人是你……所以，不要再這樣遠離我，好嗎？你真的讓我覺得很孤單……」

「心玉……」他張開雙臂擁緊我，把我緊緊擁在胸前，火熱的身體，火熱的溫度，漸漸染上了我的身體……

「對不起……我不知道……我真的不知道……」

「沒關係……現在知道也不遲……」我在他胸前搖搖頭。

「凝霜說得沒錯，我太蠢了，沒有照顧好妳……」他輕撫我的後背，火熱的手心映入我濕透的衣裙。

我抬起臉，迎上他深情的視線。我撫上他的臉，便被他握住了手。我一點一點撫過他的眉，微笑地再次吻上他的唇，柔軟的唇相觸之時，忽然他收緊了環抱我的手臂，重重的吻隨即壓下，一種克制已久的壓抑讓他瞬間失控，火熱的氣息從他的口中噴吐而出，更像是本能控制了他的一切，他大口大口啃咬我的唇。

我心中一驚，還沒反應過來時，他的吻已經順著我的脖子重重往下。他壓在了我的身上，火熱的手撫上我的肩膀，一把抓住了我的肩膀，慢慢拽落我的衣衫，隨即火熱的吻也相繼來到，我的身體慢慢點燃，失去了推開他的力量。

他圈緊我的腰粗喘地吻落，胡亂而沒有章法，拉開我的衣領吻上我的鎖骨，火熱的舌貪婪地在他的喘息中舔過。溫潤柔和的懷幽卻在此刻變得有些霸道，盡情宣洩他壓抑已久的深情，可是動作卻依然努力克制，盡可能的溫柔，像是深怕捏碎了我，或是吻碎了我。

他吻落我的身體，撫上了我柔軟的酥胸，隔著抹裙的手開始輕顫。他一把抱住我轉身，把我壓在了浴池邊緣，一點一點啃咬而下，火熱的指尖插入了抹裙邊緣，緩緩落下，當月光染上我漸漸裸露的酥胸時，他的吻也隨即而下。他輕柔地吻上我染上月光的肌膚，火熱的手掌相當溫柔，我的呼吸開始急促。

「懷幽……」我撫上了他的長髮，慢慢揪緊。

他輕輕地吮吻，火熱的喘息使我燃燒，他小心翼翼的溫柔動作更加磨人，他輕柔的愛撫，手心撫過我已經綻放的敏感，更加催化了身體的熱意。

他再次吻上我的唇，纏綿而溫柔的吻比剛才好了許多，他依據本能地快速成長，也驅使著他一點一點佔有我的身體。

他吻落我的頸項，燒紅的臉貼在了我的臉邊，身體還是有些緊張地輕顫。他壓在了我的胸前，胸膛不斷大幅度起伏，他輕輕地貼上了我的下身，熱燙的手掌擁緊了我的身體，一點一點撫落我的後背，帶下了我最後的衣裙。他不敢看我地緊緊貼在我的身上深深呼吸，鬆散的浴衣早在水中徹底打開，在水中蕩漾。

滑落的衣領掛落在他赤裸的手臂上，他的胸膛緊緊貼在我的身上，像是想和我永遠這樣黏在一起。

「心玉……」他黯啞帶哽的聲音像是久久沒有喝水，又像是剛從沙漠中走出。

「我……」他撫上我的後腦，胸膛在我胸前大大起伏，劇烈的心跳像是心臟快要跳出。「可以……服侍妳嗎……」

他終於說出口，張口咬住了我的耳廓。我深深呼吸，在他身前微微點頭。

他欣喜地深吸一口氣，赤裸的腿在水中微微滑入我的腿間，手緩緩撫落我的腿，緊張地小心探入。見我微微蹙眉，他緊張地伸出，我立時抱緊了他，他卻緊張得繃緊了身體。

「沒關係的，懷幽……」我撫上他的後背，微微調整。他在我的輕撫中放鬆了身體，攬緊我的腰緩緩進入，緩慢溫柔的速度在水的幫助下更加順利。我不由縮了一下身子，他在我的頸邊立時發出一聲悶哼。

度過初期的不適後，他緩緩律動起來，水波蕩開，寧靜的浴殿裡響起他越來越急促的喘息。月光泛起層層波光，映在四處，讓浴殿變得迷人而夢幻。

他溫柔而緩慢，流露出他往日對我的珍視與珍愛。他像是不忍讓我受一絲傷害，努力克制自己眸中越來越濃烈的慾火，每一次都很溫柔，深深地進入，緩緩地離開，勻速的律動，讓身體變得越來越火熱，越來越協調。

他的身體在月光中微微泛出了紅，他捧住我的臉再次溫柔地吻上我的唇，雙腿在水中交纏。他溫柔地撫過我的頸項、我的身體，將我緊緊擁入胸前，直到喘息凝滯，他無法克制地加快了速度，原先已經讓每一處的細胞充分點燃，現在更是將熱情推至頂峰。

他抱住我久久喘息，我在他濕漉漉的懷中感受他燃燒般的體溫，宛如此刻，他全身的血液都在激烈地沸騰、燃燒。他靠在了我的肩膀上，輕輕啜吻我的肩膀，依然火熱的手掌緩緩滑下手臂，執起我的手，放在唇邊輕柔地繼續啜吻。月光映照出他雙眸中的深情與癡迷，他微瞇著迷離的雙眸，繼續輕柔地吻著我的手、我的手臂，溫柔得像是在親吻初生嬰兒般。

他攬住我的腰，輕柔地將我抱起，俯下臉輕柔地啜吻我的臉頰，一步一步走出水池，溫柔地將我放在浴池邊的軟榻，俯下身深深看進我的眼裡。

「心玉……我是在作夢嗎？」

朦朧的月光讓他的臉也變得朦朧起來，柔美的臉上是未退的情慾與潮紅。

「不是，現在你真的是我的男人了。」我撫上他的臉。

他靦腆而羞澀地笑了，目光觸及我赤裸的身體便匆匆撇開了目光，將軟榻上的浴袍遮蓋在我的身上。我微微撐起身體，他低垂羞紅的臉，睫毛在月光中輕顫。他火熱的手掌隔著蓋在我身上的浴袍緩緩撫落，撫上我光潔的大腿，面帶虔誠地俯下臉，一點一點啜吻而下。他小心輕柔地執起我的玉足，緩緩吻落，吻過我的腳背，火熱的臉貼在了我的腳背上，溫柔而笑。

「懷幽……」我輕輕喚他，只見他緩緩睜開眼睛，放落我的腳背回到我的身前，俯身緊緊抱住了我，側躺在我的身後，宛如不想讓我看到他臉上的羞紅與靦腆羞澀的表情。他雙臂緊緊環住我的腰，雙腿與我小心地碰在了一起，依然帶著臣子般的恭敬，沒有與我緊緊相貼。

「心玉……」他緊緊環住我的腰，輕動之時，我感覺到他再次燃起的火熱。他一驚，匆匆避開。我的臉登時紅了起來，雙手枕在臉邊：「如果……你還想……」

「不，夠了，我已經滿足了。」他輕撫我的臉：「我不想妳太累，明天妳還要上朝，我的女皇陛下。」

我心暖而笑，懷幽的體貼讓我感動，讓我感覺自己像是被他小心捧在手心，含在唇中。

想了想，還是轉身。他慌忙別開臉，明麗的月光中照出了他滿臉的潮紅。我抬手撫上他的臉，緩緩吻上。見他怔了怔，我翻身壓上他，緩緩撫上他的茱萸，他立時微微瞇眼，唇中吐息。

「懷幽……」我吻在他的耳畔：「不要忍著，會傷身體的，沒關係的，我來幫你……」

他忽然按住了我的肩膀，我看向他，他側開通紅的臉，黑眸之中水光盈盈。

「我、我怎麼能讓心玉服侍……」

「沒關係的。」我單手撐在他緊繃的胸膛上，笑看他：「不要把我當作女皇陛下好不好？至少，在我們單獨相處的時候，讓我感覺這個皇宮因為你而像自己的家。」

「心玉！」他激動地看向我，眸中火焰瞬間吞沒了他的黑眸，倏然，他攬上我的腰翻身而上，旋即火熱的吻如同雨點般重重落下。他的吻比剛才更加充滿了激情，但依然帶著他的溫柔，他激烈而近乎顫抖地落下吻，隔著浴袍重重啃咬，我不禁抓緊了他的長髮。他吻落我的小腹一路往下，我的呼吸開始急促。忽然他一個吮吻，我的身體立時電閃雷鳴，他再次起身吻上我的唇的同時也再次進入。

粗重的喘息吹入我的唇中，他這次比剛才更加熟練，更加控制自如，他的身影映在一旁的浴池上，久久不停，徹底宣洩他長久壓抑在心底的摯愛……

懷幽不是我第一個帶入宮的男人，但卻是第一個把心交給我的男人。

他在桃花林對我下跪，道出只想保全自己的實情時，我便知，若是得他，他會忠我一生。卻沒想到，我最後還得到了他的愛、他的心，還有……他的人……

他是一個願為我巫心玉殉情的男人，這樣的男人，我不想放手，我想去回應他的愛，不帶任何雜質地去好好愛他……

✣ ✣ ✣

晨光照入暖床時，我不想睜開眼睛。我鑽入身邊懷幽的懷中，抱住他的身體，躲避即將到來的催婚大戰。

摸了摸，懷幽身上穿了睡衣。

「心玉……心玉……」

果然，懷幽不是當妖妃的料……

妖妃不是應該努力賴在我的身邊，不讓我上朝嗎？

現在，他又不是我的男人，而是我的御前，好煩……

「心玉，該起床了，妳要上朝。」

「嗯～～」我抱住他想要賴床：「傳令，今天女皇放大假！」

「哎……」懷幽深深一嘆：「果然是我累到妳了嗎？」

聽到懷幽自責，我無法賴床了。坐起來，發現身上也穿著睡衣。昨晚懷幽把我抱回寢殿時，臉頰通紅，看得桃香她們偷笑連連。

「我怎麼會累？我仙氣護體，體力好著呢，我只是不想上朝。」我蹙緊眉。

「為何？」懷幽坐到我身邊，不解看我。「心玉，朝是一定要上的！」

他萬分認真，墨髮垂在身上，讓他越發柔美，讓人心憐。

我看向他，嘆氣：「梁子律回來。」

他微微疑惑：「子律回來妳就不上朝？」

「之前我以子律、瑾崋、凝霜他們為由不成婚，可是現在子律回來了，梁相一定會去催婚的。懷幽，我知道你現在是我的男人了，我應該給你一個名分……」

懷幽的臉登時通紅起來，有些慌張地側開臉，宛如此刻才發現昨晚的一切不是夢，我們真的有了夫妻之實。他羞紅臉地抓緊了身上的薄被。

「懷幽……不求名分……」

「胡說什麼？」我有點生氣了：「那昨晚算什麼？」

他更加羞紅了臉。

我有些生氣地捧住他的臉，緊緊盯視他，他的黑眸水光顫動，卻不敢把視線放在我的臉上。

「敢做不敢認？後宮那麼大，我還不能給你個御夫的名分嗎？」

懷幽一怔，看向我，眸光更加顫動起來，身體再次激動得微微輕顫。

「心玉妳……」

「不過……你介不介意我招凝霜入宮？」我笑了。

「不、不介意！」他開心地握住了我的手：「我、我果然還是太木訥、太過蠢笨，我還是喜歡照顧心玉，無法逗心玉開心。凝霜可以，但凝霜又不會好好照顧心玉。那、那瑾崋呢？瑾崋……」

「別激動，懷幽。」

我吻上他的唇，他愣了愣，安靜下來。我退回身體握住他的手，笑看他。

「很多事急不來，成婚也是。現在子律他們剛剛回來，四方剛剛平定，但百姓尚未富庶，所以此時不宜大肆操辦婚禮，消耗國庫。而且月紫君已經離開半年，算算時間，他的主子說不定會領兵前來，所以，最近說不定還會開戰。懷幽，我會跟你成婚的，只是最近不行。不如你先籌備起來，怎樣？」

「心玉……」他激動地看著我，晨光照出了他眼中顫顫的眸光，分外靦腆與可愛。他的溫柔與溫暖無人可替代。

桃香她們進來時，懷幽羞窘地坐在床上不敢出來，深深躲在帳內，那群丫頭壞笑地在帳外行禮。

「恭喜懷御夫，賀喜懷御夫～～」

「妳們這些死丫頭，還不快給女皇陛下更衣！」低斥的話音從帳內傳出，卻帶著一絲窘迫。

桃香她們羞羞地笑起，我沉臉帶笑地唸她們：「好了，別鬧了。」

「是，女皇陛下～～」桃香和蘭琴立刻上前為我更衣，飄揚的紗帳內，懷幽依然乖乖坐著。

我伸個懶腰，深吸一口氣。

「呼，去對付那群老狐狸。懷幽，要桃香她們為你更衣嗎？」

「不，不需要。」他有些慌張地說：「今天懷幽不能陪陛下上朝了……」

「我明白。」我看向桃香，眨眨眼：「都出去吧。」

「是～～」桃香那群小丫頭和我一起離開。我轉身關好了殿門，深深的寢殿之內，懷幽獨自躲在帳中。

看來懷幽要適應很久。

雖然他在攝政王與女皇之間游刃有餘，但是，他還是一個老實守本分的人。還記得以前逗他時，他每次都被逗得面紅耳赤，窘迫失措，然後對我求饒：「請女皇陛下莫再戲弄奴才。」

每每想起，還是會忍不住會心一笑。

「女皇陛下，瑾崋公子和凝霜公子醉在荷花池邊，怎麼辦？」出了寢殿後，桃香輕聲稟報。

我頓住腳步：「被子蓋了嗎？」

「蓋了。」

我想了想：「去叫醒他們，我還要封賞他們。」

「是。」

「還有，懷御夫的事情，讓大家盡量緘口，少談論。」

「是，女皇陛下。」桃香會心一笑。

懷幽靦腆而害羞，也很在意別人的議論，若此事鬧得沸沸揚揚，只怕他會好幾天不出門。他不像隨性的凝霜，不被外界任何事物束縛與干擾，他需要一段時間來適應身分的轉換。

而且……我擔心瑾崋知道，他那火爆的脾氣，只怕又要鬧騰。

頭微微一絲脹痛，不過，相較於瑾崋，眼前那班老臣才讓我更加頭疼。他們像是催婚的父母，沒日沒夜地提醒我該選夫了，該成婚了。

即使我宣布大婚，他們還是不會放過我的，因為他們接下去會催該生子了……

哎……頭痛，誰來解救我一下。

今天上朝的心情因為子律他們回來，而鬱悶了一分。

當我的腳邁進朝堂之時，文武百官已經轉身朝我看來，立時，我感覺到今日的氣氛不同於往日。

在最前方，子律和玉明站立在梁相一側，隨梁相一起轉身，梁相和文武官員看了我身旁一眼，目露疑惑後垂下臉龐。他們在疑惑今日懷幽怎麼沒在我身旁。

我抬步上前，柔兒與蘭琴伴隨我的身旁，與我一起走上鳳位。我轉身坐下時，蘭琴代替懷幽高聲喊道：「女皇陛下上朝——」

「女皇陛下萬歲萬歲萬萬歲——」群臣下拜。

「平身——」

群臣起身，梁相出列。

「女皇陛下，巫月四欽使已經回京，四位欽使為我巫月清除妖男餘孽，查辦貪官汙吏，大快人心，讓巫月百姓更加愛戴女皇陛下，可謂勞苦功高。」

「梁相說得是。」我微笑點頭：「四位欽使……」

正說著，瑾崋拉著蘇凝霜匆匆入內。蘇凝霜懶懶散散地輕笑，腳步悠哉，傲慢不屑地看過朝堂上每一個老臣。

好在這裡大多數人知道蘇凝霜的脾性，並未在意，反而淡笑搖頭，顯出長者包容的氣概。

倒是瑾毓，看見自己兒子匆忙的模樣，微微遮臉，面露慚愧。

瑾崋和蘇凝霜站到了子律和玉明的身邊，瑾崋沒好氣地先是白了我一眼，接著舉起雙手。

「拜見女皇陛下。」行完禮就甩開臉。

子律瞥眸看他，湊近聞了聞，蹙緊雙眉，一臉嫌棄的神情。

「拜見女皇陛下。」凝霜規矩一禮，隨即冷睨身旁瑾崋。「抱歉，臣失職，沒有調教好瑾崋。」

「蘇凝霜！你討打嗎？」

「咳！」忽然，大殿一旁傳來瑾毓重重的咳嗽聲，瑾崋一驚，蹙眉低頭。

「哈哈哈哈——」凝霜大笑起來，回眸又看子律。「子律兄你昨晚走得真早，大家光明磊落，你怕什麼？沒想到你梁子律居然也會在意那些閒言碎語嗎？」

子律有些煩躁地轉開身，蘇凝霜雙手環胸帶一分輕鄙地看梁子律的後背，宛如又在嘲諷他人不夠坦誠。

我微微蹙眉，梁相第一時間轉身看曲安大人與他身後的安寧。安寧側開臉，蹙緊雙眉抿唇不言。

大殿的氣氛忽然尷尬起來，老奸巨猾的老臣們一個個轉開臉看向別處，宛如不知殿中發生何事。

我繼續說道：「四位欽使斬奸臣，清貪腐，可謂守護巫月清明天下，還百姓一個公平公正。四位護國有功，賞黃金百兩，白銀五千兩。正式命蕭玉明為刑部尚書，即日上任！」

慕容飛雲、聞人胤和連未央高興地看向他。

「大家可有異議？」我看向群臣。

安大人上前一步。

「之前蕭成國雖然貪贓枉法，陷害忠良，但與玉明並無干係，玉明秉公辦案，六親不認，可謂鐵面無私！女皇陛下任蕭玉明為刑部尚書，臣等沒有異議。女皇陛下英明，也請女皇陛下繼續任命蕭玉明為欽使，時時視察！」

我微笑點頭：「安大人的建議甚好，玉明，你呢？你願意繼續做這欽差大使，離京視察嗎？」

蕭玉明立刻叩拜：「臣！願意！」

我欣賞看他：「很好，你要記住，你手中是我巫月玄凰劍，可執掌先斬後奏的生殺大權，你不可辜負本女皇，和這裡每一個讚賞你的大臣！」

蕭玉明起身，神情微微激動，轉身朝所有大臣一拜。

「謝各位大人賞識玉明，玉明必不會辜負眾望！」

大臣們紛紛點頭，目露讚賞。

梁相再次上前。

「女皇陛下，現在天下大定，臣也已經有些疲憊，想辭官退隱家中休息，請女皇陛下恩准。」

我看著她，這個梁相，也不用退得那麼早吧。哎……她想走，我也留不住。

梁相想辭官，這事半年前已有打算，當時她暗示我給子律安排官職，有所政績之後，便讓子律替代。於是，我讓子律做了欽差大臣，助我平定巫月的同時，實則是在為子律增加政績，他日任命宰相之時，也可讓群臣心服口服。

於是我道：「准，但我想請梁相入皇家書院，教書育人。」

皇家書院今後為培養人才之處，所以老師的質素更為重要。

梁相一怔，頷首一禮：「臣，領旨。」

她無法推託。留她在皇家書院，我也可時常見她，她依然可以在朝政上給予建議。而沒了宰相的身分，她的建議會更加中肯。

群臣面露驚訝。

「梁相要走？那、那誰來做我們群臣之首，這個宰相吶。」大家目露一絲擔心，彼此相看。

安大人再次走出。

「女皇陛下，巫月不可無宰相，自從四位欽使四處為百姓鳴冤之後，臣等看到了年輕人的實力。尤其當初領兵入京，解救受冤百官的更是這些年輕人，臣等覺得巫月應該注入更多新鮮的血液，讓更多的年輕人為巫月效力！」

我看看不再言語的梁相，再看看安大人，他們這一搭一唱地唱雙簧，是想推出子律。

「此建議甚好。」我說。

安大人立刻補充：「女皇陛下英明，臣想舉薦梁相之子梁子律為相！」

立時，子律驚訝轉身看梁相，梁相微微別過臉，子律細長的眸中頓時劃過精銳的眸光，轉回身不再多言。

與此同時，群臣也微微吃驚。

「恭喜啊。」凝霜輕輕撞了撞子律。

子律蹙眉，上前道：「臣資歷尚淺，無法勝任宰相之職。」

「子律兄何必謙虛？」凝霜朗朗而言：「巫月宰相，能者當之，既然安大人舉薦，你若推辭，豈不做作？你的能力大家有目共睹，當年皇家書院院長親自推薦你入朝為官，你已推辭一次，這次，你是真的不能推辭了。」

「不錯不錯。」群臣輕聲議論。

「當年子律可是巫月神童啊……」

「是啊是啊，九歲通讀巫月書院大學書籍，十歲於皇家書院結業，十三歲文武雙全，才智過人，十七歲得皇家書院于院長親自推薦入朝為官，當時我真是嚇了一跳啊。」

「這件事我當時也在，但是子律當時不願為官。」

「那是自然，那時他不過十七歲，正是玩樂的年紀，若是我也不想做官。」

大家談論起了往事。

「原來你還有那麼多頭銜？」我吃驚看子律。

沒想到子律卻煩躁地給了我一記白眼，頗有氣我拖他下水的意味。

我算了算，子律被奉為神童的時候，我還沒上狐仙山呢。

「既然大家贊同……」群臣在我的話音中安靜下來，我笑看子律：「梁子律，上前聽封。」

子律聽令上前卻還是蹙緊眉頭，似是百般不樂意。

蘇凝霜在一旁輕笑。瑾崋眨眨眼睛，終於露出久違的笑容，還輕聲打趣子律：

「別人都巴不得做宰相，你看你，像上刑似的。」

立時，子律狠狠給他了一記白眼。

瑾崋壞笑揚唇，目露挑釁，宛如在說：「你打我啊。」

我沉沉開口：「今，我巫月女皇封梁子律為一品宰相，在朝為左，為文官之首！」

終於，梁相的心事算是了了。

「恭喜梁相——賀喜梁相——」道賀聲在大殿內迴盪。

我看向老梁相，她含笑行禮：「女皇陛下英明……」

「蘇凝霜上前。」我看向凝霜。

他微微一驚，臉上甚至沒了笑容，他橫眉看我：「我不要做官，妳應該知道我要什麼？」

立刻，唏噓聲起，老臣們驚嘆地齊齊看向在朝堂上也敢放肆的蘇凝霜。

「你可真夠不要臉。」瑾崋在一旁嘲諷。

玉明立刻退到一旁，子律看向瑾崋與凝霜也是蹙緊了眉。

「哼。」蘇凝霜冷笑一聲，微抬下巴傲然俯視瑾崋。「女皇馬上就要選夫了，如果你再不自薦，那後宮裡可真就沒有你的位置了。」

瑾崋一怔，立時看我：「妳什麼時候選夫？」

我登時怔坐在鳳椅上，老狐狸們已經露出想笑又不敢笑的神情。

突然，瑾毓上前，羞於面對般地行禮：「臣也想辭官，解甲歸田。」

「什麼？」瑾崋驚訝地看瑾毓，瑾毓側開臉，嫌棄地不想看瑾崋。

我真的有點吃驚：「右相，朝中無人可替妳，妳若是走了，誰來做我的右相？」

瑾毓嫌棄地看瑾崋一眼：「臣有此蠢兒，實在愧立朝中。」

瑾崋立時一臉鬱悶：「娘，您是說我丟您的臉嗎？」

「難道不是嗎？」瑾毓真的急了：「你看看你，一臉想要入宮的急樣，你也是個少將，沉穩一點好嗎？」

瑾崋昂首而立，鏗鏘有力說道：「我愛女皇，想與她成婚何錯之有！我又沒說我要爭夫王！」

登時，瑾毓的臉反而炸紅，群臣紛紛掩面偷笑。

我的臉也快要紅了，瑾崋第一次在大庭廣眾下向我示愛。

凝霜揚起了笑，雙眸之中頗有刮目相看的意思。

子律卻一時失神，安寧看向了子律，忽然間，梁相卻鼓起掌來。

「啪！啪！啪！」

立時，群臣也紛紛鼓掌，瑾崋反倒是有些得意起來。

今天這朝堂，可真是熱鬧極了。

掌聲停下，梁相微笑上前。

「女皇陛下，瑾崋少將已經當堂求愛，女皇陛下就莫再推辭，盡快成婚吧。」

立時，朝堂全然安靜，朝我看來。

「梁相，妳已經辭官了，選夫之事就莫再操心了。」我微微一笑。

我話音落下之時，梁相也呆立在朝堂之中，我揚唇而笑，她啞口無言。

「女皇陛下，請恩准臣回鄉。」瑾毓再次懇求。

「哈哈哈哈——」大臣們笑了起來：「妳呀妳，怎麼喜歡上種田了？」

瑾毓氣悶扠腰：「你們若是過過那種田園安逸生活，你們也會喜歡的。」

瑾毓的話喚起我對狐仙山安逸生活的懷念。果然女人的內心深處還是喜歡那份安寧與安逸。

當初還跟流芳說，來年春天必回狐仙山陪他，結果，已是來年夏季了，往後無數個春天也都無法回狐仙山陪伴他了。

我不捨地看瑾毓：「真的不留了嗎？」

她著急地抹抹汗：「女皇陛下，現在天下太平，但臣家裡的糧食是真的快要秋收了！」

立時，大臣們笑了起來，瑾毓的急色和瑾崋如出一轍，他們果然是母子。

「右相，別走了，瑾崋快要入宮了～～」大臣們開始打趣。

「是啊是啊，妳啊，還是在京裡享福吧。」

瑾毓更是急紅了臉：「自家兒子自己知道，你們就別來取笑我了。」

「娘！」瑾崋著急上前，瑾毓轉身就是厲喝。

「你閉嘴！你這樣不是為難女皇陛下嗎？人貴有自知之明，你看看你，既沒蘇凝霜的才智，又沒梁相公子的沉穩！」

梁相微露尷尬之色，看向子律。子律蹙眉撇開臉，滿臉的煩躁，但瑾毓繼續說著：

「你都沒懷御前謹慎認真，憑什麼讓女皇陛下喜歡你，召你入宮？」

瑾毓的話如同一盆冷水狠狠澆在了瑾崋的頭上，讓瑾崋安靜的同時，也讓整個大殿寂靜下來。

瑾崋神情有些失落地站在瑾毓的面前，星眸之中泛出了深深的哀傷。

「娘，我以為妳會支持我的。全天下的人笑話我，我瑾崋都無所謂，因為我只是追求我所愛，可是……我沒想到，娘，您會把我說得一無是處……」
瑾毓蹙眉側臉，重重嘆息。瑾崋難過地低下了頭。
「對不起，兒子讓您丟臉了。」說罷，瑾崋頭也不回地大步離去。
「瑾崋！」我急急喚他，他的腳步卻變得更快。我立刻看向凝霜，凝霜對我一禮，匆匆追瑾崋而去。
整個大殿忽然一片肅靜，所有官員無不面露尷尬之色，他們看向靜默的瑾毓，然後輕輕嘆息。
我看向瑾毓：「右相，在我征戰時，瑾崋從不怯場，一直在陣前廝殺，他身上有多少傷，你應該比我更清楚。所以，即使他做出任何出格之事，我也不准任何人笑他！因為，他身上的每一道傷都是為了我，為了巫月！」
瑾毓怔怔地抬起臉，百官一起默默點頭。
梁相看向瑾毓：「瑾毓，我們是不會笑話瑾崋的，相反的，他有向女皇陛下當堂求愛的勇氣，他是一個很了不起的孩子。」
瑾毓看向眾人，眾人對她紛紛點頭微笑，瑾毓目露歉疚。
「我真的讓崋兒傷心了，即使知道不成，也該支持他。」
文武官員又是一陣尷尬。
「怎麼會不成呢？妳也是瞎操心。」
「就是，別這麼說妳家瑾崋。」朝中的女官們紛紛上前。
「想當初，多少女孩兒上你們家提親？」

「沒錯沒錯，我們家那女兒可是天天唸叨瑾崋呢，說……」一位女官附耳到瑾毓耳邊，我凝神細聽：「如果女皇陛下不要瑾崋，她要！為這事兒跟我吵了很久呢。」

我心中微微不悅，我身邊的男人果然個個吃香。

「瑾毓啊，妳可是右相，瑾崋那孩子從小就崇拜妳，妳今天這樣潑他冷水，他一定傷心死了。」

瑾毓連連點頭：「我這就去找他。」

說罷，她向我行禮，我直接揮手：「妳去吧。」

「多謝女皇陛下容忍我那個傻兒子胡鬧。」瑾毓說完匆匆出殿。

就在這時，辰炎陽急急跑入大殿，與瑾毓擦肩而過。

群臣再次站立兩旁，目露疑惑地看匆匆而入的辰炎陽。

「女皇陛下。」辰炎陽單膝跪地：「城外來了一個異域人，說自己是蒼霄三王子都翎，求見女皇陛下，他說您認識他。」

我心中立時大喜：「是都翎！速速有請！」

辰炎陽見我高興，眸光閃了閃，起身：「是。」

群臣面露疑惑，一致看向梁相。梁相想問的樣子，卻直接看向子律。

子律微微蹙眉，滿臉嫌麻煩似地，轉身朝我一禮：「女皇陛下，這都翎三王子是……」

「是蒼霄國尊貴三王子殿下，在孤海荒漠時，他帶我走出荒漠，是我的好友。他還潛伏在孤海馬賊之內，一直想摸清孤海馬賊的部署，以及荒漠地圖，想徹底根除孤海馬賊！有他協助，他日我巫月會與蒼霄成為友好鄰邦。」

正說著，陽光之下走來一個大鬍子，身上是土灰色的斗篷，頭上還裹著頭巾，風塵僕僕，每一步宛如都能抖出一片沙塵。

他正要跨步入內時，辰炎陽立刻攔住了他，沉語：「參見女皇陛下不可帶刀。」

大鬍子笑了起來，隨手解下腰間彎刀扔給了辰炎陽。在辰炎陽接住之時，他已大步入內，笑呵呵看著我兩邊的群臣，轉著圈，環著胸，帶著他們民族的隨性和隨意。

子律看他那副樣子已經蹙起了眉。

都翎走到我身前，還沒看我先是一禮。

「好久不見，女皇陛下。」說罷，他抬起臉，登時目光停駐在我的臉上，呆立在了大殿之上。

我好玩地看他，他鬍子長得可真是粗獷。我開心地走下台階，真是有朋自遠方來不亦樂乎。

在我走近他時，子律忽然攔住了我：「女皇陛下，小心。」

「沒事沒事，他打不過我。」我把子律推開，只看都翎，在群臣眉來眼去的視線中走到呆呆看我的都翎前，伸手一把扯住了他的鬍子。「哈哈哈哈——你怎麼這樣了？」

他終於回神，一雙碧藍的眼睛閃亮清澈。

「來得急，忘記入境隨俗了。在我們國家，有鬍子的男人才性感。」

我往後退一步。

「既然來了，就留幾天，我安排你住在宮內……」立時，輕輕的抽氣聲四處響起，都翎微露興味地看向四周。在這選夫王的敏感時刻，每個被我邀請住在宮內的男人都會變成焦點。

我無視那些朝臣的眉來眼去，嫌棄地上下打量都翎。

「順便……給你弄乾淨，你真是馬賊做久了，自己也像個馬賊了。」

說罷，我轉身提裙走回鳳椅。

「說吧，你這次來找我一定有事。」我轉身坐下，開始講正題。

他對我彎腰一禮：「不錯，女皇陛下，我想和女皇陛下一起討伐孤海馬賊！」

在他話音落下之時，立時，百官目露驚訝。

「我也正有此意。」我沉沉一笑。

都翎從懷中取出一個厚厚的羊皮卷軸，打開時，是一幅大大的地圖，上面有密密麻麻的標注。

「我已將孤海馬賊徹底摸清，但如果我蒼霄從荒漠一邊進軍，馬賊會四處逃散，追擊會十分費力，也會虛耗過度，所以，希望能夠與女皇陛下合作，我們兩國兩邊夾擊，徹底消滅孤海馬賊！」

「好！誰願出征？」我揚唇而笑，朗聲看向群臣。

忽然，慕容飛雲上前一步：「女皇陛下，臣願出征！臣要為家族將功補過，挽回曾經的榮耀！」

聞人胤一驚，隨即也立刻出列：「臣也願意出征！為巫月效忠！」

文武百官無不讚賞點頭。

曲安大人再次感嘆：「果然年輕有為！」

我看向慕容飛雲：「飛雲有此意，我很欣慰，你想為慕容家族將功補過，我准了，不過，我要先替你治好眼睛。」

慕容飛雲微微一怔，卻是有些失神。

「太好了！女皇陛下終於要治你的眼睛了！」聞人胤高興地說。

一直以來，我需要飛雲那雙特殊的眼睛，而且他也未再求我為他治眼。可是，行軍打仗需要眼睛，他想為家族榮譽而戰，前提是要有一雙好眼。

我朗聲道：「孤海馬賊屢犯我邊境，欺壓我巫月百姓，燒殺擄掠，無惡不作！今，本女皇決定與蒼霄都翎王子殿下，共伐馬賊！」

「女皇陛下英明——女皇陛下萬歲萬歲萬萬歲——」

自京都內亂之後，三軍已休生養息半年，是時候剷除孤海馬賊那群禍害，還邊境百姓安泰生活。

「這次見妳真是讓我大吃一驚。」都翎與我走在一處，驚嘆看我。

「你也是。蘭琴、柔兒，妳們帶都翎王子殿下沐浴更衣。」我也笑看他。

蘭琴、柔兒好奇地看都翎捲捲的大鬍子，和他那雙碧藍的眼睛，感到很稀奇。

都翎寶藍石的眼睛亮如水晶，攤手苦嘆：「喂喂喂，妳真的無法容忍我這個樣子嗎？」

「是。」我直接答：「在我巫月，你這樣不修邊幅見我，可是不敬之罪。去把自己弄乾淨，我們稍後再談。」

「好吧～～」都翎聳聳肩，笑看蘭琴、柔兒，紳士般含笑一禮：「就有勞兩位小美人了～～」

蘭琴和柔兒登時臉紅，我無語看他。

「喂喂喂，不准調戲我的宮女，你這樣，我讓男侍來服侍你了。」

「哦！別別別！我可不要男人。那個……」他朝我挑挑眉，滿臉的春色：「她們……服侍我沐浴，脫衣服不？我宮殿裡的可都是……」

「自己洗。」我沉下臉，蘭琴和柔兒已經紅透了小臉。都翎滿臉失望，我冷冷地說：「別打我巫月女孩兒的主意，你若是碰了，必須娶回去，否則，你別想踏出巫月！也別回去做你的蒼霄王！」

「嘶……」他深深抽了口氣，停在繁花似錦的花園之旁，後退一步小心看我。「我怎麼覺得妳更像是我王妃，若我看別的女孩兒一眼，舉國追殺。」

「噗嗤！」蘭琴忍不住噴笑出來。

聽了都翎不正經的話，我揚起唇，抬眸看他：「怎麼，蒼霄王不想做，想跟我和親？」

都翎眨眨眼，咧嘴一笑：「我還是去洗乾淨吧。」

他向我一禮，迅速開溜。蘭琴和柔兒笑咯咯地為他引路。

看著都翎的背影，我不由想起那守護他的狼神，可惜現在是巫月狐神境內，他無法跟來，不然我很想念他憨憨萌萌的神態，還有他每次嫌棄都翎的眼神，更讓人忍俊不禁。

蘭琴和柔兒帶都翎入宮後，我並未回宮，而是折返，出後宮大門時，飛雲和辰炎陽正在一起，飛雲看似正在交代辰炎陽。

我走上前，他們二人察覺到，向我行禮，然後面露疑惑看向我身後。

「這些侍衛怎麼回事？沒有跟著妳？」辰炎陽微微不悅。

「女皇陛下不喜歡有侍衛跟隨。」身在宮內的慕容飛雲笑看辰炎陽，辰炎陽明白地點點頭。

「飛雲，瑾崋呢？」我問飛雲。

飛雲還未答，辰炎陽已輕笑道：「就知道妳心裡只有他。跑宮外去了，誰知道跑哪兒去了。」

我想了想，對飛雲說：「飛雲，你現在跟我入宮吧。」

飛雲一怔，雪白的眸中卻露出猶豫之色。

「今日治好，七日後便能看清世界。」我笑看他。

「那……飛雲何時出京？」他滿目的疑慮。

「三日之後！」

他雪白的眼睛裡視線微微凝滯，似是因什麼而有些失落。我拿起他的盲杖。

「怎麼，捨不得這雙眼睛了？」

他微微垂臉，卻是沒有說話。

我心中不免疑惑，今日治他眼睛有些突然，但這是他一直期望之事，怎麼今日反而有些失落了？

「飛雲，怎麼了？有話可直說。」

慕容飛雲蹙了蹙眉，看似正想開口，卻像是察覺到了什麼而抿唇不語。

遠遠的，走來了梁相一人，原來是梁相來了。似乎飛雲有話想單獨與我說。

「我走之後，這裡交給你了。」他對辰炎陽說。

「我也去討伐馬賊。」辰炎陽悶悶地說：「在這裡胸悶。」

辰炎陽有些心煩地瞥我一眼，我筆直看向他。怎麼，不服？

他見我看他，又匆匆撇開臉。

「我是男人，更是北辰家族，守護巫月，我有一份責任，女皇陛下的功夫以一當千，少了我們，皇宮不會出事。」原來飛雲是在跟辰炎陽交代他離宮後的事宜。

我揚唇一笑：「就等你這句話。」

我還是很希望辰炎陽去參戰的。好讓外面的人看看我巫月有無數厲害的將領！

他咬牙看我：「妳果然想把我趕走。」

「不僅僅是你，這次討伐馬賊更少不了西鳳家族。」我笑道。

「太好了！」辰炎陽突然興奮起來：「我可以跟西鳳老將軍好好學學！」

「在說什麼呢？」梁相終於走近，看見我時也微微有些驚訝。「女皇陛下沒有回宮？」

「梁相有事找我？」我也看向她。

「是，女皇陛下，臣還有些事想與女皇陛下說說。」梁秋瑛的神情比以往明顯輕鬆了許多，以前見她總是雙眉緊鎖，憂國憂民；而此刻，她是一臉的輕鬆，滿目的微笑。

「好，正好宮內西瓜熟了，我請梁相吃西瓜。」

自從西宮閒置後，我讓人種了不少瓜果蔬菜，從此皇宮自給自足。

梁秋瑛卻是揚眉而笑：「女皇陛下不去追瑾崋嗎？」

「嗯？梁相今日也會打趣了？」我眨眨眼。

「如果每個男人跑了，女皇陛下都要去追，我們女皇陛下算什麼了？」辰炎陽陰陽怪氣地說。

梁秋瑛眉眼含笑，與我低語：「這男人多了，也不好。」

辰炎陽緊盯梁秋瑛，像是想聽清她到底與我嘀咕什麼。

慕容飛雲淡笑搖頭，看向辰炎陽：「你該去值勤了。」

「想趕我走？」辰炎陽挑眉：「哼。我走就是。」

辰炎陽轉身就走，毫不拖拉。

日頭越來越猛烈，酷暑的熱意將整個廣場蒸騰起來，讓辰炎陽的身影變得有些朦朦朧朧。

「辰炎陽這孩子倒是家世不錯，文韜武略也不遜於人……」

梁秋瑛又開始在一旁嘀咕，她現在是看誰都像是在給我選夫王。

「只可惜這性子，怎麼跟瑾崋那孩子有點像，太過急躁，難成夫王……」

「咳！」我重重一咳，梁秋瑛微笑頷首，我單手負到身後。「梁秋瑛，妳現在可是退休了，本女皇選夫王之事，就不勞妳費心了。」

「是啊是啊。」梁秋瑛附和之時，卻露出意味深長，甚至有些狡猾的微笑。「不過，即便秋瑛不在朝堂，選擇夫王之事乃是巫月大事，始終是宰相的職責，所以，女皇陛下一日不選夫王，滿朝文武一日不安，還是會時時提醒女皇陛下的……」

「不說了，我先給飛雲治眼睛。」我立時抓起慕容飛雲的盲杖，轉身就走。慕容飛雲被我拉得一個踉蹌，梁秋瑛含笑搖頭。

現在巫月左相是梁子律，而右相，我一時無法決定。瑾崋無疑是不合適的，而且他的功績也遠遠不夠做右相。

右相雖然是巫月武將，但並非莽夫。此人必須是將帥之才，在營帳裡能運籌帷幄，決勝於千里之外。出了營帳能衝鋒陷陣，不畏強敵，若將帥躲在營帳之內，那上陣廝殺的兵士又怎能無畏殺敵？

瑾崋有將帥之才，但現在他心氣浮躁，脾氣又暴躁，不夠沉穩冷靜。倒是慕容飛雲，十分沉著鎮定。不過慕容家族之前的背叛為慕容飛雲的仕途帶來不小的阻力，所以，他這次主動請纓，我立刻答應，因為這是他為慕容家族洗白的最好機會！

✤ ✤ ✤

回到後宮時，懷幽已經在正殿門等候，他還是一身御前的衣衫，恭恭敬敬站立，絲毫沒有御夫的架子，或是因為侍寢而恃寵而驕的態度。

這就是我喜歡他的原因，他的那份謙卑使他大度、寬容，可以為我容下凝霜、瑾崋，甚至是……所有人都憎恨的泗海……

梁秋瑛在看到懷幽的那一刻，已目露深思，唇角帶著若有似無的微笑，眸中似有話想說，卻是刻意不言，宛如在等我問她。

懷幽一看見我，神色微變，未開口臉已經先紅了起來，垂眸低首，依然恭敬。

「都翎王子殿下已經去沐浴更衣了，是否要安排住下？」

我點點頭：「是的，給他安排寢殿，晚上不要給他留宮女。」

「是。」

梁秋瑛看看懷幽：「懷御前的臉怎麼這麼紅？莫非身體有什麼不適？」

慕容飛雲微微側身，墨髮在夏風中輕輕飛揚，露出他有意迴避的神情。

懷幽微微一怔，但很快平靜下來，反而是我開始臉紅心跳起來。

「天太熱了。」短短四個字，懷幽搪塞了過去，絲毫沒有炫耀自己侍寢，已經是女皇男人的事實。懷幽……你實在是太謙卑，太容易滿足了……

為了不讓梁秋瑛再糾纏懷幽，我立刻道：「懷幽，去把我的藥箱放入左承殿，我要給飛雲治眼睛。之後，你陪都翎王子在宮內遊玩一下。」

「是，懷幽這就去辦。」懷幽像逃跑一般，速速離開。

我拉起飛雲繼續往前，而梁秋瑛卻看著遠去的懷幽。

「懷御前為人心思縝密，做事謹慎，確實做個御前是相當稱職。但他太過謙卑，氣魄不足，無法震懾他人，若是代理朝政，只怕沒有決斷之能力吶。」

我無語看梁秋瑛。

「梁相，妳今天是要把我身邊的男人一一分析個遍嗎，然後說服我另選夫王嗎？」

梁秋瑛立刻擺手：「欸～～不不不，民婦已經不是宰相，此事民婦可不敢多嘴，不過是因為終於做了普通人，可以像普通三姑六婆一般碎嘴罷了，女皇陛下可千萬別見笑啊。」

這隻老狐狸，現在說自己是民婦了。

我眯眼一笑：「好，我就聽妳說，偏偏我也是個愛聽閒言碎語的女皇，梁秋瑛妳可莫要停。」

梁秋瑛笑而不言，彎彎的眼睛帶出了細細的魚尾紋。

左承殿在我後宮之左，是會見官員或是重要賓客的地方，三面環水，夏天極為涼爽，一邊還有竹林，風吹竹林沙沙地響，帶來幽靜的同時，也帶來陣陣清淡的竹香。翠綠的竹子映入水中，化作一片瑟瑟天地，讓人心曠神怡。

懷幽已在左承殿一間房內放置我的藥箱。房內有床榻、屏風，入門的左側是一排移門，打開之後便見到迴廊竹林，相當涼爽。

宮女放置矮几於門外地板，矮几上是鮮紅甜美的西瓜。

「妳們出去吧。」我讓小宮女們離開，她們關好殿門。

我拉飛雲到床榻邊，讓他坐下：「你先躺下，不要緊張。」

雖是那麼說，慕容飛雲的身體還是有些緊繃。

「民婦要不要迴避？」梁秋瑛故意這樣說。

「梁秋瑛，我發現妳自從辭官後，人也活潑可愛了不少。」我笑看梁秋瑛。

梁秋瑛笑了，笑得很甜美。

「妳不必迴避，吃西瓜吧。」

「好，謝女皇陛下。」梁秋瑛走出邊門，跪坐在了矮几之旁。

慕容飛雲有些緊張地躺下，我俯身看他，他雪白的眼睛立時睜到最大。

「不必緊張，你不會有任何感覺。」我柔聲說罷，起身打開藥箱，取出了迷藥，點燃放於慕容飛雲臉邊。他愣了一會兒，眼瞼漸漸垂下，陷入沉睡。

我一邊脫外衣一邊說道：「說吧，他現在沉睡了，聽不見我們談話，妳找我到底何事？」

身後靜了一會兒，才傳來梁秋瑛的話音。

「女皇陛下真的不追瑾崋那孩子？」她不答反問。

「不是不想追，是他現在應該最不想讓我看到他失落的樣子。瑾崋很好面子，尤其在我面前。凝霜會把他帶回來的。」我心中一嘆。

「嗯……蘇凝霜那孩子確實不錯。」

我翻了個白眼，挽起衣袖，梁秋瑛又開始了。

「在我家子律之後，蘇凝霜是皇家書院第二個被老于看中的才子，雖然沒有我家子律聰明，不是神童，但他的才智也絕對在巫月男子之上！可惜……」

又是可惜！左一個我家子律，右一個子律，梁秋瑛辭了官，真的是完完全全變成碎嘴的大媽了。

「可惜蘇凝霜那孩子徒有才智，卻不會待人處事，一張刀子嘴不給他人面子，若他為夫王，執政之時，只怕會得罪群臣啊……哎……可惜，可惜……這孩子倒是長得比瑾崋和懷御前漂亮，雖然沒我家子律俊美，但也是京城一豔吶……」

一聲嘆息，嘆得有點做作，末了，還突顯她家子律各種好。

我取出眼藥水蹙眉細細回味梁秋瑛的話，扭頭看她。

「妳這是想說妳家子律更適合做夫王嗎？」

梁秋瑛一怔，立刻擺手，神色還有些緊張，像是擔心我真的有意。

「民婦絕無此意！只是民婦情不自禁地就誇起自家兒子來，真是讓女皇陛下笑話了。其實，民婦是想讓女皇陛下命子律與安寧速速成婚。」

我輕笑一聲轉回身，輕輕揭開慕容飛雲的眼睛：「這是妳的家事，我管不著。」

「非也非也，子律還是更聽女皇陛下的話。」

我的手微微一頓，一陣竹葉的沙沙聲驅散了屋內的寧靜與暑氣。我默然無視地將薑黃色的藥水滴入慕容飛雲雙眼之中。這藥水也是師傅留給我的，用仙草製成，師傅說我是肉體凡身，如果被人戳瞎，可用此藥水治癒。

師傅對我……可真沒信心。不僅賜我三條命，還給了我那麼多靈丹妙藥。這藥水瞎子都能治，我想慕容飛雲的白眼應該沒問題。

「妳家子律是妳兒子，怎會聽我的話？」我起身將藥瓶蓋上軟塞。「而且妳家子律那性子，最煩別人跟他囉嗦，連我取笑他一句，他都會嫌棄我半天，我哪敢管他的閒事。」

「那……可怎麼辦？」梁秋瑛故作發愁：「若是連女皇陛下的話他都不聽，我這娘更說不上話了。他那狗哨給了女皇陛下，可從沒給過我這個娘親，還一下子給了兩支！」

我眉頭一皺！之前的狗哨我給了凝霜，讓他可以聯繫子律，卻沒想到後來子律又給了我一支。但這件事梁秋瑛是怎麼知道的？

果然是知子莫若母。

我淡定地放好眼藥水，看了看迷藥熏香，幸好我百毒不侵，不然自己也要中迷藥了。

我再次揭開慕容飛雲的眼皮，裡面的白衣化作了一灘黃水，看上去挺噁心。我取出紗布，小心翼翼地輕輕擦拭，現出了一雙清澈無比的眼睛，將我的臉清晰地倒影在他的黑眸之中。

我安心而笑，合上他的眼皮，微微托起他的頭，取出紗布開始輕輕纏繞他，遮蓋他修復的眼睛。

一切結束之後，我蓋住了迷藥的熏香，讓清新的空氣吹散屋內最後的迷藥。這迷藥的藥性強烈，飛雲還會再沉睡一個時辰。

我擦淨手來到梁相面前，提裙坐下，拿起一片西瓜。

「子律雖然與我為友，但他的婚事是他的私事，我管不了。」

梁秋瑛微笑起來，笑容裡充滿慈母的溫情。

「今日若非女皇陛下任命子律為丞相，他是不會接的。」

我靜靜看向梁秋瑛，卸去官職的她，雙眸之中少了以往的深沉與謹慎。如她所言，她現在更像是一位普通的母親，與我聊起那讓她驕傲的兒子。

「子律不喜官場，不喜爾虞我詐，在他眼裡，生意人更加簡單，大家談的只是錢，而官場卻不是。我一直希望他能為官，並非是為護住自己家族利益，而是覺得子律不做官是巫月的損失……」

「不錯，子律確實是我不可缺之人。」我聽了梁秋瑛的話不禁點頭。

「女皇陛下，秋瑛真的無意讓子律入宮啊！」梁秋瑛在我的感嘆中緊張起來。

看她緊張，我玩心大發，之前她老催我結婚，這次我可不能放過她。

「子律確實不錯。」我揚唇而笑。

「不不不。」梁秋瑛連連擺手：「子律已有婚約。」

「退了吧，我下令，誰敢違抗？」我故作殷切。

梁秋瑛的面色更加緊張，匆匆放下西瓜行禮。

「女皇陛下請慎重啊！若女皇陛下強迫子律退婚，會影響女皇陛下在百姓心中明君的形象啊！」

酷暑的熱意讓梁秋瑛的額頭爬上了一層細密的汗珠，鬢角幾縷頭髮已經花白，我的那番話又讓她露出往日憂心忡忡的神態。

大快人心！

「哈哈哈哈——哈哈哈哈——」我終於忍不住大笑：「梁秋瑛啊梁秋瑛，今日我總算報仇了。」

梁秋瑛一怔，緩緩起身，目光閃了閃，擦著額頭的汗笑了。

「原來女皇陛下記恨秋瑛催婚，今日可真是把秋瑛嚇壞了。」

我拿起西瓜，變得一派輕鬆隨意。

「妳也奇怪，他人只盼兒子入宮，妳偏不願，妳……該不是欲擒故縱吧？」

梁秋瑛自嘲而笑。

「只是私心想讓子律在身邊罷了……哎……」她輕嘆一聲，目露懷念。「身為巫月宰相，一直對子律關愛太少。他小時候是我大女兒替我帶大的，不知不覺，他忽然就會寫字了，不知不覺，他又成了神童，不知不覺……他長大了……」

我看她一會兒，單手支頤。

「我現在知道他為什麼不喜歡做官了，因為他覺得是朝堂奪走了他的母親。」

梁秋瑛的神情在夏風中微微凝滯，似是想了很久，微微笑了。

「還是女皇陛下英明啊……」

我瞇眼看她許久，梁秋瑛辭官或許正是想彌補子律和子律的姊姊們，開始做一個普通的母親，為他們做做飯，替他們補補衣。

女人和男人果然還是不同。女人為官，依然會心繫家中，而男人為官，只為權力。若想讓一個男人退位，十個男人中，只怕是九個不願。巴不得延長退休，可讓他們在官位上再多做幾年。

我感受到了梁相為母之心，她在向我催婚的同時，內心真正想催的其實是子律，只是子律不在，她把這顆迫切的心加諸在我的身上。

「我知道了，今晚宴請都翎王子，讓文武百官都來吧，我會讓妳盡快抱上孫子。」我笑道。

她慈祥而感激地再次向我一禮：「多謝女皇陛下。」

皇宮一向節儉，沒有舉辦任何宴會，其實瑾崋他們回來的時候應該辦的。只是，我更想像家庭聚會般，和瑾崋、凝霜他們坐得更近些。

因為要舉辦宴會，整個皇宮立刻忙碌起來。皇宮很久沒有這麼熱鬧了。

我和梁秋瑛一直坐在廊簷下，無君無臣，如同忘年之交的姊妹，在竹林碧水之間幽幽相談。

她跟我說了很多子律小時候的事，說子律從小便不愛搭理人，因為他覺得同齡人都很幼稚，所以也不與他們一起玩耍。進入皇家書院後，又因為他年齡過小，那些年長的學長也不願與他玩，所以子律從小便沒什麼朋友。

後來，安寧來了，子律很照顧這個小妹妹，梁相見子律願意跟安寧玩耍，便時常邀安寧來家裡，一來一往，兩家人就把這親事訂下了。

「對了，女皇陛下，妳跟子律在兒時見過一面。」梁秋瑛忽然說。

夕陽漸漸西下，不知不覺竟聊了一個下午。

我微微吃驚，坐直了身體：「我跟子律小時候見過嗎？」

「是的，還是兩次。」梁秋瑛微笑點頭，豎起了兩根手指。

我努力回憶，還是沒有半絲印象。

「一次是在妳百日宴的時候。」梁秋瑛在暮光中微微而笑。

「咳咳咳……」我笑得咳嗽起來：「我那時才百日，又怎會記得？」

「但是子律記得。」梁秋瑛的眸中寫滿懷念之情，夕陽的暖光打在她的臉上，泛著記憶的舊黃。

「我當時帶他入宮參加御宴，先皇准我近觀，我問他，小公主可不可愛？他當時不好意思地點點頭，然後一直盯著妳看……一直看著……」

梁秋瑛漸漸回過神來，從記憶的殿堂中出來。

「我想起來了！他那晚就跟我說想要個妹妹，難怪他喜歡安寧。」

「原來他是想要個妹妹！」我想了想：「怪不得昨晚子律說對安寧一直是兄妹之情。」

「子律這麼說？」梁秋瑛目露驚訝，緊張追問：「那、那他有沒有說要跟安寧那孩子成婚？」

我點點頭：「他說了，他說自己愧對安寧，不能再這樣拖下去。」

梁秋瑛稍稍安心地放鬆了神情：「子律果然還是跟妳說得多一些。」

我得意洋洋，悠然地側靠案几，單手支頤。

「哈哈哈——妳可別吃醋，我和子律是好友，有些話跟好友說得比較多些……」

「哎……若真的只是好友就好了……」梁秋瑛忽然一嘆，我疑惑看她。

「不是好友是什麼？妳現在讓他做了宰相，我還擔心他以後見我不再那麼推心置腹了。哎，妳害我失去了獨狼這個好朋友。」

我無趣地嘆氣。

「獨狼是那麼的自由，現在可好，被拴住了。」

「呵……是啊，是秋瑛的錯……」她笑了起來。

「妳說他見過我兩次，還有一次是什麼時候？」我立刻追問。

「是在女皇陛下被送出宮的時候……」

梁秋瑛淡淡的話音讓我想起那段日子最為模糊的記憶，只記得一隻溫暖的手始終不願放開我，她哀傷地一直注視著我，卻充滿了無奈。她的眼中滿是淚水，把我抱得緊緊的，但最終我還是被別人帶走……

有時……我也很迷惑，我會記得一些前世的事情，但我在這個世界的兒時記憶，卻和別的普通孩子一樣很模糊，很多事是在上狐仙山之後才清晰起來，而那時，卻再也見不到自己的父親和母親了。

自我上山之後，母皇一直疾病纏身，連每年一次神廟祭祀也無法舉行，因為她無法上山。幾年後，她便離世。

「那次也是文武百官一起相送，子律也隨我一起。他那天看著妳，只跟我說了一句話……」

「什麼？」我疑惑地問。

梁秋瑛邊回憶邊疑惑地說：

「子律說……妳看上去不像六歲孩童，他覺得妳跟他應該是同類人，他不希望妳離開。妳走後，他一個人鬱鬱寡歡了很久才漸漸抒懷。這件事我記到現在，始終不知子律那時何以傷心？他畢竟只見過妳兩次……難道在他心裡，真的把妳當作他理想中的小妹？」

梁秋瑛困惑不解，臉上是百思不得其解的神情。

子律說，他覺得我和他是同類人，不像六歲孩童……

「難怪我與他再見，會『一見鍾情』，原來是同類相惜……」忽然間，我了然而笑。

「女皇陛下，請勿再開這種玩笑，會讓人誤會的！」梁秋瑛著急起來。

我在暖暖的夕陽中狡猾而笑。

子律從小沒有朋友，因為在他眼中，那些是幼稚的小孩；而我帶有前世的記憶，我和他一樣也不願跟小孩玩耍。或許，他看出了我的成熟，一種特殊的磁場讓他感覺到了我的不同，也感覺到我與他的相似。

他渴望的不是一個妹妹，而是一個和他一樣的同類。就如泗海當初緊追我不放的原因一樣……

泗海也渴望著同類，結果，他證明我們是同類，但是，我們卻是宿敵與剋星……

輕輕的聲音從屋內而來，梁秋瑛看向屋內，感嘆：

「女皇陛下真是醫術高超，不想相信女皇陛下是神女也不行了……」

我轉眸看向屋內，慕容飛雲手扶額頭慢慢坐起，他醒了。

靜靜的屋內傳來慕容飛雲起身的衣衫摩擦聲，他緩緩摸上自己被蒙住的眼睛，開始失神。

我起身，他聽到我的聲音立時朝我看來。梁秋瑛與我相視一眼也微笑起身，和我一起走向飛雲。

飛雲被蒙住的雙眼朝向梁秋瑛：「梁相。」

「巫月往後就靠你們這些年輕人來守護了。」梁秋瑛溫柔慈祥地說。

飛雲再次摸上自己眼睛上的紗布，我立刻扣住他的手：「現在不可打開，會損傷眼睛。」

他微微怔住了神情，手腕在我的手中微微緊繃，梁秋瑛在一旁瞇眼而笑：「飛雲也很不錯。」

我立刻冷睨她，她轉身掩唇笑了片刻：「女皇陛下，民婦想去御花園走走。」

我放開飛雲的手，朗聲吩咐：「來人，陪梁相去御花園。」

房門被輕輕打開，宮女垂首入內：「是……」

「晚上的御宴別遲到。」我對梁秋瑛說。

「是，民婦還想等女皇陛下賜婚。」她這回直接開了口。

我但笑不語，因為我有所顧忌。若我今天開口催子律成婚，明日上朝他會不會催我選夫王？他現在可是丞相了。

我們之間的關係，變得越來越微妙。

梁秋瑛隨小宮女離開，我回到飛雲身前，拿起他的盲杖，執起他的手放入他的手中。

「要不要出去走走？」

他靜靜地點點頭。緩緩起身，身體微微搖曳了一下，我立刻扶住他。

見他面露疑惑，我拿起他的盲杖說道：「別擔心，是迷藥的關係。」

他握緊了盲杖點頭。我拉著他緩緩走出了宮殿，走在有些悶熱的夕陽光芒之下。

皇宮滿目的綠色，鬱鬱蔥蔥，就連水也是碧綠如玉，一朵朵白色的蓮花漂浮在碧水之上，美得亦真亦假。

「怎麼樣？眼睛有何不適？」我站在池邊，碧綠的池水映出了我與他的身影，白色的紗布將他那雙眼睛藏匿在後。

他搖搖頭，神情一如往常的平靜。

「沒有不適。女皇陛下真的不擔心瑾崋嗎？」沒想到飛雲也說起了這件事。

「擔心有何用？他現在的樣子，我說什麼都不會聽，我在等他平靜。」我看向漸漸火紅的晚霞。

「他只是在著急，著急自己心愛的女人跟別的男人成婚。」飛雲在一旁淡淡地說。

「這是必然的，飛雲。」

他怔立在漸漸金紅的落日中，熱熱的風拂起他臉邊的髮絲，和他夏日絲薄的雲藍衣衫。

「是啊，這是必然的。」他緩緩垂下臉，點了點頭。

「飛雲你是不是有話想跟我說？」我微笑看他。

他緩緩摸上了自己的眼睛，陷入一時的失神：「飛雲……怕……」

「怕什麼？」我抬臉看他：「你對我沒信心嗎？」

「不不不，臣不敢。臣是怕……」他又變得欲言又止，但是被蒙在紗布後的眼睛正對著我，能感覺到他的視線。無論我身處多遠，他總能輕鬆地找到我的位置，他是我最好的護衛，他可以在遠處守護我，而不用靠近。

「怕……再也感覺不到女皇陛下……」他終於說出了口，這句話卻讓我深深感動。

「謝謝你，飛雲。」

他在我的注視中變得輕鬆，似是終於把心中的話說出。淡唇微微揚起，他面朝漸漸淡去的晚霞。

「真想在離京時看一眼女皇陛下。」

「回來看也是一樣的。」

我們在暖暖的風中閒聊，飛雲像是一個知心好友，給人一種雲淡風輕的舒適感。

「可是……討伐孤海馬賊，戰場多變，臣怕……」

「怕什麼？」我立刻打斷了他，他面對我的臉上滿是憂慮。我認真地說：「我對你可是很有信心的，你怎麼對自己沒信心了？」

飛雲的臉色在漸漸浮起的夜色中還是難消憂慮。我知道孤海荒漠曾經的傳言影響了他。

我握住了他的手腕，他怔了怔，朝我看來，我淡笑道：

「孤海荒漠沒有那麼可怕，我不是走出來了？都翎不也走出來了？以前我們沒能征服它，是因為對它不了解，但是，都翎這次帶來了地圖。若你再擔心，你可待在都翎身邊，他有狼神守護，沒那麼容易死。」

飛雲微微吃驚，我正色看他，我知道他能感覺到我的視線。

「當然，我相信你慕容飛雲不會那麼膽小，但你也不會那麼短命。別忘了，我除了是女皇，也是一位巫女，巫女有神通之力，可占卜未來，所以，我說你不會死，你一定不會死！」

我捏緊了他的手腕，他低下臉，紗布後的視線落在我握住他手腕的手上，隨後搖頭而笑。

「飛雲多慮了，飛雲慚愧。」

我收回了手，與慕容飛雲相視而笑，忽然間，他神情微動，我僅淡笑搖頭。

「飛雲先行告退了。」他向我一禮。

我點點頭：「我送你去宮女那兒。」

我執起他的盲杖，拉起他往前時，已經看到了凝霜拖拽瑾崋的身影。

走到路邊，把飛雲交給小宮女時，也揮退了所有宮女，她們攙扶飛雲前去晚宴。

我走入一旁花圃石桌，端坐在石凳上，等候凝霜他們到來。

瑾崋還在鬧彆扭，遠遠感覺到了他渾身的悶氣。他掙扎著，顯然不想見我。凝霜在後面推搡，像是押解犯人一樣把他一路推來。遠遠看見我，已是揚唇而笑，轉眸看瑾崋時，又是一臉的輕鄙。

瑾崋已經看到了我，但是他轉開臉故意不看我，屢屢往回，又被凝霜推回來。

「蘇凝霜！你再推我，我揍你喔！」隨著兩人走近，也聽到了瑾崋的怒語。

「你捧得過嗎？裝什麼裝？你以為巫心玉會來找你這頭豬？」蘇凝霜不屑看他。

「我決定了！回家跟我娘種田！」瑾崋咬牙擰拳。

「決定什麼？你以為你現在還能決定自己的命運？哼。」蘇凝霜冷笑：「有種在大殿求愛，沒種見巫心玉了？我還以為你瑾崋有多大的膽量呢，結果還不是一樣做縮頭烏龜？」

瑾崋站定，狠狠看蘇凝霜。

「你的激將法對我沒用，我不想再……」他頓了頓，擰緊了雙拳：「不想再為難巫心玉！」說罷，瑾崋重重推開蘇凝霜大步往回走。

「走啊～～你走啊～～」蘇凝霜在他身後冷笑：「你走了也好，你走了巫心玉就是我蘇凝霜一個人的了！哈哈哈——」

瑾崋頓住腳步，轉身好笑看他。

「巫心玉會跟你這種人渣在一起？」

蘇凝霜揚唇得意一笑，轉眸朝我看來，冷豔的眸光中帶著他特有的冷媚。

「巫心玉，妳昨晚的話可算數？」

我微笑點頭，蘇凝霜的神情隨之柔和，與我遙遙對視，開滿美麗絢爛花朵的枝頭在我們視線之間搖曳，讓他如百花中的冷媚仙君，讓人不敢褻瀆卻又心生迷戀。

我還記得第一次見到蘇凝霜，他像仙鶴一樣傲立雞群，半臥亭上，衣帶飄飄……

這樣一個清高孤傲的男子，只因我說了一句「幫我對付孤煌少司」，他便毫無懷疑地留在了我身邊，即使明知那是九死一生之事，他依然義無反顧。

蘇凝霜，他並不像別人所說的唯我獨尊，在他的心裡，對大是與大非清清楚楚，他會為了他心目中的道義而義無反顧！

他、懷幽還有瑾崋與我產生的情意已經超越了常人所能理解的感情，這份感情悄然地在我們之間發芽、茁壯，緊緊纏繞我們的心，將我們最終綁在了一起。

他們已經不再僅僅是我的男臣，而是……我的男人。

蘇凝霜細長的雙眸含笑，雙手環胸傲然站於花枝之外，冷冽的視線卻帶出一分熾熱的霸道，宛如寒霜的外表下是火熱的岩漿在滾動。

月色漸漸上升，給面前的繁花打了一層冷霜，這份銀霜下的炫麗與蘇凝霜恰到好處地融合在了一起，讓他更像是廣寒宮的仙君。

這個世界沒有嫦娥奔月的神話，月宮的神君會不會就是個男人呢？

瑾崋從月色中走出，看看蘇凝霜，再看看我，忽然大步朝我而來，停在了水榭之外。他站在台階下久久地深情看我。

「妳真的決定……和凝霜在一起？」不再是質問的語氣，只有臉上淡淡的傷痛。

我落眸看他片刻，點了點頭。

他立時深吸了一口氣，清冷的月光映入他的星眸，他落寞垂眸，意外地沒有發脾氣。嘴角帶出一聲苦笑。

「呵，我說過，只要妳跟凝霜和懷幽在一起，我無怨言……」

凝霜看向了他，冷傲的目光也漸漸柔和起來。

「為什麼？」我問。

瑾崋一直低著頭，身體在月色下微微緊繃。

「因為，我不想看妳跟不喜歡的男人在一起，我不想看妳活得不開心……如果是那樣，我寧可妖男不要死，妳和那個妖男在一起！」

我的心在瑾崋的低語中狠狠收縮了一下，瑾崋所做的一切，原來是想守護我的幸福和快樂。

水榭內外變得安靜，瑾崋靜靜站在月光中，凝霜遠遠看著他的背影，而我坐在亭內久久無言。

「沙……沙……」周圍是樹枝輕輕搖曳的聲音。

片片花瓣染上月光的銀邊飄飛起來，它們飛過沉默的凝霜，也飛過不語的瑾崋面前，捲過他微微飛揚的髮絲，飄入我的亭中，如同一隻銀色的蝴蝶緩緩地落下。

我伸出手，它落在了我的手心裡，涼涼的如同人的淚水……

「女皇陛下，晚宴已經準備完畢，懷御前讓奴婢來請女皇陛下。」碧詩和慧心站在了亭外。

我起身，一步一步走向瑾崋，站在了他的面前：「去晚宴吧。」

「不去了。」他側開臉。

「走吧～」我拉住他的手臂，他深深看向我，我笑看他。「昨晚沒能好好宴請你們，今天補上。」

「今天……是為我們？」他變得疑惑。

「不，都翎來了，是為他。」

「都翎？」他立刻星眸圓睜：「他又是誰？」

我轉轉眼珠，壞笑看他。

「是蒼霄的三王子殿下，嗯……」我放開他，手扶下巴故作沉思：「或許和親也不錯。」

「巫心玉！」好不容易平靜下來的瑾崋再次被我點燃，他狠狠看我：「妳這樣對得起我們嗎？妳果然、果然很好色！哼！」

他轉身拂袖就走，看得碧詩她們偷笑連連。我輕巧地追上瑾崋。

「走啦走啦，都翎帶來孤海荒漠的地圖，你不去看看嗎？」說話間，我們已經到了凝霜的面前。

「孤海荒漠？」凝霜也不由吃驚。

瑾崋終於停下腳步，驚疑看我：「他帶來孤海荒漠的地圖幹什麼？」

「打孤海馬賊啊。」我輕巧地說。和他們在一起，我想做巫心玉，而不是那個高高在上的女皇。

瑾崋變得震驚，凝霜緩緩回神。

「難怪我看見飛雲的眼睛包了紗布，是不是被妳治好了？他要去討伐孤海馬賊？」

「不錯。」我笑著點頭：「在你們離開後，都翎突然前來。我一直沒有告訴你們，在我墜崖後，其實發生了很多事情，而正是這個都翎三殿下帶我走出了孤海荒漠，我們訂了一個協議，有機會要一起討伐孤海馬賊。所以，飛雲他主動請纓，想為慕容家族將功補過。」

「我也要去！」瑾崋忽然說，然後別開臉。「免得看見妳跟這種人渣一起就氣！我要去打仗！眼不見心不煩！」

「哈哈哈——」凝霜在一旁大笑。瑾崋立時白眼看他。

「得意什麼？巫心玉，多找幾個氣死他！」瑾崋忽然惡狠狠地說。

見瑾崋開起玩笑，我反而安心了。
碧詩和慧心一直在一旁偷笑，似是在笑他們還不知道懷幽的事。
凝霜瞥眸看向她們，似是從她們的笑容中看出了什麼，微挑纖眉。
「妳們在笑什麼？」他清清冷冷的語氣讓兩個小丫頭嚇一跳，慌忙看向我。
「咳，去晚宴了。」我立刻看向別處。
「是。」兩個小丫頭匆匆離開。
凝霜冷冽的眸光轉而落到我的身上：「嗯——？有問題。」
凝霜精銳的視線筆直落在我的身上，那能洞悉一切的視線讓我開始心虛，此刻，就連瑾崋也狐疑地看向我，目光在我和凝霜之間來回。
夜風似乎也在凝霜分外銳利的視線中凝滯，空氣越來越悶熱，猶如雷雨將至，讓人胸口發悶。
「妳是不是背著我們已經跟哪個男人在一起了？」忽然，凝霜冷冷地問。
「懷幽。」我不假思索地脫口而出，隨後咬唇扶額。
立時，面前的空氣凝固，萬籟寂靜，連花草中的小蟲兒也不敢發出半絲聲音。
從指尖偷偷看去，凝霜和瑾崋的面色已經緊繃，凝霜的目光驟然放冷，拂袖就走。
「走！我跟你一起打仗去！」
「好！」瑾崋與他一起攜手而去，把我獨自丟在了百花之中。
「女皇陛下……」碧詩和慧心小心看我。
我揚了揚眉，也拂袖轉身，揚唇一笑。哼，隨他們去。

皇宮很久沒有如此熱鬧，樂曲動聽悅耳，喜悅歡樂。百官來來往往，寒暄談笑。

上一次宮廷舉辦宴會還是我和泗海大婚的時候，到現在快要一年了。

華麗的宮廷，精美的燈盞，金碧輝煌，雖是女兒國，大氣不輸任何一個男人的國度。一席紅色的地毯繡有金色的圍邊和巫月古老的圖騰，鋪於整個大殿，瞬間奢華而華麗。

紅木矮几整齊擺放，繡有精美花紋的蒲團放於矮几之後，一列宮女呈上美食，一列男侍倒上美酒。

我坐於正中席位，左側一臂開外放有另一個席位，是備給貴賓都翎。

殿門外宮女迎接百官，帶他們入席。

「都準備妥當了。」懷幽依舊跪坐在我身旁微微靠後的位置。

「辛苦了。」我轉身對他頷首。

他抿唇微笑，臉上洋溢著暖暖的幸福之色。家庭主夫，非懷幽莫屬。他以後宮為家，以服侍照顧我為生活，他喜歡打點我的一切瑣事，為我解憂。我也能感覺到，他在為我做這一切時，心中擁有一份小小的別人所不知的成就感。

男人以拜將封侯為成就，或以當宰相為成就，而懷幽並不亞於他們。宮廷御宴，事無巨細，一樣樣都不可疏漏，僅僅是這縝密的心思，無人能及懷幽。
轉回目光時，立時看到了瑾崋殺氣騰騰的目光，他不是說只要是懷幽和凝霜就不介意嗎？那他此刻在生什麼氣？
他和凝霜就坐在我下方的右側，不知是不是懷幽有意安排的位置，凝霜慵懶地斜靠在瑾崋的身側，已經開始喝了起來，哪管客人有沒有到。
隨即，子律在宮女的帶領下坐到了我下方的左側。梁秋瑛已經入席，子律見她先是一禮，母子同席，梁秋瑛對我目露感激。
而梁秋瑛一旁是安大人一家，他們尚未前來。
慕容飛雲也在柔兒的攙扶下入座，之後是聞人胤、連未央和蕭玉明他們。
我看向梁秋瑛，她給我一個眼神，微微而笑。
「娘，您下午一直在宮內？」子律輕問，眉間略帶憂慮。「您跟女皇陛下說什麼？」
「怎麼？你在擔心什麼？」梁秋瑛神祕微笑。
子律微微蹙眉，目光慢慢地看向我。我看向他，他立刻收回，手微微握緊，露出一絲浮躁，我第一次看到他像是有點心神不寧。
「娘，您到底說了什麼？」他再次看向梁秋瑛。
「娘跟女皇陛下說，你也該跟安寧成婚了……」梁秋瑛看著他慈愛地笑了。
「您！」子律忽然激動起來，梁秋瑛的話音就此停住，眸中劃過憂慮。
我就知道子律不喜歡別人管他閒事。

子律微微平穩自己的心情，為梁秋瑛端上暖茶。

「娘，您可別再害我了……」

梁秋瑛接過茶杯，嘴角卻露出一抹老謀深算的笑意，不知道她心裡又在「算計」自己兒子什麼。

梁秋瑛到底怎麼想的？子律真是可憐，總是被自己的娘算計。他再聰明，也算不過自己的娘親，果然薑是老的辣。

「心玉。」懷幽在我身後輕喚，我回頭看他，他微微而笑：「今天我也想給妳個驚喜。」

我心中微微吃驚，懷幽整日在宮中能給我怎樣的驚喜。

他說完不再說話，微微看向我右側的下方，笑容微收，眼神閃爍了一下，淡笑頷首。

我立刻轉回頭看瑾崋，他果然也看著懷幽，一臉氣鬱。見我看他，他速速撇開了目光。

與此同時，我也感覺到了從另一側子律那裡投來的目光。他正在打量懷幽，他可是最會察言觀色的生意人，他會不會有所察覺？

不過，即使他察覺出來我也無所謂，懷幽御夫之事，我這幾日便會公布天下。

但我還是隱隱感覺，今天這晚宴我會如坐針氈。

「都翎王子殿下到——」殿門外傳來白殤秋的喊聲。

音樂停下，百官安靜，迎接這位異域的王子殿下。

隨著一席白色繡金的衣袍從門側現出，立時，唏噓聲已經充滿了整座大殿，所有人驚得目瞪口呆！

甚至是凝霜、瑾崋和子律。

一頭巫月國男子沒有的金色捲髮，用碧綠的玉簪在耳邊微微挽起，垂於胸前，鬢邊各剩兩縷捲髮垂在臉旁，深凹的眼窩內是那雙璀璨的藍寶石般的眼睛，僅這雙碧眼已讓今日殿上女子的珠光寶氣黯然失色。

臉上總是掛著笑容讓他親近可人，輕易融入你的世界，而嘴角那抹壞意又讓他像是紈褲子弟，可以隨意勾走女人的芳心。

他撐開雙臂，胸前是繡金的花紋，一席白袍越發稱出他金髮的耀眼，和身上的金紋遙相呼應。乾淨的臉龐白淨賽雪，清晰的五官充分呈現出異域人凹眼高鼻的俊美，以及大多數巫月男子所缺乏的野性的性感，讓在場所有人無不驚豔！

我一愣，懷幽說的驚喜難道是指這弄乾淨的都翎？可是，這不太像懷幽的風格，他是不會讓另一個男人成為什麼驚喜的。

我微微轉臉看懷幽，果然，他的臉上沒有任何笑容，微微垂眸，絲毫不看都翎一眼。果然驚喜不是都翎。

「多謝女皇陛下款待都翎。」一身前傳來都翎的話音，大殿因他一人而靜。巫月多美男，但沒有金髮碧眼之人，尤其都翎那天生的捲髮更多了新奇與特殊。

我轉回目光微笑看這位異域的俊美王子殿下。

「都翎，請入席。」

都翎看看自己，拉拉衣袍。

「女皇陛下，你們巫月男人的衣服我可真是穿不慣，這樣怎麼打仗？」

「對不起。」忽然，懷幽在我身後冷冷而語：「宮內除了男侍，只有這男寵的衣服，是懷幽失職，沒有替都翎王子殿下準備合適的衣物。」

登時，我眉尾抽搐。原來懷幽平日不語，一言就語出驚人！可見懷幽有多不待見都翎，把他損成男寵。

「噗！」瑾崋第一個噴笑出來。

凝霜也驚為天人地對懷幽刮目相看。子律微微蹙眉，嘴角也浮出一絲笑意。

飛雲搖頭而笑，身邊的聞人他們也是低臉憋笑，憋得滿臉通紅。

都翎挑挑眉，嘴角微揚，有些輕挑地看向我身後的懷幽。

梁秋瑛起身，又是一臉憂國憂民的神色。

「都翎王子殿下，我巫月女皇執政，所以宮內只有御夫所穿之衣衫，還請這位王子殿下海涵。王子殿下身上這套衣衫是巫月宮內夫王所穿，乃是巫月男子最高規格的禮服，並非懷御前所說的……男寵。」

梁秋瑛沉臉看了一眼懷幽，微露責備之色。

兩國交涉，隻字片語都要小心，一不小心，便會觸發國際爭端。我也知道梁秋瑛這是在打圓場，但是他們多慮了，他們不知道都翎的性格……

「夫王？」都翎笑瞇瞇收回目光看我，再看自己身上的華服。「嗯……現在再看這件衣服確實做工精良，尊貴華麗。」

都翎在下面腳步旋轉，衣襬飛揚，呼呼作響，他收回手臂笑看我。

「妳若來我蒼霄，我也定會為妳準備王后所穿的衣服。」

我狠狠白他一眼，他越是笑得不正經起來。

「據我所知，女皇陛下還未曾選夫王，巫心玉，不如妳我聯姻如何？」

他壞笑看我，碧藍的眼睛閃閃發亮。

登時，抽氣聲四起，梁秋瑛也愣在原處。

看吧，看吧，你們給了都翎一個借題發揮的機會了。

梁子律立刻起身。

「王子殿下，巫月夫王必須是巫月男子，王子殿下若要和親，只可為御夫。」

「這樣啊……嘶……看來我是做不成夫王了，巫心玉。」都翎故作可惜，接著雙手環胸笑看我：「不如妳做我王后？」

「滾！」在群臣還來不及著急之時，我直接給了他這個字。

登時驚得梁秋瑛和老臣們目瞪口呆。

「噗嗤。」瑾崋再次噴笑，蘇凝霜也笑了起來，對我豎起大拇指。

梁子律愣了愣，默默坐回，一臉我多事的表情。

梁秋瑛分外緊張地看都翎，但都翎毫不生氣，雙手環胸笑看我。

「妳還是沒變，真是薄情。」

「要嘛過來坐好吃飯，要嘛現在就出去，別在這裡嚇唬我的文武百官。你看看他們現在有多緊張！」我冷冷看他。

都翎笑呵呵環視周圍，轉身一躍，蹦蹦跳跳地到我身邊，俯身忽然給我一個大大的擁抱。登時，群臣又是目瞪口呆，下巴脫臼。

在文武百官驚訝之時，殺氣也開始從四面八方而來，粗線條的都翎自不會察覺，而我卻已經被這殺氣濃濃籠罩，心跳不穩。

「好久不見，巫心玉。」他貼了貼我的臉：「這是我們那裡的禮節，請不要介意。」

他笑呵呵看我，碧藍的眼睛裡是滿滿的純真。

「都翎王子，請坐好！」懷幽沉沉提醒，都翎隨意地盤腿坐在我身旁，看我身後。「那就是妳男寵？」

登時，又多了一道殺氣，這事懷幽第一次放出了殺氣！

我伸手把都翎推開，推到他自己座位上，沉臉說道：

「他不是我的男寵，是我未來的御夫，請你說話放尊重點。」

就在我說出「御夫」之時，所有人無不看向我的身後。懷幽的氣息凝滯了一下，顯然他比在場的人更加吃驚！

瑾崋、凝霜和子律等所有男人的目光集中在我的身後，我立時朗聲道：「開席！」

呆立殿外的白殤秋恍然回神，匆匆高喊：「開——席——」

立時，樂曲聲再起，妖嬈的舞娘從兩邊而出，終於切斷了這些男人的視線，也讓懷幽得以喘息。

我沒想到那麼快就宣布了懷幽的身分，還是在這樣的情境下，但是，我不允許任何人看低我的懷幽，我必須為他正名。

都翎一直像頑皮的孩子偷看我身後的懷幽，我伸出巴掌擋住他的臉：「不！許！看！」

都翎揚唇壞壞笑了，碧藍的眼睛在燈光中像璀璨的藍寶石。他單腿曲起，右手托腮舔舔唇。

「和親妳真的不考慮？」

他雖然說得很小聲，但對於功力深厚的男人們來說，已經足以聽見。

瑾崋的目光立時撇來，凝霜靠在瑾崋的身側微微瞇眼，只有子律低眸盯著自己的酒杯。就在這時，安寧與曲安大人趕到，匆匆落座。

安寧笑著輕喚子律，他卻像是沒有聽見，繼續盯著自己的酒杯。安寧面露不悅，沉臉坐回，不再與子律說話。梁秋瑛和安大人不免又是心事重重，滿臉憂慮。

我收回目光，心中微微疑惑，子律怎麼又在出神了。

我隨即看向不正經的都翎。

「你也看見了，我有御夫了，不會過來，你若想和親，你過來，但是……你願意放棄王位嗎？」

我瞥眸看他，只見他摸摸下巴。

「嘶……做王有很多女人的，不行不行，我可捨不得那些美人。沒關係，我們可以常常往來。」

他對我一笑，藍寶石的眼睛裡閃過一抹異光。

這隻好色的狼，腦子裡一定在想那件事。

「這次見妳，妳明顯開心多了。」都翎指指我的臉：「那時的妳沒有半絲笑容，妳可知妳的笑容有多麼迷人？」

「那時如果沒有你，我真的走不出孤海荒漠。」我充滿感謝。

「孤海荒漠，無人能回。」都翎的眸光忽然深沉起來：「妳可不知有無數人希望我永遠留在孤海荒漠！」

都翎碧藍的眼睛染上深沉之色，我深思看他。

「怎麼？誰敢跟你爭王位？」

「哼。」他輕笑一聲，拿起酒杯。「我是蒼霄三殿下，怎麼輪也輪不到我。我還是從妳那裡知道，原來我還有做王的份。」

他輕笑地拿起酒杯，大飲一口。

「好啊！」我一拍案几，他奇怪看我，我壞笑道：「既然做不成王，就跟我和親吧。」

「噗——」酒液化作噴霧從他口中全噴在面前的果菜之上。

「哈哈哈——」我在一旁大笑。

他抬手用衣袖直接擦擦嘴，動作在巫月可算粗獷，他挑眉看我：「妳故意的。」

我笑瞇瞇點頭，然後睜開眼睛正經看他。

「天意難違，或許當你征伐孤海馬賊勝利後，你便成了蒼霄英雄，載譽而歸，民心所向了呢？」

他眨眨眼，揚唇一笑。

「沒錯，妳說得對！不過……妳派出的人可真是……」他掃目而下，看飛雲被紗布蒙住的眼睛時，立時收眉。「他連東西都看不見，又怎能殺敵？我怎麼打贏馬賊？」

忽然，飛雲轉臉直接看向他，都翎立時一驚，猛地一縮身體，傾身靠近我身側。

「他看得見？」

「不，他聽得見，而且，他很快就能看見。」我傲然而笑。

「這樣都能聽見！他還在看我！」都翎在我身邊動來動去，飛雲的臉也隨他而動，讓都翎驚訝無比，甚至眼中已露出一絲驚悚。

我按住他動來動去的身體，對他陰森道：

「不要小看巫月任何一個男人，不然……你會死得神不知鬼不覺……」

「咕咚。」都翎咽了口口水，眨眨眼，立刻看身邊：「我那狼神呢？」

我笑著收回手坐回原位，怡然自得地拿起酒杯。

「這裡是狐神的領地，他自然不會進入，所以，現在你的命在我手上。」

我向他舉杯。他瞪大碧藍的眼睛。

「我看不見，妳可別騙我。」他一邊說，一邊拿起酒杯，瞇了瞇眼睛：「巫心玉，妳現在可不能因為我不是王，就欺負我。」

我在杯後挑眉看他：「我就愛欺負你，怎樣？」

壞笑立刻浮上他的嘴角。

「妳喜歡欺負我，證明妳喜歡我。」他右手支頤壞壞看我。

「都翎，我們可是朋友？」我氣定神閒地用宴。

「是，當然是！」他有些興奮坐直身體，想向我靠近。

「那好，不要破壞這層關係。」我淡定道。

立時，都翎僵在遠處，半天他才搖搖頭，轉臉看向別處。

「妳還是跟那時一樣無趣。喂，我可是洗乾淨了！」他轉回頭刻意強調。

我放落酒杯，已經感覺到瑾崋和凝霜身上濃濃的殺氣，為了保住都翎這條小命，我轉換話題。

「晚上我給你安排個美人可好？」

「好啊。」都翎想也不想地答，隨即一頓，握拳輕敲自己額頭，滿臉的懊惱。「暴露了暴露了，這下可永遠只能做妳的朋友了。」

我笑了，都翎直爽可愛，讓我更加想念那隻憨憨的狼神，和他看都翎時嫌棄的目光。

蒼霄男人執政，加上性格豪爽，所以蒼霄沒有巫月那麼多繁文縟節。但巫月也不是最多禮法的，規矩最為嚴苛的，要數蟠龍。而蟠龍也是男尊女卑最嚴重的國家，對女性諸多束縛，甚至不准女性拋頭露面，莫說上朝為官，即便讀書也不能。至少，蒼霄女子還可讀書。

瑾崋他們的殺氣在都翎「敗退」後，終於消散，身後的懷幽也收回了寒氣，面帶微笑。他已經清楚，都翎不會與我和親，更不會威脅他在我心中的地位。

巫月的美男劫，讓我身邊的男人們對美男都第一刻產生了敵意。

忽的，熟悉的琴聲從舞娘之間響起，我立時驚喜地看去，只見舞娘漸漸散開，華麗的美少年們或是吹簫或是彈琴地從舞娘身後出現，立時，整個大殿沸騰起來！

而位於美少年中間的，正是椒萸！

「他們什麼時候回來的？」我驚喜地轉臉看懷幽。

「三日前，沒有告訴妳，是想給妳一個驚喜。」懷幽微微而笑，注視我的眸中滿是濃濃的深情。

我開心地轉回臉，椒萸已經不再怯場，完全沉浸在自己的琴聲之中，手指瀟灑地拂過琴弦，如同子律的劍花一般乾淨俐落。

再次見他們，美少年的數量多了一倍，他們坐在大殿中央吹琴彈唱，賞心悅目！

「這次回來，椒萸不走了。」懷幽在我身後輕輕地說：「他想繼承家業，還請妳恩准。」

「沒問題，椒萸的使命已經結束，是該回來了。」我微笑點頭。

我自得地想跟都翎介紹我的皇家樂團，卻看見都翎看著椒萸目不轉睛。

我伸手在他面前揮了揮，他驚然回神，立時指向椒萸：「今晚能不能讓她陪我？」

「噗！」同時有兩個人噴了。不是我，而是瑾崋和……子律。

我看向瑾崋，瑾崋狼狽地擦擦噴出來的酒，一旁的凝霜嫌棄看他：「你噴到我了！」

我再看向子律，子律淡定地拿出絲帕擦拭嘴角。

「都翎王子。」懷幽話音傳來，都翎轉身看他，懷幽垂眸揚笑：「那位是男子。」

登時，都翎白淨的臉瞬間炸紅！

「想必蒼霄沒有椒萸這般雌雄莫辨的美男子，也難怪殿下會不識男女。」

懷幽繼續說著，隱隱有調侃的意味，偏偏懷幽的神情是一如往常的恭敬。

「在巫月，椒萸還不算最美的，都翎王子下次可要看仔細些，還是……王子殿下男女皆可？若是這樣，懷幽今晚可以給王子殿下安排男子，但這椒萸是女皇陛下的人，只怕不能給王子殿下侍寢。」

「不不不。」都翎連連擺手：「我不喜歡男人！女人就好，女人就好，謝謝。」

懷幽悠悠淡笑。

都翎略顯狼狽地轉回身，似是有些熱地拉拉衣領。

「你們巫月的男人太像女人了，上次那個白頭髮的，真的讓我作了很久的惡夢。」

白髮……

他的話音落下之時，懷幽也變得安靜，默默到我身邊為我倒上一杯酒，不發一語地垂下臉龐。

我看著杯中酒開始陷入失神，那時，泗海還在昏迷之中，泗海的元神總是坐在自己的身上，一直看著我。

而那時的我，不敢面對自己對泗海的感情，陷入長久的痛苦與掙扎之中……

一望無際的荒漠在月光下像是另一個世界，一片蒼然之色，細細小小的飄雪布滿這個世界，讓他變得越來越遙遠……

天際的盡頭，一縷雪髮在飛揚，那個遙遠的人影，漸漸離我遠去，我無法再靠近。

很多事，錯過了便是錯過了，我不後悔把他送回狐族，卻後悔沒有早些與他相愛，去珍惜我們在這個世界的分分秒秒。

所以，我更要珍惜現在身邊愛我的人，和我愛的人。

我從遙遠的思緒中收回，觸及梁秋瑛的目光，想到我還有任務沒有完成。

我看向子律：「子律。」

子律抬臉朝我看來，一旁的安寧變得心神不寧。

我微笑道：「你年紀也不小了，如果讓你做了我的宰相而耽誤了你的婚事，我會不安的，今日，我賜……」

「謝女皇陛下關心。」子律竟直接打斷了我的話，他看一眼梁秋瑛便起身：「臣有點累了，臣先請告退。」

說完，他面無表情地直接從眾人面前離開。

安寧默默地垂下臉，一旁的連未央輕輕嘆了口氣，為安寧倒上了一杯酒。

我抱歉地看梁秋瑛：妳瞧，子律不喜歡我管他的事。梁秋瑛微微蹙眉，再次心事重重，這一次她操心的不是巫月，而是自己的兒子。

音樂忽然加快，更加歡悅起來，我靈機一動，立刻起身，隨手拉起了都翎：「走，跳舞去。」

「好啊。」都翎欣然同意，我拉著都翎跑下台階，又提起了懶洋洋的蘇凝霜。瑾崋一愣，呆坐在席位上眨眼睛。我跑過每個席位，拉起瑾毓、梁秋瑛和所有的文武官員們，和他們手拉手在大殿之內，隨著椒萸他們歡快的樂曲歡舞。

懷幽端坐在原位一直一直看著我，掛著他沉靜的微笑，滿足而幸福地透過歡舞的人群，靜靜地看著我……

宴會持續到夜半，皇宮才慢慢安靜。

站在後宮大門之外，兩個男侍扶著微醉的都翎，他寶藍石的瞳眸在月光下有種矇矓感。

「我跨過半個世界來看妳，妳卻把我扔給別的女人。」他醉醺醺地揚起唇。

「那……男人？」我壞笑反問。

他的臉色立時煞白。

「不不不，今晚我醉了，只想好好休息，不想要女人了……我不想再來妳巫月了，妳這裡的男人美得像女人，我怕自己最後真的喜歡男人……」

他酒醉地微微垂臉，嘴角依然掛著玩世不恭的笑。

懷幽揮揮手，男侍們扶都翎入宮，宮內一頂華轎已經為他準備好。

都翎步履踉蹌，金髮在月光下輕輕震顫，在白衣金紋的映襯下越發迷人。

「他們蒼霄人真是輕浮。」懷幽微微不悅地說。

「不是輕浮，是直爽。在蒼霄，男人執政，女人地位較低，所以女人是男人用來消遣的玩物。」我笑道。

「那蒼霄的女人真可憐。」懷幽目露同情。

「他們還覺得我們巫月奇怪，誤以為我們男女顛倒，還想來拯救巫月的男人呢。」我垂眸而笑。

「會有這種事？」懷幽表現出大大的驚訝和不解。

不遠處，走來皇家樂團的少年們。他們停在了遠處，只有椒萸一人上前。少年們好奇而激動地遠遠張望。

椒萸見我還是有些緊張，雌雄莫辨的臉蛋已是通紅，他走到我身前匆匆下跪。我立刻扶住，他卻始終低垂著臉，緊緊抱住手中的古琴。

「椒萸見過女皇陛下。」

「椒萸，你的事懷幽跟我說了，這幾個月，辛苦你了。謝謝你為我做了那麼多。」我溫和地說。

「椒萸……心甘情願。」他細緻的紅唇微微揚起。

我想了想，說道：「明日你開始上朝吧。」

椒萸大驚，呆呆抬起那張讓都翎無法分辨男女的清秀臉蛋。

「你不是想繼承家業嗎？你們椒家以前可是御用督造，所以，我會把這個官職還給你的家族。」

我笑道。

椒莨繼續在月光下呆立。

「還不謝恩？」懷幽微笑提醒。

椒莨猛地回神，面紅耳赤地匆匆謝恩：「謝！謝女皇陛下！」

那一晚，我坐在椒莨房間對面的房樑上，偶爾見到了濃妝豔抹的椒莨，他彈著失去靈魂的琴聲，不情願地招呼那些好色的女官。我從他眼中看到的只有絕望與害怕，然而，他卻為我反叛他極度畏懼，甚至是看見便腿軟的孤煌少司。

如果反抗孤煌少司的勇氣是來自於家族的仇恨，那麼後來他加入行刺巫溪雪的行列又是為何？

這個曾經膽小如鼠的男人，在經歷了那些風風雨雨之後，已經在我面前徹底脫胎換骨，儘管見到我時還會緊張到臉紅，但是我相信他一定可以為自己的家族重新撐起一片天下。

椒莨的回來又喚起我過去太多太多的回憶，那時他們每個人都只是我手中的棋子，我對他們沒有任何感情，一切的目的只為除掉妖男兄弟。

✤ ✤ ✤

不知不覺已回到了後宮，懷幽不在身邊，宴會雖然結束，但還有很多事要他來收尾。懷幽今晚會很忙碌。

我走到了寢殿之下，空氣中掠過一抹熟悉的酒香。我微微挑眉，揚唇一笑，直接脫下女皇繁重的外衣，提氣躍上房樑，果然，凝霜一派慵懶地側躺在我寢殿屋頂之上，如那無數個他們等我回宮的夜晚。

他身穿淡藍梅花繡紋的長袍，月光將他的身體染成了銀藍色，側躺在瓦楞之上，身邊一壺酒，手中一把梅花摺扇，在月光下慢搖。

我走到他身前，他不看我，只看空中朗月。

「瑾崋呢？」

「回家了。」他清清冷冷地答：「他在京都有家，我蘇凝霜可沒有。」

「這裡就是你的家。」我坐在他身邊，也不看他。

「哼。」

「哼？」我轉臉看他輕笑不屑的表情：「怎麼，這麼大的皇宮沒有你凝霜公子看得上的房子？」

他冷冷地勾勾唇。

「這麼大的皇宮，男人也多～～」他瞥眸朝我看來，冷媚的雙眸帶著一絲醉意。

「你不是說不介意嗎？」我看著他月光下泛著冷霜的瞳眸。

他睨了我一會兒，微微起身，毫不客氣地枕在了我的腿上，雙手環在腦後白我一眼。

「我和瑾崋昨晚在皇宮裡打了一個晚上，妳倒好，把懷幽給吃了，妳說，妳對得起我嘛？哼。」

我臉微微一紅，有些僵硬地轉臉看向別處。

熱熱的夜風從房頂上飄過，他不再說話，雙手環在腦後繼續枕在我的腿上，雙目閉起，髮絲在夜風中輕輕飛揚，銀藍的衣襬也在夜風中微微輕顫。
我慢慢平靜下來，雙手撐在身後讓他枕在我的腿上，空中青雲漸漸移過明月，化成了各式各樣的形狀。
「那隻金絲貓不錯。」凝霜忽然開了口，單腿疊起悠然地晃動。「比懷幽有趣多了，妳怎麼不留下？」
「我對他沒感情。」我直接答。
他一下子起身，長髮掠過我的眼前，在月光中閃現絲絲流光的同時，也帶出一縷若有似無的，恰似白雪清新的氣息。
「懷幽太悶了~~真不甘心讓他搶先！」他拿起酒壺仰臉「咕咚咕咚」喝下。
「但他……」我在幽幽的夜風中垂下了眼瞼：「為我殉情……」
凝霜的身體在夜風中微微一怔，放落酒壺驚訝看我。
「妳說懷幽為妳殉情？什麼時候？」
「在我死的時候。」我抬眸看進他清涼冷豔的眼睛：「他撞死在我的屍體旁。」
凝霜黑眸中的冷霜開始化開，捲起了深深的漩渦。忽然，他雙手撐在我的身邊，狠狠盯視我的眼睛。
「那我們呢？我們為妳報仇！為妳去死！我們的心跟懷幽是一樣的！」
「我知道！」我也激動起來，深深看他：「我都知道！所以，我不會再放你們任何一個人離開！」

他久久看我，眸中的漩渦越來越深，忽然他扣住了我的下巴，黯啞地吐出了話語：「這可是妳說的！」最後一個字消失在他的吻中，他狠狠吻住我的唇，重重地把我壓下。我心中微微吃驚，想掙扎時被他牢牢扣住了雙手，按在層層疊疊的瓦片之上！

霸道的吻將燙如岩漿的熱氣與甘甜的酒味一起吐入我的唇，他像是用盡全身的力量攫取我唇內的一切，壓在我身上的身體瞬間燃燒，將灼燙的溫度透過絲薄的衣衫染在了我的身上。

扣住我的手牢牢握緊了我的手腕，忽然他握住我的手倏然收緊，感覺有一點疼，緊接著，他突然離開我的唇，從我身上抽離身體，起身，修長的身影在月光中靜立。

他背對我站在星空之下，纖長的髮絲在夜風中飛揚，粗重的喘息是此刻唯一的聲音，他撫上自己的心口，似是想平穩呼吸，但呼吸卻越來越不穩。

「今晚。」他喘息地頓了頓：「放過妳。」

說罷，他直接飛身躍入夜空，銀藍的身影消失在銀盤之下。

凝霜怎麼了？我想起身追時，忽然感覺到了另一個人的氣息，他正朝這裡前來。我停下腳步，等候這位不速之客。

隨著他的靠近，氣息越來越熟悉，我不由蹙眉，抬手揉太陽穴。放落雙手時，他已經一身緊身的夜行衣落在我的面前。

他已經很久沒這樣穿了。一身俐落的夜行衣，長髮也乾淨俐落地束起，一雙冷眸裡是漠然和酷意。

「獨狼。」我開了口。

「我的事，我自會處理。」他眸光緊了緊，回答依然簡潔扼要。

「知道了。」我蹙眉。

說完，他轉身就走，我看他背影，大半夜他跑來就是為了警告我？

他走了幾步，頓住腳步，轉身沉沉看我：「懷幽是御夫，妳是什麼意思？」

「就是御夫的意思啊。」我笑了。

他立時蹙眉，黑眸裡精銳的光芒閃現。

「御夫的事……左相應該沒意見吧？」我雙手負到身後，無賴看他。

他瞥眸朝我看了一眼，像是懶得搭理我似地收回目光。

「我只管夫王，不管妳幾個御夫。但是，懷幽這件事妳宣布得過於急躁，讓大臣們猝不及防，妳現在是女皇，請不要這麼任性！」淡淡的話語卻是分外的嚴厲。

我咬咬唇，一步一挪地到他身邊。但他不看我，我輕輕撞了他一下。

「喂，既然我都不管你的閒事了，你能不能……別管我夫王的事？」

「不行！」

他一聲厲喝，不知為何突然湧生怒意。他煩躁地看我一眼，轉過身索性背對我。

「別以為宰相是我就不會催妳選夫王！」他微微側臉往後看我：「夫王與皇族後嗣，是我左相的職責，妳我都躲不了。」

「如果你敢催我，我就賜婚！」我蹙眉咬牙。

「妳敢！」他赫然轉身，咄咄逼人的目光如同荒漠孤傲的狼王，不容任何人忤逆。

「怎麼，你現在想威脅我嗎？」我立時沉臉。

「如果妳催婚，我立刻辭去宰相之職。」他瞇了瞇寒光四射的狹長雙眸。

「你真的要脅我！」我吃驚地上前一步到他面前，抬臉與他對視。

他眼神閃爍了一下，再次轉開身避開我的目光。

「我根本不想為官，妳居然跟我娘一起陷害我。」

「我也捨不得你嘛！」見他愣怔，我心煩轉身。「你也看見了，我現在每天公務纏身，怎麼可能還有時間跟獨狼喝酒聊天，你又忙於生意，我們怎麼見面？」

我說完雙手環胸，鬱悶嘆氣。

「自從我做了女皇，你們全變了，乾脆我也不要做這女皇了。」

他在我身邊靜立許久，靜到我們之間氣氛詭異。

「哼。」夜風中傳來他一聲冷哼：「妳捨不得我，是因為我能替妳辦事。」

我身體一僵，不敢再言。

「如果想讓我留下，別再管我閒事！」他冷冷警告完畢，在我身邊狠狠一拂袖，竟和凝霜一樣直接甩手離去。

我轉身看他飛離的矯捷身影，扶額。不愧是生意人，太精明。想跟子律談條件，總是輸。

他吃定我朝堂裡離不開他。即使朝中百官，我最信任的還是他。

對了，凝霜怎麼了？

我立刻去找凝霜。可是，到凝霜寢殿時卻沒看到凝霜，房內空空蕩蕩，沒有半個人影。他生性隨性，不在房內也是正常，可是剛才……

臉紅了起來，並非想與他繼續，只是依他的性格，應該也不會停止。

心中憂慮地回到寢殿時，懷幽已幫我鋪好鳳床。

我心中疑惑地坐上鳳床，懷幽端來水盆，手執面巾放我面前。

「該休息了，今日晚了。」

「嗯。」我接過面巾擦了擦，還給他。他接過不動，細細看我一會兒，蹲下身，輕輕撫上我的臉龐。

「怎麼了？」他溫溫柔柔地問。

「凝霜……好像有些不對勁。」我看向他。

「凝霜？」他微微蹙眉：「難道……生氣了？」

我搖搖頭：「他不會的，可是……他今天還是有點不對勁，我很擔心他。」

「那我去看看。」懷幽起身。

「他不在。」我拉住他。

他輕拍我手，溫柔微笑。

「沒關係，我去等他。」見他溫柔的神情，恍惚之間讓我想起曾經對我溫柔寵溺的少司。

與懷幽化解誤會之後，我和懷幽之間的距離終於消散，他放下了對我的恭敬與謙卑，給我更多的溫柔與寵溺，徹底解鎖了埋在自己心裡對我的感情，以一個全新的平等身分來照顧我和關懷我。

我也可以完全放心地把這個家交給他，可以安心地在自己的鳳床上安睡。

✤ ✤ ✤

「丁鈴——丁鈴——」睡夢之中，耳邊又傳來那熟悉的鈴聲，我緩緩睜開眼睛，發現自己睡在神廟自己的房間裡，感覺分外清晰，甚至神廟裡熏香的味道都繚繞鼻尖。

我緩緩坐起，轉臉時，卻看到少司跪坐在我的榻邊，黑色的狐臉哀傷地低垂。

「少司……」

他緩緩抬起臉，似是想說話，可他的狐嘴卻始終無法張開。他開始變得焦急，慌忙而拚命地用黑色的狐爪摳自己的嘴巴，鋒利的爪子立時劃破了肌膚，鮮血染上黑色的狐毛。

「少司！別摳了！」我驚得立刻扣住他染血的狐爪。

他的雙手在我的手中顫抖，淚水從他痛苦的黑眸中湧出，染濕狐毛。

「少司，你是不是想告訴我什麼？」

他含淚點頭。

「你可以寫，寫下來給我！」我握住他的狐爪，看了看他鋒利的爪子。

他愣了一會兒，恍然大悟似地匆匆在地板上用狐爪劃出筆畫，可是，就在他劃出幾道痕時，地面上的劃痕瞬間消失。他焦急地拚命寫，但是始終沒有半個字落在地上。

他全身顫抖起來，痛苦地握緊雙拳用力砸在地板上，「砰！砰！砰！」砸得雙手滿是鮮血！

他仰起臉，似是想痛苦的大喊，狐嘴也始終沒有張開，連嗚咽的聲音也無法發出，只有淚水不斷地「滴答滴答」落在地板之上，和他的鮮血化在了一起。

他忽然對著門外重重叩頭，「砰！砰！砰！」一聲重過一聲，一下重過一下，他在祈求！孤煌少司居然也會祈求！

鮮血開始染滿地面，我心驚地攔住他：「少司！別磕了！沒用的！」

他有些暈眩地起身，鮮血流入他有些渙散的黑眸之中，一種強烈的無助感出現在他的臉上，他開始慢慢失神，黑色的雙眸中漸漸變得認命，像是一種終於明白無法反抗天神的認命。

「少司……」我真的心疼了，曾經叱吒風雲，高高在上，視人命如草芥，無人膽敢忤逆的巫月攝政王孤煌少司，卻在此刻露出了和凡人一樣認命的表情……

此時此刻，我感覺不到任何報應之後的爽快，只有對天神懲罰之冷酷的膽寒。這份畏懼從腳心湧起，遍及全身，即使在夢中，我也清晰感覺到整個頭皮正在發麻。

天神的懲罰是那麼的可怕，他沒有像我們以為的那樣去鞭笞少司，或是把他關押。而是封住他的嘴，奪去他俊美的容貌，讓他變回狐族最醜陋的樣貌，讓他想言卻不能言，那是一種怎樣的痛苦？

少司為人時冷酷無情，甚至嗜血暴虐，他絕對不是一個容易屈服的人。他一直不曾屈服於我，一直不甘心輸給我，可是現在他屈服了，他認輸了，他屈服認輸的原因，是他想對我說話。

這些話一定非常重要，他急著想告訴我，而且是非告訴我不可！

到底是什麼？

忽然間，流芳站在了門外，無奈而嘆息地看著他：「該死心了，回去吧。」

少司緩緩從我面前站起，視線渙散地從我身邊一步一步走過，走出了我的房間，消失在流芳的身旁。

「流芳，少司到底想說什麼？」我問流芳。

流芳只是靜靜看我一會兒，淡淡揚唇。

「或許是想跟妳道歉吧。」說罷，他轉身遠去，身後的銀髮如同狐尾般飄擺飛揚……

我從心痛中醒來，不由得揪住了心口，窗外晨光已經燦爛，我卻彷彿還身在神廟的房中，眼中是少司留在地板上的血跡和淚水。

他是真的想跟我道歉？

不，他的強勢和霸道注定他不會跟我道歉。即使被天神懲罰而無法開口，他也樂得不開口跟我道歉，因為他一直不服！

心中開始隱隱不安，為何夢中只有少司沒有泗海？

流芳說少司成了他的隨從，難道泗海在狐族？所以我不得見？

頭微微痛了起來，眼前的景色變得恍惚，宛如狐仙山和面前的景色重疊起來，我宛若置身兩個世界之間。

「心玉！」有人緊緊扣住我的肩膀，涼風瞬間闖入我的世界，擊碎了那片恍惚，我像是徹底從夢中醒來，看著面前擔憂的懷幽。「是不是哪裡不舒服？」

「怎麼會不舒服？別忘了我仙氣護體，百病不侵。」我淡淡而笑。

「但妳的臉色看起來很差。」懷幽握住了我的手，摸上我的額頭。

「我沒事～～」我拿下他的手露出讓他安心的微笑。

他放心點頭，轉而道：「對了，凝霜清晨回房了，現在睡下了，妳可以安心了。」

聽到凝霜回房，不知為何，心裡還是浮起隱隱的莫名不安，難道還是夢中少司的影響？

征討孤海馬賊，瞬間傳遍大街小巷，民心振奮，群臣緊張。

朝堂上下，為征伐孤海馬賊而準備。我再點瑾崋為將，與飛雲一起征討馬賊。

三天裡，我一直與都翎、瑾崋、聞人一起研究地圖，飛雲旁聽，我們細細商討征伐路線。

窗外下起了雷雨，雷聲滾滾，雨聲淅瀝，終於消散了夏末的暑意，還這裡一片涼爽。

我像是終於解脫過來，全身舒暢。夏天實在讓我打不起精神。

「孤海荒漠熟悉之後，其實並不危險。」都翎一手落在地圖上：「當年無人能走出荒漠是因為裂谷眾多，讓人容易迷路，找不到補給和水源，這些裂谷讓荒漠變成天然的迷宮。」

瑾崋和聞人他們看著地圖紛紛點頭，飛雲坐在一旁細細聆聽，他現在還無法看見。

瑾崋已目露興奮的目光。只要談及征戰，他瞬間變得沉穩成熟起來，不再像剛回來時那樣跟我鬧彆扭，所以瑾崋是屬於沙場的，他在宮裡只會被悶壞，最後崩壞。

我很欣賞此刻的瑾崋，像是完全變了個人。

「踢踢躂躂。」窗外的走廊傳來雜遝的腳步聲，懷幽不會隨便放人進來，能進來的應該不是外人。

瑾崋他們繼續看著地圖尋找最為快捷的路線。

我看向窗外，卻是凝霜晃晃悠悠到了窗邊，冷媚地掃視眾人一眼，對我揚唇一笑後隨意坐在窗櫺之上，單腿曲起，清冷高傲地瞥看屋內之人。

我擔心地看著他，這幾天因為一直和都翎、瑾崋商討大計，沒有時間去找他。雖然懷幽找過他，但依凝霜那性格，能對懷幽說什麼？

「喂。」他對著我懶懶地說了一聲，屋內的男人們無不抬頭看他。

「你來幹什麼？」瑾崋挑眉沉臉。

「我也想去孤海，不行嗎？」凝霜鄙夷嫌棄地看瑾崋，嘴角噙滿輕笑：「我不去，怕你這隻豬回不來。」

「哼。」瑾崋白了他一眼：「你什麼時候對我那麼好？去去去，一邊去，這是我們武將的事，你還是老老實實留在宮裡，懷幽太悶了。」

聞人的目光尷尬起來，默默退回飛雲身邊。飛雲笑著拍拍他的身體，結果因為看不見，手的位置正好拍在聞人的屁股上，聞人全身一緊，面色發黑地看飛雲。

「這次你總算說對了話，懷幽真是太悶了。好，看你的面子，我留下。」凝霜揚唇一笑。

瑾崋受不了地轉開臉，輕輕嘟囔：「明明就是自己想留下。」

「這位……」都翎微微靠向我，立時，凝霜眸中寒光四射。「該不會又是妳男人吧？」

「離遠點！」忽然，瑾崋直接推開了都翎，都翎一個踉蹌，瑾崋怒道：「說話別靠那麼近！」

都翎愣了愣，噗嗤笑了，抬起食指點我的臉。

「巫心玉，妳男人該不會比我王妃還多吧？哈哈哈……那妳一個晚上怎麼忙得過來？」

大。

我的臉色立時一沉。都翎很可愛，但有時就是色了點。

「金絲貓，你說夠了沒？」一聲冷語從凝霜那裡而來，他眸中閃過冷光，一枚銀針已經射出。

我來不及多想，直接一腳踹在都翎身上。都翎被我登時踹飛，金髮在空中飛揚，寶藍石的眼睛瞪大。

「撲通！」他摔落在地，銀針釘在了廊柱之上。

都翎完全發懵看我，我從廊柱上拔下銀針，轉身看凝霜。

「凝霜！他畢竟是蒼霄王子，你不能對他動手啊！」

此刻，都翎才看見我手中的銀針，吃驚地慢慢起身。

「哈哈哈——不愧是蘇凝霜。」瑾崋笑呵呵雙手環胸：「你的針下毒了沒？」

「瑾崋！」我厲喝一聲，然後轉頭看凝霜。

「對不起～～沒忍住。」他輕笑地轉開臉。

都翎好奇地看我手中的銀針。

「這都能殺人！巫心玉，我感覺妳是在用生命和這些危險的男人在一起吶！」

我揚了揚眉，這次還真是算他說對了。只是，這些男人不會傷我，但他們對於足以構成威脅的男人，會毫不客氣地出手。

「嘶……」都翎連連抽氣：「我的妃子鬧脾氣最多只是抓我兩下，妳就難說了……」

「知道就快滾！」凝霜冷眉看都翎：「你這隻金絲貓真是讓人越來越不爽！」

「凝霜！」

他冷冷睨向我，忽然，他雙眉微蹙，擰了擰拳，呼吸微微變得短促，他立時掀起衣襬就躍下窗櫺，抬步離去。

「凝霜！」我追到窗邊，他已經飛入外面的雨簾中，消失不見。

「他……不會有事吧？」都翎走到我身旁，探頭看。

我搖搖頭，心裡卻擔憂越深。凝霜一定有事瞞我，他那片刻間的呼吸異常，是怎麼回事？難道他病了？

「離巫心玉遠點！」瑾崋再次生氣地推開都翎，他更加直接了，滿臉厭煩地對都翎說：「你這人討不討厭，知不知道說話要保持距離！」

「你……該不會也是巫心玉的男人吧？」都翎笑眯眯看他。

「是不是關你什麼事？你是蒼霄的人，管不到我們巫月的事！」瑾崋說完他，又煩躁看我：「妳也是！跟什麼男人都那麼靠近，妳自重一點好不好！」

我眉尾抖了起來。

「噓～」都翎雙手微微張開吹起了口哨，一臉看好戲地後退幾步。「巫心玉，妳的男人可比我的女人凶多了，妳……真的搞得定？」

「你也閉嘴！」我終於忍不住了。都翎被我一喝，像是小狗般乖乖閉嘴，不再多言。我沉臉看所有人：「都給我回去看地圖！」

瑾崋狠狠瞪視都翎，都翎悠閒地看著別處，聞人僵硬地回到桌邊，飛雲坐在原位微微一笑。

「嘩——嘩——」外面的雨聲再次覆蓋整個世界，遮蓋住我們商討大計的所有聲音。

都領這次是蒼霄的使節，所以他會先啟程回蒼霄，然後從蒼霄領兵，與飛雲、瑾崋他們根據計畫會合。

有了他的地圖，荒漠這座迷宮徹底揭開了面紗，可以輕鬆找到水源和馬賊藏匿之處，而馬賊藏匿之處不乏補給品，所以這一次是逐個擊破，佔據他們的據點，充分休息之後，再向下一處進發！這樣看來，馬賊的窩點更像是成了我們行軍的糧倉。

行軍計策一直商討至夜半，大雨依然未停。

懷幽為大家送來了傘，一一送大家離宮。

我幫瑾崋撐開傘，雨簾從廊簷而下，屋內的燭光映射在每一滴落下的雨滴上，產生夢幻般的光芒。雨滴也濺在撐開的傘面上，淅瀝淅瀝，細細密密的雨打在我的臉上，帶出一絲秋的涼意。

瑾崋靜默地從我手中接過傘，目光始終低垂，不看我的臉龐一眼。他側開臉，躲入陰暗之中。

「妳……保重。」他低聲說罷，抬步就走。

「瑾崋。」我追上，布鞋踏入水中，他立刻轉身為我撐起了傘，面露生氣。「妳跑出來幹嘛，裙子和腳都濕了。」

他生氣地看我的雙腳和裙襬。我毫不猶豫地吻上他的唇，他驚得後退一步，抬手愣愣地撫上自己的唇，星眸在燭火中瞬間燃起火焰，忽然朝我灼灼看來。

下一刻，他就扔掉了雨傘一把抱住我，深深吻入我的唇，雨水澆濕了我與他的全身，冰涼的雨水順著我們的雙唇進入我的口中，再被我們火熱的吻燃燒。

「嗯！嗯！」他粗喘起來，一隻手突然環過我的腰，有力地直接將我一把抱起，大步來到廊簷下就壓上了我的身子。

濕透的身體在熱吻和喘息中不斷加熱，他大口大口啃咬我的唇，紊亂而激烈，雙眸微閉，睫毛輕顫，粗喘和輕吟從他的口中一起傳出。他一直吻一直吻，吻到我的雙唇發麻發熱，他像是永遠吻不夠我似的，又像是我欠了他太多的吻，他一直啃咬我的唇，無視於傾盆大雨。

他壓在我的身上，雙腿在我的腿間，濕濡的雙手不停地撫摸我的臉、我的長髮，撫落我的頸項，再往下摸上我柔軟的胸口時，他頓住了。呼吸在我的唇中顫了顫，他緩緩離開了我的唇，喘息地看著我，粗啞而語：「為什麼？」

我深深看著他燃燒火焰的星眸，那裡像是一顆恆星正在爆炸，我撫上他濕濕的臉龐。

「好讓你安心，讓你別再彆扭。我想……我說一百句，也不及這個方法。」

他興奮地笑了起來，笑容在燭光中分外燦爛，目光深深掃過我的臉，閃閃發亮。

「好，等我回來！」

「嗯。」我點點頭：「然後我們成婚。」

「成婚？」他微微遲疑：「婚……就不成了吧。」

「啊？」我吃驚地撐起身體，他臉紅地咬了咬唇：「成婚了……整天在後宮……很悶的……」

「……」

「妳有懷幽照顧妳，我很放心，凝霜也會陪妳解悶，但我又不會照顧妳，而且……悶在宮裡……我會瘋的，所以……我不想跟妳成婚。」

他小心翼翼地看我一眼，面紅耳赤。

「妳……不會生氣吧？」

我慢慢起身，他扶我坐起，自己站在雨中，像是做錯事的孩子般有些侷促不安地不敢看我。

「不想成婚，你還在朝堂上大吵大鬧？」我鬱悶看他。

「我急嘛……妳也知道我性格衝動……」他先是微微遮臉，後來索性放下手，甩回臉正對我。

「我不希望妳那麼隨便找個男人，跟他沒感情，妳不會快樂的！」

我感覺到了深深的氣鬱，沉臉道：「不行，婚一定要結，婚後你可以不在宮裡，皇家書院也需要有人傳授武藝和行軍布陣，你可以去那兒！」

「真的？」他開心地看我：「那我考慮考慮……」

他居然還要考慮！

「那今天……」

他咬咬唇，閃耀的星眸中劃過一抹童真，他再次俯下身，咧開嘴，充滿期待。

我直接起身，轉身背對他。

「等你回來，讓你有個掛念，好給我活著回來！」這傢伙，跟他成婚居然拒絕，哪還有心情？而且凝霜的狀況也讓我掛心。

「呵……」他在我身後笑了起來，雨聲中傳來他的腳步聲。我轉身看他，他撿起了傘，笑看我。

「放心，我一定會活著回來，然後，讓妳知道我的厲害！」

他的眸光鋒利起來，直接刺入我的心，讓我的心跳微微一滯，臉開始發熱。

「不要再弄傷自己。」我避開了他毫不掩飾的熱烈目光。

「嗯……」

我再次看向他，他立在雨中，長髮濕淋淋地黏在他的臉邊。我在燈光中微笑，他也笑容燦爛，我們隔著晶瑩的雨簾，久久相視。

去年那時，我匆匆下山，是為救他。他威武不屈，視死如歸，我至今還記得賜他白綾時，他咬取白綾的堅定眼神。

雖然他衝動、魯莽、脾氣暴躁，渾身彷彿總有發洩不完的躁氣，還喜歡整天與凝霜鬥嘴鬧脾氣。但是他在關鍵時刻不會糊塗，他會與他人一樣冷靜、沉著、鎮定。他在戰場上更是勇敢無畏，無人能敵。

他身上的每一處傷，都深深烙印在我的心裡，所以，瑾崋，請不要再讓自己受傷，那樣我真的很心疼。

第二天早晨，晨霧未散，地面還濕，昨夜的大雨沖洗了整個京都，也在地上留下一個又一個水窪。可是，卻有無數百姓安靜地站在道路兩旁。

這讓我吃驚，飛雲他們也很詫異。

都翎騎在馬上，一身來時的穿著，金色捲髮裹在頭巾之中，他驚訝地看著站在兩旁的百姓。

「我沒想到巫月……會是這樣一個國家。」

「怎麼？」我反問。

他寶藍色的眼睛裡是少有的認真。

「我以為女人的柔弱會影響這個國家，但是沒有，反而我看到了女人的善良和愛。妳的百姓們今日來送將士，親自祈福，他們在感謝每一個為巫月而戰的戰士。這是一個充滿愛的國家，這才是最強大的。」

他的感嘆讓我驕傲和自豪，我很高興別的國家的人能正確地看待我們巫月。

「當然，一個國家能不能有愛，也要看管理它的君王。巫心玉，是妳在影響這個國家。」

他在淡淡的晨霧中驚嘆看我。

「一年前這個國家還身陷貪腐風暴，女人荒淫，男人貪色，縱情聲色犬馬，沒想到短短一年，妳讓巫月徹底重生了。我應該向妳學習。」

都翎碧藍清澈的眸子裡是少有的認真，他是說真的。

「平定馬賊之後，我會建一條通商之道，到時希望巫月與蒼霄能夠多多往來。」我微笑看都翎。

「那是一定的！」他燦燦而笑，寶藍色的眼睛璀璨得像是世上最完美的藍鑽石。

晨光從天空落下，驅散了晨霧，普照在巫月每一個默默為士兵祈福的百姓臉上，他們的神態是那麼的柔和與溫暖。

就在我帶著狐仙來的那一天之後，越來越多巫月的百姓再次信奉狐仙，神明的力量讓他們開始自律，而這在我意料之外。

飛雲他們會從京城領兵一萬出發，然後與北辰、西鳳會合。

辰炎陽已經點兵完畢，等候在城門外。

我送瑾崋和都翎至城門口，飛雲和聞人已經和辰炎陽站在兵馬之前，飛雲的眼睛上依然蒙著紗布。

文武百官今天也起了個早，隨我一起相送，椒萸和傾城皆站在其中。都翎向我一抱拳。

「那麼，我先走了，下次見！」說罷，他快馬而去，洗乾淨的白色披風在風中飛揚。

飛雲、聞人和辰炎陽在前方向我齊齊一禮：「女皇陛下請留步！」

我看著他們說：「一路小心！」

他們齊齊向我看來，傲然騎在馬上，英姿颯爽。

子律到瑾崋身邊，目露嚴肅：「一路小心！」

「知道了。」瑾崋拍拍他的手臂：「千萬別把巫心玉不喜歡的男人送入宮，不然，我回來一定掀翻你的宰相府！」

子律立時蹙眉，滿臉鬱悶。

瑾崋到我面前，我認真囑咐：「千萬別把自己弄傷。」

他笑了笑，忽然伸手把我猛地拉入他的懷中，俯下臉便是深深一吻，登時四周百姓驚呼四起，子律站在一旁殺氣騰騰。

「哦～～瑾崋將軍好樣的——」

「女皇陛下和瑾崋將軍百年好合——」

瑾崋放開我，我眉尾直抖，好想揍他！

他燦燦而笑，像是明星一般還對周圍歡呼的百姓揮了揮手，躍上馬跑入飛雲隊伍之中。辰炎陽第一個要打瑾崋，被聞人笑著攔住。

瑾毓揹著包袱偷偷騎馬從我身邊而過，我立刻喊住：「瑾毓！妳今天就走？」

瑾毓微微遮臉轉身。

「對不起，女皇陛下，沒想到我那混帳兒子會這麼做，您……還是當沒看見民婦吧。」說完，她匆匆跑向瑾崋。

「娘，您要跟我們去殺馬賊？」瑾崋疑惑看瑾毓。

「去什麼荒漠！我趕著回家收糧食，你姊姊們忙不過來。」

「娘，您怎麼越老越沒出息了……」瑾崋一臉鬱悶。

「說什麼呢！」瑾毓登時一巴掌打在瑾崋的後腦勺上：「你這小子還沒給我丟夠臉嗎？女皇陛下是能這樣亂來的嗎？你真是瘋了！真是瘋了！」

「啊！娘！我不跟妳說了，大家快啟程！」瑾崋匆匆策馬開溜，瑾毓緊追其後，繼續伸手打瑾崋的後腦勺。

飛雲在馬上向我一禮，轉身帶大軍啟程。這一去，若是順利，也要半年幾個月才能回來了。

飛雲、聞人、炎陽，還有……白癡瑾崋，你們可要多多小心，願狐仙大人保佑你們每一個人，和每一個為巫月而戰的士兵。

我轉回身看向文武百官，他們立刻說話的說話，看天的看天，只有傾城和椒萸僵立在人群之中，呆呆看著我。

「蘇凝霜怎麼沒來？」子律在我身旁疑惑地問，我也擔憂起來。「是啊，凝霜沒道理不來送瑾峷，我馬上回宮。」

「好。」子律揮了揮手，立刻百官安靜地站立兩邊，士兵開道，送我回宮！

入宮的第一眼，看到的始終是懷幽，他總是站在通往後宮的宮門之內等我回來，宛如一個等孩子回家的父親。

他看見我時，我臉上的微笑已換作擔憂，他立刻問：「怎麼了？」

我拉住懷幽的手：「看見凝霜了嗎？他今天沒去送瑾崋。」

「他沒去嗎？」懷幽面露吃驚，轉身看向宮人們：「可有人看見凝霜公子了？」

「昨晚看見凝霜公子回殿，並未見他出來，會不會是還沒起來？」一宮人走出回覆。

「雖然凝霜平日不到三竿不會起，但今日瑾崋離開，他不會不送。心玉，凝霜最近臉色很差，會不會是病了？」懷幽面露沉思。

懷幽的話讓我更加擔憂，回想之前的種種，他會不會忽然感覺身體不適，為了不讓我看出，而匆匆離開？

來不及多想，立刻提裙前往凝霜的寢殿。

凝霜寢殿的庭院裡滿是梅花的綠枝，雖然未到冬日，卻隱約有暗香飄來，應是凝霜屋內的熏香。

殿外兩個侍者見我和懷幽前來，匆匆下跪：「見過女皇陛下，懷御前大人。」

「起來吧。」懷幽讓他們起身，肅然問：「凝霜公子可在屋內？」

「在，凝霜公子還未起。」兩名侍者輕輕答。

我立時提裙入內，懷幽靜靜地停在殿外，沒有跟在我的身後，他既是我善解人意的御前，也是我蕙質蘭心的御夫。

我獨自入內，寢殿安靜而幽暗。

「凝霜！」我焦急地推開殿門，一縷風隨我而入微微揚起輕紗的幔帳，現出一個還在熟睡的人影。

我匆匆進入寢殿，打開一扇又一扇窗戶，立時晨光灑入，傳來一聲不悅的輕吟：「嗯……」

「凝霜，你沒事吧！」我大步到他的床榻邊，一掀紗帳，床上的人不悅地翻身，長長的墨髮在晨光中變得流光溢彩，鋪滿銀藍的床單，帶來一絲絲若有似無的清冽梅香。

我抬步直接走上床榻，跨過凝霜的身體，坐下直接撫向他的額頭。忽然，他伸手直接扣住我的手腕竟是一把將我拽下，我跌落床榻的同時，他也翻身壓在了我的身上，立刻，墨髮如瀑布般灑落我的兩旁，遮住了那燦燦的晨光。

如同水簾般的墨髮之間，是那雙冷媚的眼睛，狹長的眼睛冰清如同清泉，他的唇角開始在狹小的世界裡揚起，薄唇開啟之時，傳來他壞壞的話音：「看來有人給我送早餐來了。」

我一直看著他，盯著他那雙冷豔卻含笑的眸子：「凝霜，你是不是有事瞞我？」

他眨了眨狹長的眼睛，嘴角的笑容慢慢消逝。

我用我此生最認真的目光注視他。

「其他事我不管，但如果跟你的身體有關，你絕不能瞞我！」他曾被流芳兩次強行上身，我真的很擔心他的身體有異樣。

他也一直看著我，儘管我問得極其認真，可他彷彿未曾聽見般只是筆直盯著我。他扣住我的雙手越來越緊，呼吸越來越重，吹拂開了臉邊的髮絲。他的雙瞳正在慢慢失焦，濃濃的情慾從瞳仁的深處翻湧上來，徹底吞沒了他眼中的清冽。

「妳讓我怎能不要妳！」忽然，他粗重地說出了這句話，緊接著他就徹底佔據了我的視線，佔據了我的唇……

「呵呵……」那晚的激情像是瞬間延續，他的呼吸立刻變得急促，他毫不猶豫地闖入我的雙唇，含住我的舌重重吮吸。

「嗯！嗯！」我微微掙扎，但他絲毫沒有放開我的意思。我知道我不能掙扎，我功力太強，稍有不慎，反而會傷到凝霜。

他們……到底是凡人……

他重重啃咬我的舌，急躁地抓捏我的手腕，在他離開我的唇吻上我的耳垂時，我立刻開口：

「凝霜！你停下！」

「停不下了。」他一口含住我的耳垂，把我柔軟的耳垂含入熾熱的檀口之中，靈巧的舌捲動挑弄。

身體逐漸隱隱發熱，我立刻說：「你怎麼沒去送瑾崋？」

他微微一怔，卻是往下吻落我的頸項：「睡過頭了。」

他用這四個字把我打發，但是我的心告訴我，他在搪塞。

「凝霜！你是不是身體不舒服？」

他撐起身體冷笑，火燒火燎的雙眸中是一絲寒意。

「哼，妳馬上就會知道我是不是身體不舒服！」

說罷，他直起身體，放開我的雙手拉扯我的衣帶。他坐在我的雙腿上，寬鬆的睡衣早已鬆鬆散散地滑落他的雙肩，露出那赤裸的鎖骨和圓潤的雙肩。白皙的肌膚在晨光中微微閃現誘人的珠光，長長的黑髮披散在他的肩膀和胸前，一種特殊的撩人和妖嬈從他的身上散發出來，風情萬情！

我看他一會兒，立刻伸手去扣住他手腕。他像是發現了什麼，立刻抽手，我再次去抓，他竟一把將我推開。

我跌回床，撐起身體咄咄逼人地說：「為什麼不讓我把脈？」

凝霜一愣：「妳是想給我把脈？我以為妳想阻止我。」

「你真的這麼認為？」我懷疑看他。

他退後單腿曲起，身體前傾，一手隨意地放在曲起的膝蓋上側臉好笑看我。

「不然還有什麼？我身體好得很呢，妳擔心我滿足不了妳？」他嘴角勾起壞壞的笑，衣領滑落肩膀，墨髮垂背，越發放浪與不羈。

我繼續懷疑地看著他，他冷笑一聲轉開臉。

「快上朝了~~我也不想這個時候與妳快活，這點時間哪夠我用？既然妳想，不如……」

他轉身向我一點一點爬來，爬上了我的身，爬到我的面前，側開臉貼上我的耳側，熱燙的唇緩緩擦過我的頸項，帶出他沙啞的話音。

「晚上繼續？」

「砰！」我把他推開，他往一旁跌落，雙腿張開躺在床上大笑：「哈哈哈——哈哈哈——」

笑聲格外輕狂。

聽到屬於蘇凝霜的大笑，我才少許安心：「你真的沒事？」

他緩緩收起笑，冷冷睨我。

「妳煩不煩？怎麼像我娘了？妳再囉嗦，我不住這兒了。」他收回目光，指指下身：「看，我都硬了，全是妳惹的禍。」

他不說還好，他一提醒，餘光中果然瞄到他雙腿間支起高高的帳篷。我的臉登時炸紅，抓起床上的軟枕直接打在他的頭上。

「蘇凝霜！你別想再進我的寢殿！哼！」我憤然起身，再踹他兩腳才走。

「哈哈哈——哈哈哈——」身後傳來蘇凝霜張狂的大笑：「妳捨不得我的～～小幽幽真的太悶了，怎及我小霜霜有情趣？」

「去死吧！」我重重拂袖離去。這個張狂的傢伙，決定了，這幾天不理他，讓他憋死！必須要好好調教，不然他不知道這宮裡到底誰才是主子！

當我怒氣沖沖出來時，懷幽目露驚訝，但他並未問我發生了什麼，依然靜靜跟在我的身邊，僅吩咐侍者照顧好蘇凝霜。

❖ ❖ ❖

連續幾日，我真的沒去看凝霜，奇怪的是，凝霜也沒來看我。哼，這才是真正的蘇凝霜，清高、自傲，連我這個女皇也不放在眼裡。

夜風漸漸帶出秋的涼意，懷幽在我御殿內換上新的熏香。他輕輕揮退殿內宮女，走到我身旁規矩跪坐。

懷幽靜了一會兒，才說：「心玉，我覺得凝霜最近有些怪異。」

我坐在桌案後，單手支頤地看奏摺：「怎麼了？懷幽，是不是有話想跟我說？」

「他還不就那樣。」

「不，正因為他對妳如對我們，才更奇怪。」

我微微一怔，放下奏摺，細細深思。

「我還記得凝霜回來那晚，他在荷花池中誘惑妳……」

「他沒誘惑！」我不由解釋：「他喜歡做那種事情，但是他不會去誘惑我。」

懷幽看我一眼，神情淡定：「好吧，那不算誘惑，是主動，可以了吧。」

我有點尷尬，轉開臉悶悶地應了一聲：「嗯。」

「那麼，既然對妳一直主動的凝霜，為何突然又對妳耍性子？」

懷幽的話拉回我的視線，他坐在我身旁，眸光中是從未有的嚴肅與認真。

「至少，我覺得凝霜最近脾氣有點反覆古怪，比以前更加捉摸不透，我覺得他心底好像藏了一個很大的祕密。就像……」

他微微垂落眼瞼，帶出一抹悵然。

「當初我明明想靠近妳，卻……又克制自己不去觸碰妳……所以心玉，我覺得凝霜他……」

在他抬眸之時，我立刻揚手，心中開始不安：「別說了！我現在就去找他。」

懷幽微笑點頭。

「我能感覺到，我能和妳在一起，是凝霜幫了我，所以這一次，我也想幫幫……」

在他還未說完時，我已經情不自禁抱住了他。他微微一怔，隨即變得放鬆。我深深擁住他，我的懷幽我的夫，他總是默默為我解難排憂，為我解惑，此生有他，是我之幸。

與他們相識之時，從未想過今日會與他們相知相守，在他們用生命去愛我的同時，我也想用愛守護他們，所以，我不會讓他們任何一人受傷。

我緩緩放開懷幽，他笑著看我：「去吧。」

「嗯。」我把奏摺一扔，起身出了寢殿。

我怎會沒想到？

凝霜雖然孤傲，但遠遠比瑾崋成熟，他不會像瑾崋那樣跟我鬧彆扭，他那種狂放的性格一定是直接闖入我的寢殿，然後把我按在床上，就像他之前的每一次。

他不會因為我生氣而生氣，因為他是那麼的隨性，他在後宮裡隨心所欲地做他想做的事情，他從不遵守宮內任何規矩，來去自如，無人能管。若他真的生我的氣，以他蘇凝霜的性格，又怎會還留在宮中？定然早離宮而去。

所以，凝霜定是有事瞞我。

大步到凝霜宮殿時，殿門前的侍者匆匆下跪，我立刻問：「凝霜公子可在？」

「凝霜公子出去了。」他們答。

我看向四周，直接甩掉了外衣飛身而起，侍者匆匆接住我甩脫的外衣，仰臉高喊：

「女皇陛下小心——」

踏遍宮內每一處，都不見凝霜的身影，這太奇怪了。我立在觀星台上，俯視整個皇宮，然後拍了拍手。

「啪啪。」

數道黑影落在我的身後，我接管了孤煌少司的暗衛，他們各個是絕世高手，是孤煌少司培養出來的頂尖殺手，不可不殺，但又殺之可惜。

況且他們當中也有心善之人，於是我還了他們自由，給了他們工作，或是離京，或是夜晚巡邏護衛皇宮。至於白天，他們擁有另外一個身分，活在另一種生活之中。

「可見蘇凝霜離宮？」我沉沉地問。

他們搖搖頭。

「那他去了哪兒？」我疑惑轉身看他們。

他們彼此看了一眼，一人出列：「回稟女皇陛下，凝霜公子最近總是去假山附近。」

「假山……」我立時恍然，飛躍而下。

冰涼的夜風拂過我的臉龐、我的髮絲，吹起我的裙襬，我在月光中落在了假山之前，輕輕落地，髮絲從臉邊慢慢落下。

凝霜不在寢殿，但又沒出宮，整個皇宮找不到他的身影，他只可能在這裡，這個我們曾經一起祕密離宮的密道之中。

他為何要躲在密道裡？

我走入假山，自從被泗海發現密道之後，我很久沒有進入這片密道，當假山裡的黑暗吞沒我的同時，也聞到了熟悉的潮濕味道。

借著從假山石孔中落下的斑駁月光，我找到了許久沒有打開的密道石門。按動機關，傳來熟悉的石門移動的聲音，光芒立時從裡面射出，果然密道中有人，是凝霜。

我匆匆入內，沿著密道急急前行。

密道錯綜複雜，當初椒氏在設計時，也有意把密道建成了一個地下迷宮，即使被人發現，也一時走不出這迷宮。所以泗海在發現時，會想用煙霧熏出蘇凝霜那麼陰損的招數。

深入密道之時，我忽然發現地上有血跡，一滴、兩滴，但不像是新鮮的，顏色較深，已經乾涸，像是有了幾日。

幾日……我心中立時發慌，想喊出聲，卻忽然想到凝霜之前有意迴避，若我喊他，他必然躲藏。

我收住氣息，順著那血跡往前，血跡開始多了起來，並且越來越新鮮。當我的腳底沾上血跡之時，我也聽到了粗重的喘息聲，我一步一步走出拐角，看到了靠立在密道牆壁上，痛苦呼吸的凝霜！

他臉色蒼白，鮮血從他鼻中滴落，他隨意地擦了擦，袍袖上立時染上了血跡。他緩緩滑落牆壁，靠坐在牆壁邊努力平穩呼吸，痛苦得擰緊心口，像是呼吸無法順暢。

他顯得極其痛苦，他咬緊牙關，握緊拳頭一下又一下砸打地面，「砰！砰！」像是以此減輕身體內帶給他的折磨，宛如有一把鋼刀正在他體內到處亂攪，肆意折磨他的身體。

他痛苦地緊貼牆壁慢慢轉身，額頭抵在牆面上，右手深深扣入牆內，痛苦地抓下，傳來讓人心顫的聲音。他咬牙強忍自己體內的痛苦，最終忍不住了，呻吟出了聲：「嗯！嗯！」

我心痛地退回拐角，揪緊自己心口的衣衫，大腦嗡嗡作響。我靠在冰冷的牆壁上深深呼吸，把自己所有的擔心和著急強壓回心底，找回自己的平靜，不然，我會忍不住衝出去，狠狠揪住他，大聲地責罵他！

我必須平靜下來。

我忍住心痛，再次緩緩走出拐角，極度痛苦的他絲毫沒有察覺。我默默走到他身旁，拿起他染血的手，他吃驚地喘息朝我看來。我垂下目光，對著他的手心注入一縷帶著仙氣的內力，他緩緩平靜下來，臉色也漸漸恢復。

「呵……沒想到，還是被妳發現了……」他有些吃力地轉身靠坐在牆壁上，全身的衣衫和他的髮絲已被冷汗濕透。

我抓起他的手腕，要把脈時他立刻抽回：「我沒事！」

心頭強忍的憂急差點沖出口，但被我再次強行壓回。

「到底怎麼回事？」我努力平靜地問。

「呵。」他揚唇輕笑了一聲，撐起身體，腳步踉蹌起身：「小毛病。」

「這是小毛病？」我胸口的怒火還是宣洩而出，穿透了所有的密道。

他背對我站了一會兒，在我生氣起身時，他忽然轉身，雙手「啪！」一聲撐在了我的臉龐，唇角揚起看我。

「還不是因為妳讓我忍太久了。」

「那來呀！」我一把揪住他的衣領：「你還在死撐什麼？」

一滴血又從他的鼻中流出，他的眼神渙散了一下，匆匆抬手擦落，一臉呆滯。

「凝霜……」我擔心地拉住他，他一步一步踉蹌後退，臉色再次蒼白，剎那間，他的雙眸徹底失神，像是枯葉般緩緩「撲簌」墜地。

「凝霜——」我的呼喊在密道中久久迴盪……

凝霜徹底昏迷了，他一直隱瞞病情，他的身體極其虛弱，像是徹底失去陽光和養料的花朵，漸漸枯萎。

他躺在床上虛汗連連，全身的衣衫濕透，甚至床單也濕了，這樣下去，他很快會因為脫水而死。

他緊擰雙眉，嘴唇最先褪去了顏色，他在痛苦中不停囈語，卻因為太虛弱而模糊不清。

「這是怎麼回事？」懷幽擔憂地看著凝霜，不停地用布巾擦去他額頭的冷汗。

我握住凝霜汗濕的手心，心情凝重：「我想我大概知道為什麼了。」

懷幽立時看我：「心玉，妳醫術高超又有狐仙大人的靈藥，快救救凝霜。」

我無力地搖頭：「師兄先前曾為救我而強行上了凝霜的身，給凝霜的身體造成了巨大的傷害。之後凝霜為了救我，再次求師兄上身……」

「所以呢？所以會怎樣？」懷幽焦急地問。

「會消耗凝霜的陽壽……」我抬眸哀傷地看他。

懷幽驚詫得怔住了身體，手中的布巾「撲簌」落地。

淚水開始濕潤我的雙眸，我心痛難言。

「他會一點一點衰竭，直到……死去……」我抬眸哀傷地看懷幽：「懷幽……他跟你一樣……用他的生命在愛我……」

懷幽的眸光震驚地顫動起來，淚光閃閃，他看向痛苦掙扎的凝霜，痛心地蹙眉搖頭，靜靜守在凝霜的床邊。

我擦去眼中的淚水，起身：「懷幽，我要帶凝霜去神廟。」

「對……」懷幽深思點頭，臉上浮出希望地看向我。「只有狐仙大人能救他！」

他開始在凝霜床榻前徘徊：「事不宜遲，馬上啟程，我去為妳安排馬車。」

「等等。」我拉住他有些倉皇的身影：「你幫我看著凝霜，我先找子律交代一下。」

「好！妳快去！」懷幽重新坐回凝霜床邊，照看凝霜。

我是女皇，不能突然離開，我回到自己的寢殿，找出了子律留給我的狗哨，精雕細琢的狗哨總共是兩支，是時候還給他了。

我抓緊狗哨離開寢殿，前往固定和獨狼會合的清風塔。夜空下整個巫月陷入沉睡，只有點點紅燈。

空中明月朗照大地，青雲靜靜隨風流淌，狗哨放在唇邊，我開始吹響狗哨，聽不見的聲音隨風傳出，我站立在清風塔頂靜靜等候。

獨狼是我最先信賴的人，即使當時我不知道他的身分，他也不知道我的，但是我們在一戰中相識相惜，我真的很看重他，無論是獨狼還是子律。

是不是我這份看重，才讓安寧反而不安寧？我雖是女皇，但我始終是女人，而子律恰恰是男人。

台灣角川

遠遠的一抹黑影劃過空中朗月，身後的一縷長髮如同狼尾般飛揚。他來了。矯捷的身形躍過下方層層疊疊的屋簷，躍上清風塔，衣帶飛揚地飄落在我的面前，月光映在他的黑眸中，閃爍如同孤狼般的冷光。

「什麼事？」依然簡短，沒有多餘廢話。神情冷酷肅殺，透出荒漠蒼狼般的孤傲威嚴。

我把狗哨拿出，放到他的面前，見他微露疑惑，我隨即道：「該還你了。」

他一怔，卻沒有接下。

我拿起他的手放入他的手中，他低頭看手中兩支狗哨，在月光下悵然若失。

「我要帶凝霜連夜出城，明日早朝你主持一下。」

「什麼？」他吃驚地看向我，面色如黑夜般低沉：「巫心玉！妳在想什麼？」

「凝霜病了……」我認真憂急地看他。

「病了有御醫！」子律忽然發起火來，直接打斷我的話：「妳是巫月女皇，怎能因為一個男人病了而置朝堂於不顧！」

「凝霜他快死了！」我焦急出口，他就此愣在我的話音之中。

帶著秋衣的夜風吹過我的面頰，我撫上額頭。

「子律，我知道我突然這樣拜託你很任性，但是，我必須要帶凝霜去神廟！」

我堅定看他，他忍了忍眸中的怒火，瞇起精銳和孤冷的雙眸。

「妳要送蘇凝霜去神廟，誰不可以？非要妳丟下國事送他去？」

「因為他是蘇凝霜！因為只有我知道怎麼救他！就算是你梁子律，我也會毫不猶豫地這麼做！」

我鏗鏘有力的聲音在清風塔上迴盪，子律表情一怔，站在月光中久久無言。

我努力平穩一下呼吸，握住子律的手臂。

「子律，當初你們為我冒死刺殺，我永遠不會忘記。現在內亂已平，君臣一心，百姓安泰，你為左相，也是眾望所歸，所以我不在時，你暫理朝政無人會有異議。我此去很快就會回來，你就當……就當我這個女皇請幾天病假，難道都不行嗎？」

我緊緊握住他的手臂，幾乎祈求地看他。

他在我的目光中保持沉默，黑澈的雙眸落在我的臉上，眼神深邃而複雜。

他的眸光閃了閃，撇開臉：「早去早回。」

我立時感謝地抱住他。

「謝謝你！子律。」他被我撲得踉蹌後退一步，站穩後在我上方輕嘆：「妳是女皇，何須來問我？」

「因為你是我的左相。」我放開他，抬起目光，看著他暗沉的目光。「我尊重你，更何況，在我離開後，我需要你幫我處理朝政。子律，這幾天就辛苦你了，我會盡快回來。」

他眉頭緊鎖，目光之中流露出無奈之情，再次側開臉，只說了一個字：「嗯。」

我安心地準備離開，他忽然伸手拉住了我的手。我微微一驚，月光之下，他拿出了一支狗哨，放入我的手中。

「留著吧。」說罷，他放開我的手，一躍而起，黑色身影在明月之中再次劃過，向遠方而去。

我愣愣看著手中的狗哨。子律，你為何對我那麼好？你對我的忠，似乎已經超乎了我的想像。

事情交代完畢，我立刻帶凝霜連夜出城，馬車飛快跑過幽靜的街道，夜空之下響起「踢踢踺踺」的馬蹄聲和車輪滾動的聲音。

一路上，我用帶有仙氣的內力為凝霜緩解痛楚，隨著他的雙手越來越冰涼，我的心也開始越來越揪緊。

「凝霜，你一定要為我活下去！」我緊緊握住他的手，他緊擰雙眉，蒼白的手指像是回應我一般，也緊緊握住了我的。

馬車沒有停歇，日夜疾馳，在第二天的夜晚，我終於趕到狐仙山，我直接揹起凝霜，運起仙氣，直奔狐仙山。

月光為我照亮山路，像是在樹林間為我鋪出一條銀色的地毯，被雨水打濕過的石頭反射出星光點點，如同銀河直上山頂。

夜風在我飛躍時揚起我的長髮，我的眼中只有面前的道路和明月下那座威嚴的宮殿。

狐仙施法，不能離開神廟，這是不成文的規矩，也是對狐仙神力的限制，以防狐仙在民間濫用仙術。

所以，若是要為凝霜續命，必須上神廟。

蜿蜒的山路漸漸開闊起來，熟悉的楓林已經出現在眼前，月光灑落在片片楓葉上，讓那些楓葉化作了美麗的銀色。

狐仙山的美，是大自然的鬼斧神工，能深深印在你的心裡！

可是此刻我卻無暇欣賞這轉瞬即逝的美，因為我的身上揹著一朵更美的，但將要枯萎的花。

長長的石階終於出現在我的面前，寧靜的神廟裡傳來了清脆的鈴聲。

「丁鈴——丁鈴——」

我抬頭看向神廟的門後，月光之下，他的銀髮在風中飛揚，而他的身邊，正是失去人面的狐臉少司。

他們已經等候在神廟之內。

我立刻上前，站在了神廟之外，流芳擔心看我。

「妳怎麼突然來了？」

「進去再說。」我看看身後的凝霜，隨即看了一眼流芳身邊的少司，卻見他的雙眸沒有任何神采，如同泥塑木雕一般，恭敬地站在流芳的身邊。而他，也沒有看我。

來不及細看他，救人要緊。

我揹凝霜入內，流芳似是立刻感應到了什麼，臉色煞白。

「是我的錯……是我……」

「流芳，別怪自己，我可以解決的。」我握住了流芳的手，他緩緩回神，歉疚地看我身後的凝霜。他身旁的少司只是跟著他微微轉身，雙目依然空洞無神。

流芳從我身上扶下了凝霜：「我來吧。」

他抱起他，往神廟內走去。而少司依然沒有任何神情地跟在他的身後，狐尾在地上無力拖動。

那些夢是真的！

少司真的在天神面前認輸，被徹底馴化。這樣的少司讓人很心痛，也很無奈。我們做錯事必須接受懲罰，人間有人間的律法，狐族有狐族的律法，天界更有天界的條規。

少司還能活在神廟裡，只是無法說話，失去了人形，這應該是狐族對他最輕的刑罰了。若是由天界來懲罰，我真是無法想像。即使師傅那隻風騷的狐狸，在我談及天條時，他的臉色也會閃過一抹蒼白，神情一肅，要我不再多言。

可見天規讓人多害怕。

「少司。」我在孤煌少司身後喚了一聲，他腳步頓了頓，夜風揚起他背後的絲絲墨髮，他靜得完全像是狐仙廟裡沒有生氣的神像。隨即，他再次抬起腳步，沒有任何回應地跟在流芳身後，靜靜前行。

他的心裡一定很恨我。

流芳把凝霜放入我以前睡的房間，然後點起了長明燈，我坐在凝霜床邊握緊他的手，堅定地看向流芳。

「流芳，讓師傅把我的命給他。」

在流芳愣住的同時，孤煌少司的眸中終於閃過一抹驚訝，緊接著是深深的憤怒與怨恨。他狠狠看著我，呼吸開始急促，忽然他亮出利爪朝我猛地抓來，寒光劃過眼前之時，我感覺到了面頰火辣辣的痛。

「少司你幹什麼？」流芳立刻制止他，一束繩索登時捆住了少司的身體。他憤怒地在地上掙扎，但他越是掙扎，那繩索越是勒緊他的身體。

我呆滯地撫上自己的臉，三條深深的血痕劃開了我的皮肉，鮮血染滿了我的手指，也隨著我的臉滑下，流入我的脖頸。那溫熱的血在夜風中漸漸冰涼。

少司憤怒至極地瞪視我，黑澈的雙眸因為憤怒而變得通紅。他毫不在意那越來越緊的繩索，繼續掙扎著。

立時，繩索上生出了倒鉤，「刺啦」一聲勾破他的衣衫，刺入他的身體，他痛得全身顫抖起來，鮮血立時湧出，染滿了他的全身，也染滿了那條繩索。

我呆滯看著他，他為何突然之間發了狂，像是要殺我！

「出去！」流芳憤然拂手，瞬間一股強大的氣流將少司搧飛出了房間，頃刻間他化作一隻黑狐被繩索綁在了屋外的楓樹之下。他依然憤怒地仇視我，但狐族的懲罰讓他發不出半絲聲音，他脖子被勒出深深的血痕，鮮血依然不斷地淌落。

「少司真是瘋了！」流芳立刻到我身邊，心疼察看我臉上的傷。我一直呆呆望著門外的黑狐，他通紅的眼睛裡滿是恨意，他在恨我、在氣我！若是因為當初的一切，進門時他就該那樣了，何以此刻突然發怒，甚至是抓狂？

流芳輕輕撫上我的傷，我痛得蹙眉，回神之時，才感覺到臉上的傷有多麼的疼。流芳立刻俯下臉，銀髮劃過我面前之時，他也舔上了我的臉龐，而門外的少司越發憤恨起來，拚命拉拽綁住他的繩索，利爪深深撓入地面，發出撓抓的聲音。

流芳舔過之處，疼痛立時減輕。狐族的傷只有狐族能治，即使師傅留給我的傷藥也沒用。

「這傷太深了，只怕半年才會好。」流芳一臉心疼。

「先別管我了，救凝霜要緊！把我的命拿去吧！反正我命多。」我立刻回他。

懷幽
●平胄國內侍官●

忽然，外面的少司安靜了下來，似乎是因為我的話，他憤恨的目光中又露出了驚訝之色。

流芳搖搖頭：「這個因是我造成的，應由我來解。師傅給妳的命是有天意在的，不可亂用，否則到時妳真想用卻不能用了。」

我驚訝看他，這些命原來早有安排，而我卻還嫌多。

流芳看了我一會兒，執起凝霜的手，手心與他合在了一起，然後看向我。

「心玉，蘇凝霜陽壽未盡，不像懷幽上次已死，所以我可以為他治癒，妳不必擔心。但這會虛耗我一些神力和時間，妳可到外面等候。放心，我會還妳一個健康的蘇凝霜。」

我感激看著流芳，伸手抱住了他溫暖而柔軟的身體，埋在他帶著清香的銀髮之間。

「謝謝你，流芳。」我緩緩放開他，他露出讓我安心的微笑。我再次注視凝霜片刻，靜靜地走出了房間，慢慢關上房門前，見到流芳漸漸流轉的仙氣和凝霜緩緩浮起的身體。

心情緊張而擔憂地坐在門外走廊上，面前是狠狠盯視我的少司，他的身下已是一片血跡，好在繩索在他安靜後收回了倒鉤，不再束緊。

我迎上他憤恨到血紅的雙眸，從他那痛苦的眸中，我似乎明白了什麼。我起身走下走廊，他立時站起狠狠看我，將拴住他的繩子繃到最緊。

我站在他的身前，他又開始掙扎起來，繩索立刻把他拉緊，我心痛地蹲下身。

「少司，別再掙扎了。」

他憤恨地用利爪抓撓地面，我朝他伸出手，他的利爪立時狠狠撓上我的手臂，立時衣衫「嘶啦」破裂，鮮血染紅衣袖，火辣辣的灼痛讓我微微蹙眉。但我沒有收回手，仍然撫上了他黑色的狐臉，那一刻，他雙目圓睜，安靜下來。

「我明白了，你是不是在恨我願意把命給蘇凝霜？」他的發狂是從我說把命給凝霜後開始的。

他的肚皮劇烈起伏，血紅眼睛裡流出了痛苦和憤恨的眼淚。我輕輕擦去。

「當年我跟你下山，師傅曾賜我一縷仙氣和三條命，我起先還不明白，直到……遇到泗海……」

少司在我的話音中身體輕輕顫動，黑眸之中湧出了深深的恐懼，我起身從樹上解下了捆綁他的仙繩，仙繩在我手中捲縮，從少司的脖子上離開。

少司腳步踉蹌地跌坐在血泊之中，緩緩恢復了人形，黑色長髮鋪滿了逐漸一點一點復原的衣衫，他伏在地上粗重而痛苦地喘息，像是仙繩留在他身上的傷痕依然灼痛著他的全身。

那些傷口也因仙繩的離開而漸漸癒合。

「少司。」我蹲在了他的身旁，歉疚地看他：「我願意用我的命去換你和泗海的命，可是，你們並沒死。」

他緩緩轉臉朝我看來，臉上寫滿被疼痛折磨後的疲憊。

我心疼地捧住他黑色的狐臉：「你們是狐族，你們還活著，如果哪一天，你們真的需要，我隨時願意給你們。可是，我真的不希望那天到來，是不是，少司？」

血紅漸漸從他的眸中退卻，再次浮現了那深邃得可以勾魂攝魄的黑。他垂下了眼瞼，眼淚在眼角滴落。他像是認命地點點頭，忽然又搖搖頭，像是想起什麼似地拉住了我的手，看向被他抓傷的還在流血的手臂。

他埋下臉，像是想像流芳一樣為我舔舐傷口，可是他的嘴卻無法張開。他再次痛苦起來，埋在我的手臂上無聲哭泣。

我溫柔地凝視他，撫上他長長的黑髮。

「沒事的，少司，你把我劃傷了也好，就沒那麼多男人關注我的臉了。」

他哭泣搖頭，淚水滴落在我的傷口上，鹹濕的淚水帶出了絲絲的疼，但是這點疼又怎及他剛才受到的折磨？

狐族也屬於天界，如果他們對少司和泗海的懲罰沒有經過天界的批准，天界又怎會允許少司和泗海留在狐族接受懲罰？

我想起了那些夢，立刻問少司：「少司，你到底想告訴我什麼？」

他的身體微微一怔，猛地抬起臉，既惶恐又掙扎地看我。他匆匆仰臉看看天，又看看緊閉的房門，似是做出了決定。他忽然在我面前黑光閃耀，平地登時捲起一陣狂風，揚起了我的長髮和滿地的落花。

一隻巨大的黑狐赫然立於狂亂的花瓣之間，他深深看我，我恍然明白，毫不猶豫地翻身騎在了他的身上，抓緊了他巨大的黑色狐耳。下一刻，他飛奔起來，狂風越來越猛烈，花瓣靜靜追隨我們的身後，像是化作無數雙眼睛監視少司的行動。

少司帶我朝山頂祭壇跑去，我心中暗暗吃驚，陰冷的山風拂過我的臉龐，帶出絲絲的疼，尤其是掠過我臉上的傷口時，更是火辣辣的灼痛。

月光忽然被黑雲覆蓋，整條山路像是通往黑暗的不歸路，把我送往一個巨大的無底黑洞。黑暗之中，祭壇顯得陰森可怖，高高的祭壇上沒有半個人影，只有那巨大的佇立在黑雲下的狐仙神像！

上空的黑雲忽然詭異得旋轉起來，忽然一道閃電「轟隆」地猛然而下，竟是直直劈向少司。少司立刻閃避，但閃電還是劈中了他黑色的狐尾，瞬間燃起火光，他黑色的狐尾在藍色的火焰中不斷燃燒。

「轟隆！」又是一道閃電朝我劈來，我驚然看向高空，這個祭壇我從小玩到大，從未有過今天這樣詭異的現象。它像是在阻止少司靠近。

我立刻抱住少司的頭：「少司！你是不是要我去祭壇！」

他重重點點頭。

「好！你放下我，別再靠近了！」

少司在閃電中停了下來，果然，捲動的黑雲中不再有閃電落下。

我從少司身上躍下，看向那空空蕩蕩的祭壇，雖然看不到任何東西，心頭卻莫名忐忑起來，那詭異的黑暗，讓我不由自主地想起了泗海。我的心跳開始加速，一直以來，我只看見少司，沒有看到泗海，因為泗海的罪更重，我以為他被帶回狐族懲戒，所以我才看不見。

可是，此時此刻，不知為何，我對他的感覺格外強烈起來。泗海、泗海……泗海！你到底在哪兒？是不是在祭壇上，我是不是只要到祭壇上，就能感覺到你？

我一步一步踏上祭台，閃電忽然又從黑雲中落下，卻沒有劈到我，而是劈在我的身旁。仙術不可傷及凡人，所以那些閃電是不能傷我的。

我變得更加堅定，越是不讓我靠近，我越是要上去看個究竟！我提裙加快腳步跑了起來，越跑越快，幾乎是衝上了祭台，在踏入祭壇邊緣的那一刻，我感覺到像是穿過了一層不可見的薄膜，眼前瞬間明亮刺眼，閃電把整個世界照得雪亮！

我呆呆立在祭壇上，祭壇裡像是完全變了一個世界！

「轟隆！轟隆！」一道道閃電不斷從上空落下，像是銀鞭狠狠抽在我前方的狐仙神像之前，一閃一閃的白光中，有一隻血跡斑斑的巨大白狐在閃電中掙扎和痛苦嚎叫！

那一刻，我像是被人從高空一把推落，在死一樣的寧靜中不斷墜落、墜落，然後「啪！」一聲在地上摔得……支離破碎……

「泗海……」耳邊再也聽不到那可怕的雷聲，暈眩的眼中只有他在鎖鍊中掙扎哀嚎的身影。閃電劈開了黑暗，照亮世界的同時，也照出了他全身的血痕。那些傷痕被閃電幾乎染成了銀色，布滿他的全身，閃電像一道又一道銀鞭狠狠抽在他的身上，他全身的白毛漸漸染成了血紅色，不見半絲白色。

我全身像是失去了力氣，雙手顫抖地想朝他走去，我的雙腿卻發軟地一次又一次跌倒。我雙手發軟地撐起身體，好不容易站起又再跌倒，我的心已經在那一道又一道的閃電中被狠狠撕成了碎片。

「泗海……泗海——」我終於嘶喊出口，朝他跑去。他在閃電中怔住了身體，朝我看來時，又一道閃電毫不留情劈在了他的前腿上。他的前腿瞬間跪地，狠狠仰視天空，咬緊牙齒慢慢站起，鮮血從他的腿上流下，染滿了祭壇地面。

「泗海——」我撲倒在地上，他驚然朝我看來，跳起身體想掙脫身上染血的鎖鍊：「心玉——別過來——」

「轟隆！」又一道閃電狠狠劈在他的臉上，立時皮開肉綻，血染紅他的眼睛。我爬起來，朝他繼續跑去，閃電在我周圍不斷劈落，濺起的碎石像冰雹一樣打在我的臉上。

「心玉——啊——」泗海發狂地掙扎，但是鎖鍊牢牢拴住他，讓他無法逃脫。他的身下已是一片血池。

「轟隆！」又一道閃電劈落之時，我終於撲向了他，踏入那一片血池，撲在他已經沒有一處完好肌膚的身上。

「啪！」閃電突然轉了向，擊落在我身邊的血池裡，濺起的血水瞬間染紅了我的衣裙。

「泗海……泗海……」我抱住他痛哭，他在我的懷抱中急促喘息。
「快走！心玉！」
「不……我不走……我不走——」淚水滴落他染血的身體，每一道傷都見骨，沒一處完好肌膚！
他們是這麼的殘忍，宛如要把他扒皮抽骨！
「對不起……對不起……」我抱緊他泣不成聲，呼吸顫抖，我轉臉憤恨地看向天空。「為什麼要這樣對他！為什麼——」
「轟隆！」銀鞭再次落下，直直打在泗海的後腰上，登時，泗海悶哼一身趴伏在地上。
「不！不——」我倉皇地抱住他的後腰，可是緊接著，銀鞭又狠狠抽在了他的臉上。我全身顫抖起來，從未有過的惶恐與害怕讓我徹底膽寒，無論我護住他哪裡，銀鞭就抽在他的別處，直到他不再掙扎，趴在血池中奄奄一息……
「泗海……不……不……不要打了……不要打……」
我顫抖地無法說出完整語句，抱住他已經變形的臉，喉嚨哽咽到痛。
「對不起……對不起……」我貼上他已經被血染濕的臉，只剩下哭泣。
「心玉……妳……不該來的……」虛弱的話語從他的口中緩緩吐出，他的頭開始發沉，在我的懷抱中開始昏迷，我心碎地狠狠抱緊他。
「不……不要……不要……」
滿手都是泗海的鮮血，他全身的白毛已經徹底變成了紅色。他被閃電打得體無完膚，真正的……體無完膚，如同凌遲之刑，已經看不清他原來是一隻美麗的白狐……

閃電停了下來。地面上的鮮血忽然間被祭壇完完全全吸收了進去，不留半點血漬，宛如剛才的一切全部沒有發生。

泗海身上的傷在閃電停止後，也像少司一樣，一點一點恢復。鮮血像是褪色般被吸入他的白毛，破裂的骨頭迅速痊癒，然後皮肉一點一點覆蓋。

剎那間，泗海又變成了一隻完整無缺的白狐，只有昏迷和虛弱證明了方才那殘忍的刑罰！

我茫然呆滯地抱著他，視線徹底失去了焦距，被人掏空的腦中只迴盪著三個字：我的錯……

「我的錯……我的錯……我的錯……」我不該把泗海交給他們，不該的。

「心玉……妳不該來的……」懷中出現了他輕柔的聲音，我呆滯地朝他看去，他已經恢復了人形，襤褸的衣衫和長長的雪髮上布滿斑斑血跡。

「妳的臉怎麼傷了！」他吃驚起身，全身看不見一絲傷痕，從他細細長長妖媚的狐眸之中可見他神智已經徹底清明，宛如剛才的刑罰是我的錯覺，這裡從未有人被打傷，更沒有人血流成河。

我吃驚而不解地看著他。但他的眸中已湧現陰狠的殺意，他狠狠扣住我的肩膀。

「說！到底是誰傷了妳的臉！」

「你沒事了嗎？」我顫顫地撫上他的臉。

他睜了睜雙眸，一抹倉皇劃過他的眼睛。他低落臉，忽地看見了我手腕的傷，他吃驚得立時抓起，放在鼻前深深嗅聞，他凝滯一下，吃驚地說：「是哥哥……」

「沒關係，沒關係的，他是想帶我來見你……」

比起我的傷，我更怕他受傷，淚水再次湧上雙眼，我不顧一切地抱住他，在他的頸邊嚎啕大哭。

「對不起——泗海……對不起——是我的錯……是我的……」

「不是妳……」他咬牙切齒地低吟，深深抱緊我：「是天！是天——」

他仰臉憤怒地嘶吼，霍然起身，襤褸的破衣與雪髮在祭壇上狂亂飛揚。

「我不怕你——我不後悔——我沒錯——我要打上九十九重天——把你從神位上揪下來——你以為你這樣折磨，我就會放棄嗎？我孤煌泗海永遠不會——不會——哈哈哈——哈哈哈——」

黑雲在泗海的狂笑中漸漸散去，一縷淡淡的晨光忽然落下。登時，泗海像是看到了什麼可怕的東西，眸中浮出了絲絲驚惶。

他在害怕，但是他天不怕地不怕，他又在怕什麼？

他匆匆蹲到我的面前，著急地說：「快走！妳快走！」

他抓起我，甚至動作變得有些粗暴，想把我推走！

晨光漸漸曬到了他的身上，忽然，他的衣衫開始冒煙，他驚慌地踉蹌後退，雙眸閃動。

「不，不！不要讓心玉看見我噁心的樣子！不要讓她看見——你聽見了沒——」他仰天憤怒的嘶喊，渾身的戾氣絲毫沒有被酷刑征服。

而少司……卻已經服了……

我驚訝地看著他的臉在陽光中一點一點曬得乾裂，對我卻沒有絲毫的傷害。

「不——不——」泗海捂住了自己的臉，暴露在陽光下的肌膚開始焦灼，血還來不及淌出便已經燒焦凝固，立時空氣裡瀰漫一股肉烤焦的氣味，是泗海的！是泗海的！

「嘔！」極度深寒的惡寒感讓我乾嘔出口，眼前發黑。我無法去呼吸來自心愛之人被烤焦的氣味，這不僅僅是對他殘酷的折磨，更是在狠狠撕碎我的心。

他在祭壇上全身痛到無力地跪落，但他依然死死捂住自己的臉，不讓我看見。他全身已經痛得不停顫抖，但是他依然沒有發出半聲哀嚎。

「為什麼……」他的聲音痛得發抖：「為什麼要讓我的心玉看到……為什麼……我可以承受你們一切刑罰……但是……為什麼要讓我最愛的女人看到……為什麼——嗚——嗚——」

他痛苦地在陽光中發出悶悶的呻吟，但始終沒有痛嚎出口！

明明對我無害的陽光卻實實在在地燒烤著他的身體，他像是暴露在陽光下的吸血鬼，痛苦地蜷縮身體，用雙手死死護住自己的臉，不讓我看見。明明他身上的衣衫已經灰飛煙滅，他的雪髮一點一點燒盡，露出了充滿血汙的焦黑頭皮。

陽光無聲無息地落在他身上，卻比雷電更加可怕地折磨他的身體。他們因為他的不屈服而怒，因為他的暴戾而用酷刑來馴服，他們是在等他投降，等他哀求，等他說那三個字：我錯了……

但是，泗海永遠不會求任何人。

「泗海……」我顫抖地再次上前，深深抱住他：「求求你……認錯吧……求求你了……」

「我不會的，不會的！」他痛到聲音顫抖，卻依然咬牙不肯認錯。我用我的身體努力護住他，陽光曬在我的身上，沒有絲毫痛楚。

我緊緊抱住他，再次哭著哀求：「求你了……泗海，你快認錯吧！」

「哼……」他依然冷哼：「是他們的錯！我從沒錯過——啊——」

「喊出來，痛就喊出來，我會一直陪著你。」

「走！妳走——」他用力推開我，鎖鍊發出「叮噹」的撞擊聲。

我被他狠狠推倒在地，他痛苦地捂住臉跪在地上，狠狠用自己的頭敲擊地面，不讓自己哀嚎出口。

「泗海——」我再次撲上去，抱住他的身體，好為他遮擋一部分陽光。「算我求你了！認錯吧！」

我緊緊抱住他。他在我身下顫抖地冷笑。

「我……孤煌泗海……是絕對……不會……認錯的！」

我立刻轉身，跪在祭壇上狠狠磕頭：「求求你們！求求你們了！放過泗海吧！求求你們了！」

「心玉！不要求他們——」泗海憤然掙扎起來，全身的鎖鍊叮噹作響，我淚流滿面地看著他被陽光燒灼的臉。他憤怒地咬牙切齒，俊美的容顏在我面前一點一點剝落燒紅，他痛苦地再次捂住臉，終於忍不住痛喊出口：「啊——」

我恍然明白少司的眼淚，明白他為何要向天磕頭磕到血流，他是在為泗海，為泗海！

「啊——哈哈哈哈——」泗海忽然狂笑起來，緩緩俯下臉，痛心地看我一會兒，狠絕立時浮上他焦黑的臉。「滾！妳滾！妳居然向老天屈服，妳已經不再是我愛的巫心玉！我看不起妳——」

我擦去眼淚，緩緩起身，痛心看他。

「泗海，你真的錯了。你濫殺無辜，殘忍嗜血，你為什麼就是不肯認錯，為什麼？」

我朝他哭喊，喉嚨已經痛到無法呼吸，可是我依然看不到他身上的半絲悔意。

他手腳被拴住地狠狠看我，陰邪而笑。

「因為……我就是喜歡！我就是喜歡——怎麼樣——我就是喜歡——哈哈哈哈——」

他仰臉大笑，鎖鍊叮噹作響。

「現在你已經把我烤焦，我感覺不到痛了！來啊！趕緊到下一輪！讓我涼快涼快！」

「孤煌泗海——」我在他大笑中大喊，他依然像是發瘋一樣地指天大笑。「你為什麼就不肯承認一次錯——」

泗海絲毫不看我，在陽光下張狂大笑。

我再次擦去眼淚，狠狠看他許久，在他面前「撲通」跪下……

他的笑容倏然停止，緩緩朝我看來，我決絕地直視他。

「你什麼時候認錯！我巫心玉什麼時候起來！」

他睜大了眼睛，陽光在我跪落時漸漸被烏雲遮蓋，他呆滯地站在狐仙神像前，我堅定不移地看著他，他臉上焦黑的肌膚開始慢慢癒合，化作鮮紅的血肉，然後再次被蒼白的皮膚覆蓋。這可怖的過程卻無法再讓我膽寒噁心，我一直看著他，看著他這最醜陋的，最不想讓我看見的變化。

長髮再次披落他的全身，衣衫的灰燼從四處飄浮而起，再次布滿他的身體。他們是如此的殘忍……不，簡直是惡趣味的變態！

他們把他一點一點拆開，再一點一點地拼回，等他痊癒之後，再把他一點一點拆開！如此不斷地重複這個過程，每日每夜折磨他，直到他肯認錯為止。

泗海像是虛脫般搖曳地跪落我的面前，雪髮鋪滿他的身旁，他垂下臉，低低而語：

「心玉……我孤煌泗海……從沒求過人……但是……今天……我求妳……走……」

「不！」我倔強地依然跪在地上一動不動！

「妳怎麼那麼倔！」他憤然仰臉，朝我大喝！

從認識他以來，他從沒對我吼過。

他憤怒地狠狠看我，身體繃到最緊，每一條鎖鍊都被他拉直。

我跪在他面前依然不起身，也狠狠看他：「你難道不倔嗎？你可以求我，那為什麼不認錯？」

他的眸光瞬間冷寒起來，嘴角也浮出陰邪的冷笑。

「讓我跟老天認錯？不可能！」他抬起手，再次指向天空，鎖鍊又被他再次拉起。「他們殺的人比我更多！他們只要一個不開心，天災、人禍、疾病、戰爭，哪一個不是他們的手筆！」

「那是因果！」

「我也可以說被我殺死的人是因果！」泗海近乎嘶吼地打斷了我的話：「巫月女皇褻瀆狐仙神像！垂涎狐仙之俊容，還貪心妄想地想與狐仙風流一夜！如此淫蕩之女皇，難道不該懲罰一下嗎？我乃狐仙！難道連這點權力都沒有嗎？」

原來，這是一切的起因。因為曾有一位女皇褻瀆了他……

我不由擰緊了雙拳。

「如果……真是如此，你應該懲罰那任女皇，為何還要殘殺我巫月其他無辜子民？」

泗海輕蔑冷笑，冷酷的眸中滿是無情與冷漠。

「哼！因為他們是一丘之貉！而且這有什麼關係？」他輕巧地笑了笑：「若我不這樣，妳怎麼做上巫月女皇？」

「啪！」我一巴掌打在他的臉上，他臉邊的雪髮掀起，表情震驚，驚訝地看落一旁。

「只因你一人的嫌惡，卻滅我巫月全族，你到底算哪門子狐仙——」

我痛心地低頭大喊。

「狐仙大人不該護佑我們巫月嗎？我們只是凡人，凡人並不完美，所以神仙有寬容之心，指引我們進入正途，教導我們為人善良，而你……卻給巫月帶來了仇恨與殺戮，塗炭生靈，即使我們再渺小，生命在你眼中再不重要，但是，我們依然珍惜活著的每一天。在你看來，人死可以輪迴，可以再生，但是對我們而言，那將忘記此生所愛，幾十年那麼辛苦擁有的親情、愛情和友情卻在一夕之間化作灰燼！泗海……你不知珍惜是因為你長生，但是我珍惜！我不想忘記你！你知道嗎？我不想忘記你！」

淚水再次湧出雙眸，我痛心地抬眸看向他怔怔的臉龐，他顫動的雙眸中漸漸泛起淚光。

忽然，起風了，輕柔的風揚起了他臉邊纖纖的白髮，倏然，一抹血痕卻赫然出現在他的臉上。他惶然回神，抬手摸向自己臉上的血痕，就在這時，又一縷血痕隨風出現在他的另一側臉上，緊接著，他的手背、他的頸側、他的雪髮，在風中被切斷，飄揚在空氣裡。

又開始了嗎？

我驚詫地看著他，他像是瘋了般大笑起來，笑容在風中變得有些扭曲。

「看見了嗎？他們就是這樣折磨我的。五百年！五百年的風吹日曬雨淋雷劈之刑！」

他狠狠看向老天，皮膚在風中一點一點被撕裂。

「我怎麼可能向如此對我的人認錯！你聽著！就算你把我灰飛煙滅，我也不會服你——絕對不會服你——」

狂風揚起我的長髮，我跪在風中看著他的衣衫被風狠狠割裂，血絲隨風溢出。見到這情景，我更加不會離開他！我要一直跪著！跪到他認錯為止！

他緩緩俯下臉，冷冷看我：「妳走吧！我是不會認錯的！」

「我不會走的！」我決然地說：「我說到做到，我要跪到你認錯為止！」

「妳瘋了！」他朝我大吼。

「沒錯！既然你是個瘋子，我愛上你就也變成個瘋子！」我咬牙看他。

他再次神情凝滯，在如同鋼刀的風中久久看著我。忽然，他朝我撲來，吻住了我的唇，雪髮在風中被割裂，俊臉在風中被撕裂，鮮血布滿他的臉，在他狠狠吻我時又染上了我的臉，流入我的唇。

他忽然咬住了我的唇，像是吃痛地咬緊，我的唇被他尖利的牙齒咬破，他狠狠推開我再次痛苦地抱緊了身體，痛得臉色蒼白如紙，宛如正在忍受比方才日曬時更加百倍的痛！

「呼！」無所不在的風輕巧地劃開他的皮肉，竟像片刀一樣直接削去了他的皮肉，這是凌遲！是凌遲！

他忽然再次撲向我，把我抱緊，用自己的胸膛捂住了我的眼睛，用盡全身的力氣按住我的後腦。

「別看！別看……」

我雙手環過他的身體，抓緊了他被血濡濕的衣衫。為什麼……為什麼你就是不肯說那三個字：我錯了……

我開始慢慢明白，夭要的不是讓他屈服，不是讓他求饒，而是，僅僅想讓他認錯……

他已經入了魔，我深切感覺到他的心已經不再是狐仙大人的心。

狐仙大人是包容的，是溫柔的，是愛所有人的，即使有人褻瀆他，他也是哀傷而同情地看著那個不完美的人……

狐仙大人愛的是所有人，就像師傅愛著我，但同樣也愛著那些愛我和我愛的男人，即使我愛上了不該愛的泗海。

所以，天九君成仙了，而泗海卻留在人間承受苦難。

欲成仙，需歷萬劫，渡人苦厄，積夙世善緣，有憂世憂民之心。一旦入魔，則萬劫不復，遭來天譴。如世間知法犯法，罪加一等。

泗海，你明明曾是狐仙，何以入魔？難道僅僅是那女皇癡於你？

風漸漸停止，泗海重重靠在我的身上，已經沒有了任何聲息，鮮血再次染滿整個祭壇，他在風吹之刑中徹底昏迷。

我顫顫地撫上他沒有被風吹到，也是唯一完好的後背，一點一點撫上他的手臂，整個世界安靜得沒了聲息，那失去皮膚的血肉裸露在空氣中，在我顫抖的手指下再次漸漸癒合。即使是再厲害的狐仙，也沒辦法這樣一次又一次地癒合。一定是天意，是老天在幫他癒合，好讓他完整無缺地再次接受下一輪一次比一次殘酷的刑罰！

「認錯吧……泗海……」我抱緊他哭泣：「你這樣是在折磨自己，我的心很痛……」

「所以……才讓妳離開……」氣息奄奄的話語從他的唇中吐出。

「我是不會走的！」

「哼……妳就那麼喜歡……看我……被折磨嗎……」

「如果你不想讓我繼續再看你被折磨，你快認錯。」

「哼……妳這個瘋子……」

「愛上你……就是我巫心玉此生最瘋狂的事……」我緊緊抱住他，鼻尖的血腥味再一次消失，我衣裙上的鮮血也化作血霧，一點一點回到了他的身上。

他不再說話，靠在我的肩上靜靜呼吸，整個世界再次靜謐，宛如是上天施捨給我們休歇的時間。泗海的呼吸在癒合中漸漸平穩，輕輕吹拂我頸邊的髮絲。

我抱住他閉上了眼睛，輕輕磨蹭他冰涼的臉龐，在他身邊深深呼吸，我們在這個世界得以片刻喘息的時間裡，久久依偎在一起……

他緩緩離開了我的身體，雙眸再次恢復神采，他清清冷冷地看向了我的身後，沉沉而語：

「帶她走！」

我一驚，立時轉身看向身後，陰沉的天空下站著執傘的流芳。

他靜靜地看我片刻，揚起了勉強的微笑，朝我伸出手：「心玉，回去了，凝霜快醒了。」

我咬了咬牙，轉回身：「我要跪到泗海認錯為止！」

殺氣從我面前湧起，泗海忽然惡狠狠地朝我推來：「妳走！妳給我走！我的事不要妳管！」

我被他重重推倒在地上，流芳立刻來扶我，我拂開他的手退後了幾步再次跪下，狠狠看著泗海。

「嘩啦啦！」泗海像是發狂般朝我抓來，當他的手幾乎要抓到我時，被鎖鍊牢牢拴住。他眸光顫動而痛苦地看著我，我就跪在他的手前，但是他再也無法把我推開。

他的手在我面前，痛苦地開始擰緊。「嘩啦！」他無力地再次跪下，垂下臉低聲而語：「流芳，帶她走！」

「我不走！」我倔強地看流芳。

流芳目中浮出了哀傷之色，他深深吸了一口氣，看向泗海：「泗海大人，您……知錯了嗎？」

泗海身體一緊，赫然仰臉怒視流芳：「我讓你帶她走你沒聽見嗎？」

流芳哀傷地搖了搖頭。

「我不會帶心玉走，那樣她會恨我一輩子。所以，泗海大人，您若真心愛心玉，請您認錯。」

泗海緩緩起身，踉蹌地後退了一步，視線落在我的臉上開始漸漸渙散。

天，忽然下起了雨。

雨點打在流芳的傘上，「啪啪」地響。

就在這時，我看到泗海失魂落魄的臉上開始被雨點砸出了血絲，那明明潤澤萬物的雨點此刻卻化作了石頭狠狠砸在泗海的身上。

「啪啪啪啪，嘩——」暴雨傾盆而下，砸在泗海的臉上、身上。他漸漸被砸得跪地，趴在了地上，鮮血順著雨水再次染滿地面……

「泗海大人……認錯吧。」流芳站在傘下，心痛地看他。

泗海雙手捏緊地搖搖頭，只說出了三個字：「帶她……走！」

流芳垂下了臉，吶吶低語：「沒有人能熬過五百年風吹日曬雨淋雷劈之刑……風吹刮其肉，日曬化其膚，雨淋鑿其骨，雷劈電其魂，泗海大人，您認錯吧！」

泗海依然在雨中強忍痛苦，水滴可穿石，我清晰地看到雨點狠狠穿透了他的身體，把他鑿得千瘡百孔。

我霍然起身，流芳吃驚地看我，我跑向泗海的身後抓住了那冷冰冰的鐵鍊，流芳大驚。

「心玉！不可以！」

那冰冷的鐵鍊到我手中竟像是紙條一樣輕盈，我愣了愣，毫不猶豫地扯斷！

「啪！」鐵鍊在我手中斷裂，登時，整個祭壇震盪了一下，空中的陰雲瞬間消散，一縷陽光破雲而出，落在了祭壇上的狐仙神像上！

我擔心地看向泗海，只見鍊條在陽光中漸漸化去，周圍一層近乎透明的薄膜正緩緩退去，少司黑色的身影從那層結界後顯現！

「心玉！妳不能這麼做！」流芳著急地看我。

我毫不猶豫地扶起被折磨得虛脫無力的泗海，拉起他的手臂環在自己肩上。

「既然他不願認錯，那我就陪他一起錯！就讓上天也來懲罰我吧！」

流芳驚詫地看我，驚恐地看向上空，立刻撐開手臂攔在我的面前，異常認真。

「心玉！妳不可以帶他離開！」

我咬了咬唇，伸手推開他繼續向前。

他再次躍到我身前，著急看我：「心玉！妳不能動搖！妳這樣會害……」

忽然，一隻黑色的利爪貫穿了流芳的身體，我吃驚地呆立在原地，孤煌少司陰狠的狐臉從流芳身後緩緩浮現。

「流芳！」

流芳呆呆地看著我，黑爪從他的身體抽回，他緩緩倒落在地上，孤煌少司冷冷地俯看流芳的身體，甩落狐爪上的鮮血。

「流芳！」我跑到他的身旁，抱起他，泗海無力地坐在我的身旁。我抱起流芳，捂住他滿是鮮血的傷口，他吃力地睜開眼睛，微笑地凝視我。

「心玉……妳不能……再錯下去……我們……是……贏不了……老天的……」

「流芳……流芳——」我用力地抱緊他，埋在他的臉旁：「求求你，不要死……求求你……」

身旁有人走過，他扶起了泗海，我貼在流芳的臉邊，沉沉而語：「你還有臉走嗎？」

他緊閉的狐嘴無法發出任何聲音，他只是頓了頓腳步，然後毫不猶豫地抱起了千瘡百孔的泗海，大步離去。

「轟隆隆！」忽然雷雲再次密布，一條閃電狠狠劈落在孤煌少司的身旁。孤煌少司只是冷冷看了一眼繼續大步前行。

「轟隆！」赫然間，閃電直直劈在了孤煌少司的身上，立刻冒起青煙，衣衫破裂。

孤煌少司的狐臉抽搐了一下，毫不猶豫地繼續前行，可是腳步卻顯得踉蹌難行。

再度「轟隆！」一聲，一道銀龍從天而降，準確無誤地落在孤煌少司的頭頂，瞬間，整個世界靜了，他靜靜地站在這個被黑暗漸漸吞沒的世界裡，然後往前栽倒，落在了泗海的身上。

「哥——」泗海抱緊孤煌少司仰天長嚎，直到喉嚨嘶啞，憤怒地全身雪髮飛揚。

我輕輕放落流芳，緩緩站起，他的目光朝我而來，我無神地看著他。

「流芳說得對，我們是走不了的。是我的錯，是我心軟，害死了流芳，如果不是孤煌少司想救你，他也不會死。這是我的錯，由我來彌補……」

他的雙眸漸漸睜大，血跡斑駁的衣衫在黑暗的世界裡飛揚：「心玉，妳要幹什麼？」

我緩緩轉身，看向狐仙大人的神像。

「我巫心玉還有兩條命，請把它們給流芳和少司。我知道我錯了，我不該強行破壞結界，中斷對孤煌泗海的刑罰，請天神……給我恕罪的機會……」

淚水再次滑落，我緩緩跪下，向神像拜伏。

金光漸漸從天空落下，不是我熟悉的師傅身上的光芒，而是比師傅身分更加無上的真神。

「巫心玉，妳貴為巫月女皇，卻與一隻妖狐糾纏不清！」嚴厲的陌生聲音從九天而下：「本天神看在狐神的顏面，准許他們在狐族受刑，否則這兩隻妖狐早已在天庭受滅頂之刑，九死一生！而妳，卻因自己一時的執念，強行救下孤煌泗海！妳知錯否！」

我無神地看著映落在地面的金光。

「心玉打斷執法，心玉知錯，但心玉救心愛之人，無錯……」

「凡事皆有因果，女皇褻瀆狐仙有錯，但黑白兩隻妖狐在人間濫殺無辜更有錯！他們為懲罰女皇而下山，卻被人間權力慾望所迷惑，漸漸入魔，必須嚴懲！」

「天神仁慈，求天神答應心玉的請求。」我跪在金光之前。

上空沒有再傳來話音，只有金光在我面前緩緩灑落。沉默良久後，再次傳來那渾厚的話音。

「孤煌少司殺害了流芳，妳真的想救嗎？」

我無神地繼續看面前的金光。

「少司殺流芳，是因我而起，我巫心玉雖為凡人，但追隨師傅已久，知大愛方能化解夙世冤仇。心玉來世……不想再遇少司，所以，今生之劫，想今生化去。」

「嗯……不愧是帝女星君，方能有此頓悟。」

帝女……星君？

「好，准妳之求。但耗去妳多餘仙命後，妳將變回常人，身上不再帶有仙氣，妳會和凡人一樣生病受傷，妳可願意？」

「心玉願意。」我蹙起了雙眉，心中已有想法。

「不！不可以！」泗海忽然到我身前，跪在了金光之下，拉起我的雙手，連連搖頭。「不值得，心玉！不值得！」

我緩緩抬眸，淡淡微笑看他。

「沒關係，泗海，我命多。我欠你哥哥的，讓我還了吧，了結我們此生的冤孽，但願來生不會再有牽連。」

泗海握緊了我的手，神情複雜而倉皇。

我抬臉看向高空：「請天神取命！」

又一束金光倏然從高空落下，灑落在我的身上，登時震開了面前的泗海，他跌坐在地上怔怔地看著我。

仙氣從我的小腹緩緩上行，我揚起臉，長長吐出，它們在金光中化作兩顆金丹，金光包裹它們從我身上離開，化作兩束，直直射入他們的體內，然後收回。

我看了一會兒，安心而笑。跟天神不能一下子有太多的要求。

我看向泗海，久久看他，他似是感覺到了什麼，眼神顫抖起來，連連搖頭。

「不、不！心玉妳不要再做傻事了！」

他慌忙朝我撲來，登時，鎖鍊從神像中霍然「嘩啦啦」衝出，再次拴住了他的身體，他掙扎起來，發狂地朝我大喊：

「巫心玉！不要妳多事！妳聽見沒有——」

「啪！」一條銀鞭從天而下，狠狠抽在泗海的臉上，登時，他瞳孔擴散了一下，被抽得暈暈乎乎地垂下了臉。

「心玉剛才聽見天神說心玉是帝女星君？」我看向高空。

「是，帝王星是上天派往人間為帝王的仙君，並非每任帝王是帝王星，但妳是其中之一。」

我安心點頭：「心玉知道星君一命可化一世之劫，所以心玉願意在歸位之後灰飛煙滅，化泗海此生這五百年風吹日曬……」

鼻子再次泛酸，淚水再次濕眸。

「雨淋雷劈……之刑……並讓他……忘記我……除他執念與魔障……」

聲音終於忍不住顫抖，我拜伏而下，淚水滴落地面。

「請天神恩准心玉的請求，心玉願在人間完成使命後……行刑！」

「不……不——」泗海在祭壇上掙扎嘶喊，鎖鍊「嘩啦啦」地直響，讓他無法靠近我一步，無法再阻止我任何的決定。

「准！」忽然，九天之音落下，讓整個世界凝固，泗海驚立在了祭壇上。

我感激而笑，淚水從眼角滑落，看向泗海。

「泗海，天神准了，你不會再受苦了。等你忘記這一切之後，你的魔障，你的執念，也會隨之去除，你會是和師傅一樣無憂無慮的狐仙大人……」

「不……不……」他的聲音顫抖起來，鎖鍊叮噹作響之時，他緩緩跪了下來，「撲通」跪在了祭壇之上，狐仙大人神像之前。「我錯了……我認錯還不行嗎……快收回成命——巫心玉瘋了！你們要跟著她一起瘋嗎——」

「妖狐！」一聲厲喝立時從天而降，震得天地震顫。「事到如今，你還如此猖狂！真是魔性難馴！天神之命，豈容兒戲！」

「我認錯了！你們聽見了沒？我認錯了——」泗海在祭壇上瘋狂嘶吼：「你們都是聾子嗎？我說我認錯了——」

「早知今日何必當初！」渾厚的聲音震耳欲聾：「天命豈能收回，此時認錯，已經晚矣！」

泗海憤怒起身，仰天怒喊：「我不服——不服——」

「放肆！」天神怒然厲喝：「帝女星君願用一命換回你哥哥孤煌少司一命，讓他重生，又願為你灰飛煙滅化你滿身罪孽，你還不悔悟！本神也替星君不值！」

「那就收回命令！」泗海再次扯起全身的鎖鍊。

「行刑吧！」我大喊地打斷了泗海的話，泗海怔立在祭壇上，我低下臉不再看他，決絕說道：

「請天神現在就洗去他此生一切記憶，根除魔性，給他重生的機會！」

「不……不──」泗海用力掙扎起來：「不──不……」

他哽啞地喊出最後的聲音，緩緩再次跪下。

「不……我認錯了……我真的……知錯了……我願再受五百年……風吹……日曬……雨淋雷劈之刑，換回心玉星君之命……」

我驚訝地看向泗海，他無力地跪在祭壇上，如挫敗的少司一般跪下了身體。

他在祭壇上空洞地看著前方，緩緩伏下了身體：「求天神……成全……」

我怔怔跪在原地，他的話音是那麼的蒼白，徹底失去了他的狂妄、陰邪、不甘，以及他身上滿溢的憤怒，他像是被人徹底擰乾了一切，無力地哀求天神。

金光靜靜籠罩在他的身上，祭壇上失去了所有的聲音，只有時間在慢慢地流逝。

「妖狐。」天神的聲音在這安靜的世界裡迴盪：「星君之命，豈是你再受五百年酷刑可換回？你真心知錯了嗎？」

天神的聲音柔和了許多。泗海緩緩起身，呆滯地看向我，像是一具被抽空靈魂的破爛人偶。

「五百年不夠……就一千年，一千年不夠……就五千年……」

「不……不！」我搖搖頭，立刻看向上天：「求天神不要再折磨他！」

「求天神成全！」泗海用更大的聲音壓下我的，拖起全身的鎖鍊向前跪行幾步。「無論多重的刑罰，我都願承受！」

「泗海！」我向他大喊，他側開臉不看我半分，我著急看他：「夠了！就讓這一切結束吧！不要再讓他們折磨我們了！」

我朝他急急靠近，忽然面前的金光化作了堅硬的光壁，將我和泗海徹底隔開！

「不！不——」我用力砸光壁：「放我進去！不！不要再折磨泗海——」

「妖狐。」泗海在天神的召喚中緩緩揚起臉：「你可願入須彌之境，歷盡萬劫，九死一生，若是無法承受，會灰飛煙滅。」

我著急地拍打面前的光壁，拚命大喊：「泗海——泗海——」

可是，我只看見他面無表情地默然點點頭。

「泗海——孤煌泗海——你這個白癡——你會死的！你會死的知不知道——」

「孤煌泗海。」裡面再次響起天神朗朗的話音：「星君對你執念太深，她不會放棄你，依然會因你而歷劫，你可願意讓她徹底忘記你，徹底從她此生中消失？」

「不！泗海！不要答應！」我在光壁外大聲地喊，喊到喉嚨嘶啞：「我命令你不要答應！你聽見沒——」

可是，泗海像是完全沒有聽到般凝望天空，嘴唇裡淡淡說出了三個字：「我願意……」

不……不——

那個曾經非我不愛的泗海，那個曾經霸道地命令我必須愛他的泗海，現在……卻願意讓我徹底忘記他……

「孤煌泗海——我恨你——」我嘶啞地哭喊，慢慢從光壁上滑落：「我恨你……我恨你……你怎麼可以答應……你怎麼可以捨棄我對你的愛……怎麼可以……」

「求天神快抹去巫心玉的記憶，我真的很煩！」

大喊從裡面再次傳出，我緩緩起身，金光籠罩在我的身上，溫暖卻讓我心顫。我重重拍上光壁，他卻始終深埋臉龐不看我半分。

「泗海……你真的捨得讓我忘記你……你說過的……即使死……你也要留在我的心裡……你真的捨得……」

他在我哽咽的話音中緩緩抬起雙手，捂住了自己的雙耳，揚起了臉，痛喊出口：「住口……」

「泗海……泗海……你怎麼可以……」

腦中對他的記憶漸漸被剝離，我努力地去抓住它們，不斷覆述：

「我們是在心玉湖橋洞下……相遇的……我們、我們一直吵個不停……見面就打架……我把你打傷了……你也打傷了我……我們大婚那天……又打架了……你後來把懷幽也打傷了……我恨你，我真的很恨你……可是……你總是救我……願意和我一起跳下山崖……願和我一起死……你說過的……如果你死……也要讓我跟你一起死……為什麼……這次又要丟下我……我們可以一起承擔的……可以的……」

他在金光中開始嚎啕大哭，緊緊抱住頭，痛苦地哀嚎，撕心裂肺，痛不欲生。

「對不起——心玉……對不起……是我的錯！我的錯——我不該強迫妳愛上我，讓妳越來越痛苦……是我的錯，我的錯，是我害了妳，害妳跟我一起歷劫。是我太自私了……我不配得到妳的愛……不配……」

「泗海……泗海……你不可以讓我忘記……泗海……泗海……」

那一夜……

我與他在心玉湖橋洞相遇，他雪髮飛揚，白襪黑鞋，臉上的面具詭異而陰邪，他抓住我的腳說好香……

那一天……

他重傷吐血，站到了窗前，我第一次看見他真正的容顏，他卻對我目光灼灼地笑……

那一刻……

他把我打傷，只為能捉住我，讓我成為他的女人，讓他徹底走進我的心裡……

那一日……

他身著紅衣，滿面興奮，從陽光中走來豔驚四座，但是他只看我一人，只走到我的面前，命我拉住他的手，封他為夫王……

那一晚……

他獨守……空房……

但是，他依然愛我，愛得瘋狂，愛得霸道，愛得入了魔。

他願為哥哥殺了我，卻和我一起跳了崖……

他願為我背叛哥哥，卻和他一起死……

他始終不負哥哥不負我，他和少司一起成全了我巫月天下！

他說得對，沒有他，便沒有我這個女皇……

淚水從眼角滑落，模糊的視線裡是模糊的他，他哭啞的聲音漸漸遠離。他朝我撲來，臉在我的眼中漸漸模糊、遙遠，他在光壁裡哭泣，伸出手，我們隔著光壁手心相對。

「心玉……我現在才明白……我對妳的愛……是妳的劫……」他的淚水在金光中閃現，是那麼的美麗乾淨。「所以……我願化去妳的劫……不要再想起我，讓我從妳的生命裡消失……」

泗海……泗海……泗海——

他在金光中漸漸飛升，我仰臉看著他，金光炫目得讓我無法睜眼。我緩緩倒落在地上，只看見金光之中，他的雪髮……被染成了……金色……

✥ ✥ ✥

「泗海！」我一下子驚醒，立時一陣頭痛，我痛得抽氣，捂住了頭：「嘶！」

「心玉！」耳邊傳來流芳的急呼，我暈眩了一下，意識漸漸清晰，感覺自己躺在流芳懷中，立即看向他。

「你沒事吧？」

「我沒事了，謝謝妳，心玉。」流芳微笑看我。

我安心地看著他，發現我們在祭壇上，燦燦的陽光從上而下，灑在巍峨的狐仙神像之上，廣闊的天空，萬里無雲。

「對了，心玉，妳剛才醒過來叫了一聲『泗海』，像是一個人名，他……是誰？」流芳的臉上露出了一抹失落和醋意。

「泗海……」我愣愣坐在他懷中，迷茫地回憶：「我……不知道啊……」

泗海……是誰？

流芳疑惑迷茫地看著我，我也疑惑迷茫地看著他：「會不會是你聽錯了？或者我喊錯了。」

流芳思索片刻，恍然點頭。

「有可能，我昨晚虛耗太多仙力，又剛剛重生……」說到此處，流芳大為感動地凝視我。「謝謝妳，心玉，我沒想到……」

我笑了，伸手抱住他，享受他溫暖柔軟得像是狐狸的身體。

「謝什麼，我們可是從小一起長大的親人。而且……」我放開他黯然垂臉：「你這一劫，也是我招來的，如果不是我……」

我頓住了話音，腦中出現了片刻的中斷點和空白，我到底……是為何來這裡？

記憶一點一點浮起，我想了起來，是孤煌少司把我引過來，讓我陷入天雷陣中，好讓流芳進入天雷陣救我，然後乘機殺害流芳。

「孤煌少司太可恨了！」我憤然起身，轉身看那狐仙神像。

流芳也隨我一起起身，惋嘆地站在我的身旁，山風掠過，再次恢復狐仙山夏末清新的感覺。

「他只是怨念太重。」流芳看著那神仙：「妳還想再見見他嗎？他就在裡面。」

我沉臉轉身，毫不遲疑地拂袖而去。

「我還他一命，此生孽緣已經撇清，我不想再看他一眼，又生出新的因緣。」

山風揚起我的長髮，有些冰涼也有些刺骨，忽然間，一滴水從山風中帶出，擦過我的唇角，潤入我的唇中，竟帶出絲絲的鹹味。我疑惑了一下，擦去那滴像是淚水味道的水滴，大步走下祭壇。

當初回眸一眼，注定今生之緣。因緣，無人能說清道明，卻牢牢綁住了我們，讓我們密不可分，無法掙脫。

因緣有好的，像是我和瑾崋，懷幽和凝霜他們的。

也有壞的，便是所謂的孽緣，如我和孤煌少司，糾纏一生，相恨一生，相殺一生。他再說愛我，我也不會再感動一分，因為他殺了我的流芳，這份罪孽，他此生也無法還清！他是罪有應得！不值得同情！

想到他殺流芳，我就有氣，頭也不回地下了山。

「心玉，凝霜應該快醒了。」流芳飄飛在我的身旁。

「流芳，謝謝你！」我開心地看他。

他淡然而笑，越來越有天神的風範，他的身上銀光閃現，他化作了白狐跑到我的面前。

「走，我帶妳下去！」

「嗯！」我開心地躍上他的身體，他在山林下帶著我飛奔，清爽的風揚起他銀色的狐毛，長長的狐尾在身後漂亮地飛揚，就像曾經在狐仙山上的我們，那時是那樣的快樂和悠閒……

回到房間，凝霜還靜靜躺在床上，陽光像是金色的流水在他的身上流瀉，讓他的身上散發出淡淡的暖光。

「去吧。」流芳用鼻子頂了頂我的後腰，我轉身看他，他微笑點頭，然後慢慢消失在空氣之中。

我輕輕地走上地板，來到他的身邊，看著他恢復血色，我安心而笑，小心執起他的手，放在臉龐摩挲。他的睫毛在陽光下顫了顫，緩緩睜開了眼睛，他那清澈明亮的黑眸漸漸映入我的臉龐。

我俯身笑看他，輕聲問道：「還有哪裡不舒服嗎？」

「哼……」他輕笑出聲，細細打量我的臉龐，忽然他目露驚詫，輕輕撫上我側臉的傷痕。「怎麼傷了？」

「孤煌少司那隻妖狐，妳不用擔心，天神收了他，他不會再造孽了。」

我伏在他胸口，委屈而言：「是啊，我毀容了，你還愛我嗎？」

他深深凝視我的臉，輕柔地一點一點撫過我的傷口。

「我蘇凝霜原以為這次死定了，不能和妳白頭到老，一起欺負瑾崋……」

「噗嗤。」我不由而笑，伏在他的胸口咬了咬嘴唇：「所以……你跟我在一起，是因為喜歡瑾崋嗎？」

他也笑了，笑容不再像冬季的冰雪般冷酷，他笑著撫上我的臉龐。

「女皇陛下英明，我真的喜歡上瑾崋了，所以，他喜歡妳，我就要把妳奪過來，然後……看他氣得跳腳……」

他緩緩撐起身體，向我的唇欺近，黑眸之中燃起按捺不住的火焰。

「所以……在床上，我也要比他先！」倏然，他攬住我的腰便翻身把我壓在了身下，眸中火焰燃燒的那一刻，他火熱的唇已將我吞沒……

下山之後，再也沒有了悠閒的生活，可是我收穫得卻是更多更多，我要謝謝老天，給了我那麼多美好的人，美好的感情。

當秋楓染紅整座狐仙山時，我和凝霜準備下山回宮。

流芳送我們到神廟的門口，凝霜伸手拍了拍流芳：「放心吧，我會替你好好照顧心玉。」

「別忘了每日練習吐納。」流芳認真提醒。

「哼。」凝霜還是不正經地邪笑。「放心，為了跟心玉好好在一起，說什麼我也要保住自己的命。」

流芳的銀髮在涼涼的空氣中輕揚，笑容也變得輕鬆與柔和。他看向了我，視線帶一分歉意地落在我的側臉上。

「對不起，心玉，我沒能好好保護妳。現在，妳身上沒了仙氣，這幾道疤可能永遠都無法去除了。」

我微微有些吃驚，但心底卻出乎意料的平靜，我很平靜地接受自己臉上的疤，因為我知道，愛我之人不會在意它們。

凝霜用壞壞的笑掩蓋眸底的心疼，抬手撫上我臉上的疤。

「這樣多好，以後不會有男人再注意妳的臉了。」

「是啊……之前也有些煩呢。」

我變得格外輕鬆，像辰炎陽那般的男臣可不少。我不希望自己的臉像是迷惑男人的工具，用自己的臉來獲得他們的癡迷。那不是我想要的「愛」，也不是我想要的忠誠。

相反的，那樣得來的忠誠讓我憂心。雖然我不擔心辰炎陽，因為我了解他，但是別人呢？若是他們跟癡迷孤煌少司的女人一樣，把我的畫像掛在床頭，夜夜觀看，真是讓我毛骨悚然。

之前的仙氣已讓我臉上的傷癒合，現在留下三條疤痕，用藥塗抹便會慢慢淡去，只是沒了仙氣的相助會好得很慢，痊癒時可能也會留下清清淡淡的痕跡。而現在，正好用這些疤痕來讓那些曾經癡迷於我的男人死心，把我從心底漸漸抹去。

流芳從寬寬的袍袖中，拿出了一個白色的狐狸面具：「心玉，妳用這個遮住傷疤吧。」

我驚訝地接過，面具上是尖尖的狐耳，一抹嫣紅繪出那妖媚的狐眸，狐眸之下，是那滴詭異的血淚。

「這不是泗海的面具？」我驚訝翻看。

「泗海？」流芳疑惑地反問。

「這不是孤煌少司的面具嗎？」凝霜也疑惑地說：「泗海……是誰？」

「什麼泗海？我說的是孤煌少司的面具。」我一臉困惑。

流芳和凝霜同時疑惑地看著我，流芳的銀瞳裡露出了絲絲不解與深思。

凝霜疑惑地看了我一會兒，拿過面具。

「這面具像狐狸，而且又是孤煌少司的，女皇戴……不太合適吧。」

流芳聽罷點點頭：「這麼說確實不太合適。」

「我覺得挺好。」我再次拿回，與這詭異的面具久久對視。「這樣可以警示朝堂上的百官，別好了傷疤忘了疼。」

「那我來修飾一下。」流芳指尖點落面具，從眉心而下劃落，「啪」一聲，面具變成了兩半，流芳的指尖又劃過狐耳的末端，便去掉那尖尖的狐耳，金光點落面具的嫣紅之處，金色迅速暈染開來，覆蓋了原來像是鮮血的紅色，瞬間化去了所有的詭異，淡淡的金色內斂又顯皇族的高貴。

我戴上這半邊的面具，轉身看凝霜：「怎樣？」

「嗯～～不錯。」凝霜勾唇一笑：「但我更喜歡妳不戴面具，這樣就可以把那些男人嚇得遠遠的。」

我在面具下揚唇而笑。我正有此意，我寧可做巫月史上最醜的女皇，也不希望我曾經的那張臉抹去我所做的一切努力，而被巫月史書寫成我巫心玉以美貌俘獲男臣的心。

流芳站在神廟大門之內一直目送我和凝霜離去，片片楓葉飄過神廟大門，他的身影也漸漸消失在狐仙山炫麗的陽光之中。神廟變得安靜與空曠，山風飄過，傳來悠遠而寂寞的鈴聲。

「鈴——鈴——」

「師兄太寂寞了。」我回首遙望沒有人跡的神廟。

「只有皇族才可以進神廟嗎？」凝霜站在我的身旁問道。

他的話提醒了我，我笑了。

「規矩是皇族定的，我現在是女皇，為何不能改？」我遙望神廟：「師兄，你不會再寂寞的。」

神廟是時候向普通百姓開放了，神廟高高在上，會讓狐仙大人也與百姓距離越來越遠。

和凝霜回到皇宮的時候，卻看見懷幽和子律已經遠遠等候，秋天的落日火紅火紅，照在懷幽和子律的身上，卻呈現出完全不同的畫面。

懷幽總是那麼的溫暖，他高興得迎上凝霜，和他緊緊擁抱，而把我……留給了臉已經拉長到極致的子律，即使再紅的秋日，也驅散不了他身上的陰影。

我雙手負在身後，一步一步靠近他的身前，他用俯視的目光對著我說：「玩夠了？」

我抬起臉，在面具下撇嘴：「我可不是去玩的。」

「還說不是玩？大白天戴什麼面具？」他猛然揭掉了我的面具，登時，他怔立在暮光之下，黑色的瞳仁立時收縮，殺氣迅速從他身上升騰。

「誰幹的！」他勃然大怒，怒喝讓懷幽和凝霜朝這裡看來，他依然只盯著我的臉，怒道：「蘇凝霜！你是怎麼保護小玉的！」

他憤然看向凝霜，第一次，凝霜沒有反駁或是冷冷回擊，而是沉默以對。

懷幽終於看到了我在面具下的傷痕，臉色立時大變，大步到我面前，眸中又是心疼又是氣憤，撫上我已經結痂的傷疤。

「心玉，到底誰做的？」

「是孤煌少司。」凝霜開了口，子律和懷幽同時陷入吃驚。

「那隻妖狐？不是被關起來了嗎？」懷幽立時憂急地看我：「難道他逃出來了？」

「不會的。」子律沉沉開了口，滿目深沉。「如果逃出來，應該已經殺到京都了。」

我笑看子律。

「不錯，孤煌少司逃不出來，所以懷幽，你不必擔心了。」我露出微笑試圖讓懷幽安心。

「可是這傷……」他心疼看我的臉。

「會好的，只是時間早晚。」我摸了摸臉上的疤：「估計要一、兩年吧。」

「哼，這樣也好。」子律冷冷一哼，像是賞賜似地俯看我一眼。「免得妳用美色惑人！」

我無語地白他一眼：「你怎麼把我說得跟孤煌兄弟一樣。」

「兄弟？」子律、懷幽和凝霜同時疑惑道。

「心玉，孤煌少司並無兄弟啊。」懷幽擔心看我。

我也一時愣住，滿臉困惑：「是啊……為什麼我會說兄弟？」

這到底……怎麼回事？

總覺得有什麼變了，或者忘了什麼，可是眼前的一切又那麼的真實，真實到讓我對自己也產生了絲絲懷疑。

而且，更殘酷的事實是，御書房堆積下來的——公務！

看著那如山的奏摺，我徹底傻眼。之前我是那麼的勤奮，當天的奏摺當天批閱，所以不再像以前那樣堆積如山，可是……可是！

「子律！我不是讓你代理朝政嗎？」我指向那一堆的奏摺：「為何堆積了那麼多奏摺？」

子律在我的質問中俊眉微揚，渾身殺氣，連懷幽和凝霜在對視一眼後就匆匆離去。

「我不是妳夫王！」瞬間御書房裡響起了子律的怒吼，顯然是壓抑已久。他近乎紅著眼瞪我說：「我只是個宰相！不能碰玉璽！」

我僵立在原地，御書房隨著夕陽落山而漸漸陰暗。我在子律格外陰沉的神情中乖乖閉上嘴，走到鳳案之後。

宮女悄悄進入點亮了燈。

我看向堆積如山的奏摺，蹙眉嘆氣：「早知道不回來了。」

「妳敢！」子律今天的火氣格外的大。

我再次閉嘴，老老實實轉身到櫃子前打開，拿玉璽時看見了之前放孤煌少司衣物的盒子。我愣了愣，當時我到底是怎麼想的？為什麼還留下那個人的衣服？眼前再次浮現孤煌少司殺死流芳的畫面，毫不猶豫地拿出盒子，移開滿桌的奏摺，「砰！」一聲重重放在了鳳案之上。

子律投來疑惑的目光，我在他的面前直接打開了盒子，當紅衣映入眼簾之時，我的腦海深處卻掠過了絲絲白髮。我就此發了愣。

「這不是孤煌少司的衣服嗎？」紅衣被人狠狠扯起，身邊殺氣已經升騰。

莫名的，我心中劃過一抹心疼。我疑惑於自己的心疼，但卻不敢奪回子律手中的紅衣，子律會以為我對孤煌少司那隻妖狐有其他更深的感情。

「子律，我大婚那天是……跟孤煌少司嗎？」我問出了一個自己也吃驚的問題，可是這個問題就這樣脫口而出，連自己也沒有意識到。

子律又是用至高無上的姿態冷冷俯視我：「妳想是誰？」

我感覺到後頸一陣發冷，暴怒的大漠蒼狼，我也不敢招惹。

「那……大婚的是孤煌少司，破壞慕容家謀反的又是誰？」我蹙眉。

「是文庭！」子律氣悶地煩躁俯看我：「巫心玉，妳是不是年紀大了？居然連這件事都記不清楚了！妳還保留下孤煌少司那妖男的衣服，妳是不是也迷上他了？」

我就知道子律會這樣誤會。

「如果我迷上他，為什麼還要殺他？」我立刻解釋。

「因為妳還算是清醒的女皇！」他神情複雜地深深看我一眼，忽然憤憤地拿起盒子：「我替妳燒了它，讓妳心裡別再惦念那隻妖狐！」

說罷，他絲毫不管我是否同意，直接拿起盒子與衣服大步走出大殿。

我愣愣看了一會兒，莫名的心疼再次出現，我的腳步也不由緊跟子律身後。

他站在殿外的院中，直接把盒子與兩件衣服往地上一扔，轉身就從我身邊如風般走過去殿內取蠟燭。

我看著地上被丟棄的紅衣，上面的金線還在月光下閃現流光溢彩，紅衣的做工極其精細，堪稱是一件藝術品，燒了，感覺好可惜。難道，我的心疼是來自於一個女人對一件漂亮衣服的不捨？

可是……我為何又留下了那件黑衣？那不是孤煌少司被我行刑時所穿的？

我那時……到底是怎麼想的？

大腦的深處像是宇宙般空蕩蕩，即使我再三努力搜尋，也找不出那時心中所思所想。

夜風忽然吹過，吹開了紅衣與黑衣，它們像是兩個人躺在地上，我的視線立時被它們牢牢吸住，因為紅衣明顯比黑衣小了一圈，完全不像是同一人所穿。正想細看之時，火光從眼前掠過，金色的蠟燭墜落衣服之時，火焰瞬間點燃了它們，它們在火光中漸漸扭曲變形，化作了灰燼。

「呼！」一陣大風忽然掃過，將那些灰燼像是螢火蟲一般在空氣之中翻飛，宛如連老天也不想讓我再瞧仔細。

我呆呆地看著，耳邊傳來子律的冷語：「進去做事！」

幾乎像是命令的話音才剛落下，手臂就被他直接扯住，我踉蹌地被他拉入殿內，眼中是那在火光中漸漸消失的紅衣。

單手支在鳳案上，如山的奏摺讓我已經打不起精神，連日連夜的奔波已經相當疲倦，一回來先是處理政務，難免有些心煩。

「所有的奏摺我已經幫妳處理，但妳需要蓋章。」子律站在鳳案下彙報：「有些已經開始實施，但有些需要妳來下詔。」

「嗯。」我勉強打起精神，把子律已經處理完畢只需用印的奏摺取出，開始蓋章：「瑾崋那邊呢？軍情怎樣？」

「已與西鳳北辰會合，開始進軍孤海荒漠，瑾毓會運送糧草給他們。」

「很好，密切注意他們的軍情。」

「是。」子律俐落地坐到一邊，開始整理還沒批閱的奏摺。

「啪！啪！」整個御書房內響起我機械地蓋章的聲音，我忽然發覺，此等小事，何須我在？

一恍神，飯菜香飄來，是懷幽命人送飯來了。

桃香把飯菜放到子律的案上，子律沒有時間看一眼，繼續翻閱奏摺，認真的神情讓我想起第一次見他時那算帳的神態。

懷幽輕輕把飯菜放到我面前，擔心地看我：「先用膳吧，別累著自己。」

我的心裡一暖，放落玉璽抱住了他。

「還是小幽幽疼我～不像某個人！」我狠狠朝子律看去。

他翻閱奏摺的手在空氣中一滯，如劍般鋒利的劍眉揚了揚，霍然扔了奏摺，翻臉起身。

「我不幹了！」說完，他頭也不回地大步離去。

「不要！子律！」我幾乎撲出身體，撲在鳳案上伸長手臂。子律在門口頓住腳步，懷幽靜立在一旁微微蹙眉，卻是不看子律。

子律拂袖轉身，冷冷看我，滿臉不待見我的神情：「再說一句，我立刻辭官！」

「呼！」他甩袖又坐回案桌，一邊吃飯一邊翻看奏摺。

我鬆口氣，坐回鳳椅。

懷幽看向子律，目露深思，悠悠道：「梁相辛苦，我等不能為心玉分憂。」

「哼，有人可以，但生了懶蟲！」子律沒好臉色地把看完的奏摺往旁邊一扔。

「梁相說的莫非是凝霜？」懷幽靜靜看他。

「你說呢？」子律挑眉看向懷幽，懷幽微微垂眸：「確實，凝霜可以，但只怕他不願。」

「哼。明明有腦不用！只能擺著看。都是被妳寵的！」子律冷冷瞥我。

我心中生出一絲怒意。

「夠了！梁子律，今天你是跟安寧吵架了嗎？一肚子的脾氣居然發在我的身上？」

子律的目光一怔，閃爍了一下匆匆撇開，煩躁地側開臉，丟了筷子不再用餐。

「我們是朋友，但我好歹是女皇，是你的皇！你不要老用辭官來威脅我！」

我真的生氣了，他說我寵凝霜，但也寵著他好不好！

「呵……」懷幽在一旁輕輕一笑，撤走了我的飯菜。「我還是不打擾了。心玉，如有需要，可喚我。」

懷幽命人撤走了我們的飯菜，梁子律依然板著臉，我也板起臉不看他，即使不是君臣，他也不該把脾氣發在我這個朋友身上。

在我發怒後，他不再多言，沉著臉繼續看奏摺。

整個御書房沉悶到讓人窒息，子律不言比發怒更讓人倍感壓力。

「我知道你不喜歡事多，嫌麻煩，我不該把政務全部丟給你。」我蹙起眉。

「知道就快選個夫王。」他冷冷把話扔了過來。我本想發作，但知他今日心情不好，不再出聲。

之前梁秋瑛總是催我選夫王，我因懷幽而未選，我亦不想因種種政治緣由去接納一個自己完全不熟悉的男人。

且梁秋瑛分析確實有理，懷幽主內而不善於主外，懷幽不是夫王人選。而瑾崋，那小子連婚都拒了，更別指望他能接下夫王之事。

凝霜……雖有夫王之才，可他實在任性，只怕會把朝中群臣輪番得罪。

「南方大水，急需賑災。」子律把奏摺扔了上來。

「啪。」我接在手中，揚了揚眉：「這奏摺好歹也是曹大人涕淚所書，梁相也該愛惜一下。」

「哼。」他只給我一個冷哼，宛如在說幫妳做已很不錯。

我看了看：「從國庫裡撥款運去也要一段時日，救人如救火，你立刻讓人八百里加急傳召南方，讓各富商捐款賑災，三日內捐款最高的三人可參加女皇大婚。」

子律一怔，轉臉朝我看來：「妳準備大婚了？」

我在賑災的奏摺上蓋落鳳印：「你不是要我快點成婚？」

子律沉默地轉回臉，隨即傳來一聲像是輕哼般的輕笑：「妳可真會做生意。」

「救人如救火，南方富商不少，很快可以籌到賑災銀兩。除了可以參加我的大婚之外，其餘人賞錦旗一面。」

「錦旗？」

「就像金匾。金匾太虧了，錦旗就可以。」

「嗤。」他搖頭輕笑：「妳比我還摳。」

「這又不是辦家家酒，而是打理一個王國，錢需要用在刀口上。」我白他一眼。

「好，此事就按妳說的辦。」他點點頭。

房內的空氣終於在他一言我一語中漸漸緩和，沒想到我巫心玉貴為一國女皇，卻還要看自己丞相臉色。

窗外漸漸鴉雀無聲，我的頭開始慢慢發沉，眼睛也痠脹地無法睜開，失去了仙力，我已無法幾夜不睡。

「咚。」我撞在奏摺上，再也懶得起來。

「心玉！」案前傳來子律的急呼，有人推了推我：「巫心玉，起來做事！」

「嗯～～」子律好煩。

「妳是女皇！不能偷懶！」

「嗯～～」好想砍了他！

「別吵她。」忽然間我聽見了凝霜的聲音：「她已經沒有仙氣了。」

「什麼？」

「所以她現在和常人一樣會累、會病，她日夜奔波，舟車勞頓，還沒休息就被你這虐待狂拖來處理公務，我實在看不下去了。」輕輕的，有人躍到我身旁，空氣裡飄來凝霜身上清洌的梅香。

「那你替她！」

「哼，沒人可以叫我蘇凝霜做事。」

「那你是叫我一個人做完嗎？」子律的聲音已經陰沉：「奏摺需要女皇來蓋章！」

「哈哈哈——」耳邊響起凝霜的大笑聲：「你梁子律幾時那麼墨守成規？想當初你可以夜半三更劫富濟貧，把貪官倒吊在城樓上，現在卻連一個小小的玉璽也不敢拿？而且蓋章這種小事，可以找幽啊～～」

在凝霜話音落下時，我的身體已被他抱起，我昏昏沉沉睡在他清洌的梅香之中。

「蘇凝霜！」

最後聽到的是子律這聲厲喝。子律，我知道我又把一堆公務留給你很對不起你，但現在，我真的很累想休息。

身體被放上柔軟的床，像是雲朵一般舒服，我很快陷入沉睡，而且一夜無夢。

似乎很久沒有如此輕鬆的感覺，心中像是有什麼煩惱和執念被徹底根除，睡得分外甜美。

在一片清冽的梅香中漸漸醒來，窗外晨光微露，照出了面前朦朦朧朧的凝霜俊顏，他漱黑的眼睛正溫柔地看著我，我笑了笑，往他的身邊靠了一分，繼續安睡。

「嗯？醒了？」

他湊到我耳邊輕輕地說，癢癢的。我睏倦地伸手拍上了他的臉。

「別吵……讓我再睡會兒……」

「哼……那可不行……」

在他醉人的話語吐出之時，耳垂已被人含入口中輕輕吮吸舔弄，癢癢的輕柔細吻從耳垂漸漸而下，我的倦意漸漸被一些禁忌而神祕的東西喚醒，身體隨之發熱，可是深深的睏意又讓我睜不開眼睛，我像是陷入現實與夢境之中無法自拔。

柔軟的手順著我的手臂緩緩撫下，隔著衣衫輕輕摩挲而下，緩緩推起。我想去把他推開，但像是深陷夢境般雙手無法用力，任他在我身上恣意妄為。

輕柔的吻緩緩而下，一點一點吻過我的鎖骨，吻上我的酥胸，我身體微微不適地輕動，卻被他輕輕壓住。我無力地抬起手臂，放落他的後背，觸手是清涼的髮絲。

衣帶緩緩被人抽開，胸口侵入一片柔柔的涼氣，他的手也輕巧地插入了我的抹裙，輕輕撫過。我倏然醒來，發出輕吟，漸漸清晰的視線裡出現上方輕動的幔帳，我一把抓緊了凝霜的長髮。

「醒了？」他壞笑的臉龐出現在我的面前，黑眸已經被火焰徹底吞沒。

我喘息地看他，他深深看我片刻立時俯臉而下，重重壓在我的唇上，火熱地啃咬、喘息、糾纏，蜜液在我們口中交融，血液瞬間衝擊了大腦，理智在頃刻間崩潰，被情慾徹底燃盡。

幔帳內響起他越來越粗重的喘息聲，他緊緊壓在我的身上，雙腿與我的糾纏在一起，每一次的碰觸都能感覺到他的熱情。

他徹底壓在我的身上，實實在在讓我感受到他的慾望。他一把抓住了我的抹裙，扯落的那一刻他吻落我的酥胸，舌尖捲過我嬌嫩的花蕊，我的輕吟立時脫口而出。我抓緊了他散落在我手邊清涼的長髮，他用另一隻手侵犯我另一邊的蓓蕊，恣意肆虐，忽然，他又換了方向，我無法忍受地扯去他的衣服，他徹底赤裸地與我緊貼在了一起。

光滑熱燙的身體貼上我的，他雙手撫上我的酥胸再次吻落，吻過我的小腹，一路而下。

「嗯！凝霜！」我抓緊了他的長髮想躲避，他卻用雙手牢牢圈住我的腿，不讓我逃脫。火熱的舌尖讓我徹底癱軟，變得渾身無力，而那近乎隔靴搔癢的感覺更讓我備受折磨，身體卻已經在這挑弄中達到頂點。

「凝霜！」我一把扯起了他的長髮，他終於離開，火燒火燎地看著我。他再次低頭吻上我的酥胸，我的身體已經如一灘春水，不由得向他貼近，立時，他一貫到底，直取最深之處。

「啊！」呻吟從口中溢出，他一把抱緊我的身體，毫不溫柔地開始放肆馳騁。

他抱住我在我耳邊喘息，激烈的速度讓我們瞬間攀至高峰，獲得了從未有過的激情。他不停地律動，床榻在他的律動中不斷搖擺，愛潮在體內層層疊起，一浪蓋過一浪，持續不斷，高潮迭起，徹底吞噬我與他的一切。

「嗯嗯嗯嗯。」

「心、心玉！」他再次含住我的唇，深深吮吸。我抱緊了他，他全身的肌肉因為我而繃緊。

他放開我的唇，抱緊了我，胸口粉色的茱萸在我面前不斷起伏。我撫上那鮮豔的玉珠，他的身體立時一緊。

我吻了上去，他立時用力按住我的後腦。

「不、不行！太、太超過了，啊啊！」哽啞的呻吟從他口中溢出，他的身體猛地凝滯，下一刻，他壓在了我的身上，把我壓回床，在我身上重重喘息：「心玉……妳太調皮了……」

他依然灼燙的手撫落我的身體，享受餘韻，指尖溫柔地撫慰而過。

我在他身上重重喘息，金色的晨光已經悄悄鑽入幔帳，偷窺這裡的春光。

「但我喜歡妳摸我，那樣可以讓我狀態更好。」

「真的？」我撫上他有些汗濕的後背。

「剛才有點太突然。」他拉下我的手，翻身到我身後，雙手圈緊我的雙手，像是不讓我再碰他。

可是他的手卻不老實地在我身上摩挲，柔軟的唇也在我頸後輕啜。

「凝霜……」我握緊了他的手：「別……」

「嗯？看來我們的女皇更喜歡後面。」身後傳來他壞壞的話音。

「不是……」話還沒說完，他火熱的手已經撫落我的大腿，輕輕撩撥，我急著道：「還要上朝呢！」

「沒關係，還有時間。」說著，他已經強行分開我的腿，耳邊傳來他充滿邪氣的低啞嗓音：「我就是想做不讓女皇上朝的妖妃～～」

他再次律動起來，後頸撲上他火熱粗重的喘息。

「呵呵呵……這次……一定……不會讓妳……失望……唔！」

「哼……可喜歡？」他忽然一個用力，充滿了惡意，我在他前面緊緊抓緊床單。

「你這個……妖孽！」

「下次……別想再上我的床！」

「是嗎～～那我今天……可要多要點了……」

「啊啊啊啊。」

床幔再次震顫，鳳床再次搖擺，這個清晨，注定很忙。

身體已經沉重得不想起來，如果不是練武，肯定無法起床。

身邊依然是凝霜的喘息，他比我更累。

忽的，感覺到了腳步聲，我立刻拍他：「懷幽來了！」

他一驚，抓起衣物翻身下床，落地之時腿微微一軟單膝跪在了床邊。然後起身飛快地套上衣衫打開了櫥門。

我探身看他，他對我嫵媚一笑，一個媚眼：「不是我怕懷幽，是怕玉兒妳難堪～～」

我狠狠白他一眼，是他自己怕難堪吧。

說完，他鑽入密室之內，消失不見。

我躺在床上，腰痠背痛，蘇凝霜這個妖妃，還真的不想讓我上朝！

在門被輕輕推開之時，我立時起身披上外衣，懷幽還沒進入，我卻像做了心虛的事般臉紅心跳起來。

「心玉，上朝了。」帳幔被人俐落地掀起，那一刻，他手微微一頓，我不敢看他的臉，只看見他站立在晨光炸紅的金色輪廓。

「昨晚……凝霜在這兒？」他轉身側坐在了我的床邊，看落凌亂的床單。

「嗯。」我點點頭。

他靜了片刻，伸出手撫上我的臉：「很累吧。」

我立刻搖搖頭，忽的，他探身在我額頭溫柔地落下一吻：「那上朝吧。」

「嗯。」我立時下床。

他很淡定地起身命令：「服侍女皇陛下更衣。」

「是，御夫大人。」桃香她們匆匆而入，服侍我洗漱。

隨即，我走到屏風之後，我以為桃香她們會進來為我更衣，卻是懷幽手托托盤隨我而入。

我微微一愣，他淡然看我：「轉身。」

我的臉立時紅了起來，轉身背對他。

輕輕的，他從我身後掀落睡衣，一點一點解開了我抹裙的繫帶。

「凝霜人呢？」他在我身後語氣平常地問。

「他走了。」我卻顯得有些緊張。

「嘩啦！」懷幽甩開了繡金的抹裙，放到我身前，為我換上綁緊，屏風隔出了這個幽靜隱蔽的世界，空氣莫名的稀薄了。

華衣一件一件為我穿上身，我想，這個世界，只有懷幽是幫我穿衣服的愛人。心裡因為溫暖而漸漸平靜。

輕輕的，他從我身後環抱住我，靠在我的頸邊，久久沒有說話。我們之間靜得只聽聞窗外的鳥鳴，但是我卻不想讓他離開，不捨此刻的寧靜中斷。

「怎麼了？」我輕輕地問，舒服地往後靠在他的胸膛上。

「沒什麼……」他平靜地說：「只是……想多抱妳一會兒……」

「既然這樣……」我在他懷抱中轉身，抱住了他軟軟的腰：「晚上留下吧……」

他身體微微一怔，露出了靦腆的笑聲：「快上朝吧。」

「嗯。」我有點捨不得離開，依然繼續抱著他。

「怎麼了？」這次，換他來問我。

我搖搖頭：「沒什麼，只是想多抱你一會兒……」

我久久抱著懷幽，他溫柔地輕撫我的長髮，我靠在他溫暖的身上而笑。

「懷幽，我封你做夫王好不好。」

他突然驚訝地推開了我，神色緊張而惶恐：「小玉，妳知道我不能……」

「不能什麼？」我蹙緊眉打斷了他的話。

「就算我是個完整的男人，我也沒有治國之才。」悲傷浮上了他的臉。

看到他再次出現的自卑，心中揪痛，不由握住了他的雙手。

「沒關係，子律會幫你，你只要像昨晚一樣蓋蓋玉璽……」

「昨晚……」他臉紅起來，欲言又止，神情掙扎地看我一會兒，垂下了臉。「昨晚玉璽是子律蓋的。」

「欸？」

「我、我……」他從我的手中抽出雙手，垂落眼瞼久久看著，輕嘆一聲：「哎……我太緊張，手抖。」

「……」

「上朝吧，心玉。」他再次恢復平靜，感動而微笑地注視我：「妳有此意，我已滿足，但……我有自知之明，我無法勝任，還是聽一下子律，選個合適的夫王吧。」

我在他的勸誡中蹙緊了眉，難道，我真的要去選一個不喜歡的人做夫王？

❖ ❖ ❖

朝堂之上，文武百官站立，好奇盯著我的面具，但很快恢復平靜，收回揣測不解的目光。

大家紛紛彙報這幾日之事，忽見一旁子律微微抬手，側身打起了哈欠，疲倦犯睏，難道昨晚他也通宵熬夜了？

我心中內疚，看見安寧也在看子律，更覺對不起安寧。

今日早些讓子律回去休息吧。

「眾卿可還有事？無事退朝吧。」

百官正欲行禮，子律忽然上前。

「臣有事啟奏。」

我一皺眉，心懷內疚地柔聲道：

「梁相有事可明日再奏，我離開幾日，辛苦梁相了，梁相還是早些回去休息吧。」

子律不動，依然啟奏的姿態：「臣有一事，一日不言，一日不安。」

「如此嚴重？」我也不由認真起來。奇怪，既是如此重要之事，他昨晚何以不說。「梁相請說。」

他正了正神色：「女皇陛下何時選夫王？」

我的眉尾上揚！原來是這事，昨晚他不是說過了？怎麼梁子律也像梁秋瑛一樣開始每日都要參上一本。

我揚起微笑：「大婚之事等瑾崋他們回來之後……」

「女皇陛下要拖到何時何日？」他竟沉沉打斷了我的話。立時，全場肅靜，氣氛壓抑到了極點，即便是巫月的前輩們也紛紛垂臉，默不作聲，只聽梁子律發言。

他當堂打斷了我的話，我有些不悅，畢竟我是女皇。在下朝後，子律對我發怒也罷，對我質問也罷，那並無關係，因為在朝堂之外，我們是朋友。
可是此時此刻，我才是女皇！
我沉下了臉，沉沉而語：「梁子律，本女皇說了，等瑾崋他們回來，本女皇自會大婚。只是瑾崋在外為我征戰，我怎能在京舉行大婚？」
我沉沉的話音在朝堂內迴盪，讓朝堂的溫度更降一分。
懷幽在一旁目露一絲憂慮，看向下方的子律連連暗示。
子律絲毫不看懷幽，依然肅然佇立。
「臣是說選夫王，從現在開始也需半年，那時瑾崋也該回來了。」
說來說去，還是讓我選夫王。雖然早晨懷幽已對我有所勸說，我也有點被說動，但此時此刻，被梁子律當庭逼婚，十分不爽。
「梁子律，你這是在向我本女皇逼婚嗎？」厲喝脫口而出，立時文武百官齊齊下跪。
「女皇陛下息怒——江山社稷，後繼為重——」
我緊緊握住扶手上的鳳首，幾乎將其捏碎！
「女皇陛下。」安寧也站了出來，驚得安大人一陣臉色清白，安寧正色道：「只有夫王方可干政，女皇陛下早日選出夫王，梁相也不用日夜入宮，奔波勞累，招人口舌！」
安寧憤憤的話音讓子律微微一驚，立時轉身拉她，卻被安寧甩開，繼續冷臉站在朝堂之中。
「女皇陛下！安寧無意冒犯，請女皇陛下恕罪！」子律急急轉身向我一拜。
我冷冷看梁子律，整個大堂鴉雀無聲，我要感謝安寧，謝她出來打亂了子律的節奏。

我在面具下揚唇一笑。

「本女皇怎會責怪安寧？本女皇還要謝她提醒，你貴為丞相，雖可幫我處理朝政，但確實時常入宮不太妥當，會招人口舌。這樣吧，你為巫月一直勞心勞力，本女皇也該給你回報了。」

子律的後背立時一緊，猛地抬起臉急急看我，我還是第一次從他臉上看到如此發急的神色，看來，他是明白了什麼。

我在他著急的神情中笑道：「本女皇今日賜婚，命左相梁子律與文史大人安寧擇吉日完婚，不可拖延，大家……」

我含笑環視群臣。

「可以準備賀禮了。」

一時間，所有官員的臉色都變得有些僵硬，他們僵直地站在原地，一動不動。安寧驚然呆立，臉上看不出興奮，卻也看不出驚慌，像是完全被我這突如其來的賜婚所驚呆。只有她身後不遠處的安大人搖頭輕嘆。

子律在我下令後，踉蹌地後退了一步，臉色竟有些蒼白。他緩緩跪落，唇角帶出一絲苦笑。

「謝，女皇陛下賜婚。」他埋首大大一禮，然後起身：「既要大婚，請容臣告假幾日準備。」

「准了。」我大方起身，他卻是呆然跪立，我朗聲道：「退朝！」

我的耳根子終於可以清淨幾天了。

懷幽走在我的身側，經過子律時踢了踢他。我側臉看懷幽，他微微蹙眉，收回腳，見子律動也不動，只好跟著我離開。

不就催婚？看誰更厲害！

在私底下，梁子律是獨狼，是我的好友。但在朝堂上，他是我的左相，是我的臣！我真是不能再寵他了。

有些得意地走出大殿，懷幽加快幾步走到我身側：「心玉，聖旨一下，可就收不回了。」

「為何要收回？」我奇怪看他。

「妳真的不知道？」他露出一抹急色。

我狐疑看他，他低頭輕嘆：「妳和他做朋友太久，有些感情真是看不清了。」

懷幽說罷認真看我，我從他深深的目光中似是察覺了什麼，心驚地轉開臉。

「不會的，你們不要亂猜。」說罷，我快步離去，心跳卻已經無法平靜。

懷幽在說什麼？他難道在暗示子律對我的感情已非朋友與君臣？

不知不覺已到內湖邊，我站在湖邊，看著湖面上我清晰的倒影，緩緩撫上自己的面具，想了想，直接摘下，三條深深的傷疤爬在自己的側臉上，可怖而噁心。

我輕輕地摸了摸，結痂被輕輕碰落，露出裡面嶄新的粉色皮肉，與旁邊的肌膚依然區別開來。我看落面具，想了想，隨手把面具放在一旁的石桌，轉身離去。

今天賜婚，該去向梁秋瑛道個喜。

一身便衣輕裝，踏出皇宮之時，感覺分外輕鬆，雖然引來一束束驚詫的目光，但我卻覺得比以前更加自在。

在百姓們驚呆的目光中獨自前往曾經的攝政王府，現在的皇家書院。

書院裡學子進進出出，十分熱鬧，他們在看到我時紛紛驚訝呆立，驚訝得甚至忘記行禮。

我從他們之間昂首走過，面帶微笑。秋風送爽，揚起我臉邊絲絲髮絲，絲毫不去遮掩我臉上的傷。

當他們回神下跪時，我已經走入書院，濃濃的學習氣息將攝政王府原來的烏煙瘴氣徹底取代，處處是詩書朗讀的聲音，處處可見手執書卷的學子，或是在樹下認真研讀，或是三三兩兩為自己的觀點爭得面紅耳赤。

這些沉浸於學習的學生沒有察覺我的到來，即使我從他們身邊走過，他們依然埋首在自己的書卷之中。

眼前的景色越來越熟悉，想當初這個攝政王府也是我常來之處，時不時彷彿能看到孤煌少司留下的殘影。

不知不覺，我卻走到了一處偏僻的院落。我不由自主地進入，腦中浮現出慕容襲靜急急走入房中的畫面，我看向了院中小屋的窗，宛若看到了一縷縷雪髮從裡面飄出。

我怔住了腳步，那幻象在我的腦中久久不去……

「女皇陛下？」

身後忽然傳來了月傾城的話音，幻象就此消失，我緩緩轉身，看到了月傾城和于芮。

他們立時驚訝地呆住了神情。

于芮呆呆地看著我的臉，忘記了行禮。

月傾城一身青衣藍衫，最為樸素的服飾依然遮蓋不住他容顏的俊美和豔麗，一頭長髮整整齊齊披在身後，只是簡簡單單束起一把。手執厚厚的書卷，為他增加了濃濃的書卷氣，稍稍蓋住了他的豔美，多了分老師的文雅。

「妳的臉怎麼了？」月傾城驚訝地大步到我面前，抬手就朝我臉撫來。

我見狀微微一退，他才察覺，有些尷尬地放落手，憂急地看我的臉：「誰傷的？」

「一切過去了，我沒事了。老梁相呢？我有喜事告訴她。」我淡笑道。

「好，我帶妳去。」月傾城帶我匆匆離開，于芮依然站在原處，像是受了什麼打擊似地顯得有些失魂落魄。

月傾城並未察覺于芮的異常，只是看著我臉：「到底是誰？」

他近乎逼問，為了讓他安心，我緩緩說道：「是一隻狐狸，我被他撓了。」

「妳也太不小心了。」他疼惜地看我的臉：「會好嗎？」

我微笑點頭。

他稍露安心。

不知怎的，我腦中忽然閃過那個狐狸面具，不由問道：

「傾城，你還記不記得當初滅你家族的是誰？」

「當然是孤煌少司！」憤恨浮上他的臉，平和的目光也被仇恨覆蓋。

「戴著那個狐狸面具？」

「嗯！」談及家族滅門，他的身體也開始緊繃：「我一輩子都不會忘記那一晚！」

我沉默下來，腦中一片空洞，我想再次捕捉到剛才出現的幻象，卻再也無法找到。

「看，梁相就在那裡。」月傾城的話音再次把我的回憶打斷，我順著他的手臂，看到了秋楓之中的梁秋瑛，正有學生向她討教。

「找梁相何事？」月傾城輕輕地問。

「好事。」我揚唇一笑。

月傾城微微點頭：「那……我不打擾你們了。」

「謝謝你，傾城。」我笑看他。

他淡淡微笑，看我一眼轉身離去，長髮和藍色的髮帶一起在風中飛揚。巫月第一美男子在皇家書院執教，可是激勵了不少女生發奮圖強，只為入皇家學院與他更加接近。

進皇家書院，比入宮做夫王更具吸引力。

求問梁秋瑛的學生離開，我快步上前，提裙坐於梁秋瑛的對面，她抬眸朝我看來，第一眼驚訝，第二眼更驚訝，目光落在我臉上的傷痕。

「女皇陛下妳！」她指向我臉上的傷。

「怎樣？不錯吧。子律說我這樣很好，不會再魅惑男人了。」我頗為得意。

「子律這樣說的？」梁秋瑛沉下臉：「這孩子真是！」

「他今天又在催我選夫王。」我單手支頤看梁秋瑛。

她的臉上明顯劃過一抹心虛之色，笑容微微僵硬：「是，是嘛。」

我揚唇而笑，半瞇眸光。

「我知道，我離京之後勞他處理朝政，做了不該是丞相做的事，招人口舌，讓他受了委屈，所以，我今天給他賜婚了！」

「真的！」梁秋瑛欣喜起身，雙手合十連連拜謝：「謝謝老天，子律終於可以跟安寧成婚了。好好，太好了，真是太好了……」

我笑看梁秋瑛，她總算是了了一樁心事，我也該回去說服一下凝霜，看他願不願做這夫王。

哎，他人為夫王可以爭得頭破血流，想曾經的月氏，為了成夫王候選，訓練始於三歲，嚴苛而嚴厲，經過層層篩選淘汰之後，最後留存之人可謂近乎完美，期間的競爭異常殘酷！

不然，阿寶也不會如此憎恨自己的家族，憎恨巫月。

現在，也不知他怎樣。上次密探傳回的消息，是他已經在蟠龍郡王那裡做了幕僚。看來他的主子是蟠龍。

突然的賜婚打破了梁安兩家的平靜生活，子律暫時不再上朝，而安大人卻整日站在朝堂上惴惴不安。

安寧似乎也變得心神不寧，這讓她對面的連未央也總是目露擔憂，遠遠地偷偷看著她。

我忽然不確定……這次賜婚到底是對的，還是錯的。

若是對的，為何我在安大人和安寧的身上看不到半絲興奮和快樂？而連未央遠遠擔憂的目光已然說明了什麼。

夜風徐徐，前線又傳來軍情，瑾崋和飛雲他們捷報連連，已經拿下孤海十四王的其中三位。

「太好了。」懷幽看著捷報：「瑾崋他們或許過年就能回來了！」

我們坐在湖邊的水榭露台，一起共賞明月。

我拿起酒杯，敬向天空：「敬瑾崋、飛雲，還有聞人。」

「對，敬他們。」凝霜和懷幽也舉起酒杯，第一次坐正身體，我們在圓月下一起啜飲。

我放落酒杯，看又癱軟在地毯上的凝霜：「凝霜，你覺得……夫王該選誰？」

凝霜的冷眸立時斜睨過來，一臉的不屑：「愛誰就選誰。」

「正經點，夫王不可缺。」懷幽伸手推了推他。

「那就你囉～～」凝霜懶懶地提起酒杯，在空中輕晃：「反正別找我做那累人的差事～～」

「蘇凝霜！」懷幽面露正色：「我們之中，只有你能當！」

「哼。」凝霜冷哼一聲，睨了懷幽一眼，起身晃到我身邊掀袍再次坐下，然後懶洋洋躺在了我的腿上，冷豔的眸光輕鄙地落在懷幽臉上。

「如果我做了夫王，誰來陪玉兒消遣？你這麼悶，瑾崋那麼蠢，你們不是要一個悶死玉兒，一個氣死玉兒嗎？」

懷幽僵直了一下，嘆了一聲：「也是。」

「什麼？你這樣就被他說動了？」我無語地看懷幽：「你不是答應幫我一起說服凝霜？」

懷幽又僵了僵，卻是笑了。

「我不行，真的說不過這京城第一智者。」

我氣悶看向腿上的凝霜：「你是京城第一智者，不用這裡豈不可惜？」

我戳他的頭，他抬手順勢握住我的手放在唇邊輕輕摩挲。

「我更喜歡做一個美美的妖妃～～」

「哎。」懷幽又是一嘆，嫌棄地看凝霜：「子律真是說對了，有人偏偏不想靠腦子吃飯。」

「呿。」凝霜睨了懷幽一眼：「子律還是京都第一神童，夫王最佳人選，結果……哼……」

他揚唇壞笑起來，抬眸冷媚揪我一眼：「有人還不稀罕。」

我微微一僵，拿起酒杯，放到唇邊，卻覺懷幽和凝霜兩個人都在盯著我看。

我蹙了蹙眉，「啪！」放下酒杯。

「你們想幹什麼？你們就這麼想讓子律入宮嗎？你們願意再多個男人嗎？」

「當然不想。」凝霜立刻起身，單手支頤靠在桌邊：「但是，既然大家都不願做那些煩人的事，必須找一個人來做的話，我覺得梁子律不錯，任勞任怨。」

懷幽也微微靠前，神情格外認真。

「我也不想再多個男人與我們分享妳的愛，但是心玉，為了顧全大局，妳不能沒有夫王，而子律對妳確實……」

「別說了！」我揚起手：「子律與我肝膽相照，他也為我出生入死，但是你們不能光憑這樣，就說他喜歡我！你們聽他親口說過嗎？」

懷幽和凝霜同時一怔，彼此看了一眼，紛紛沉默。

「而且，就算他真的喜歡我，現在我也賜婚了。我是女皇，怎能出爾反爾？」我反問他們，他們又彼此看了一眼，再次無言。懷幽微微蹙眉，低低而語：「所以才說，妳不該賜婚。」

「也是那梁子律活該～～」凝霜懶懶躺回我的雙腿，冷眸一瞥：「誰讓他整天催我們玉兒選夫王？想往這裡再塞個男人進來？」

懷幽目光認真起來：「但夫王必須要有，妳不想讓其他男人進來，就做這夫王！」

「怎麼？你想獨佔玉兒？」蘇凝霜狠狠瞪懷幽。

懷幽也沉臉看他，兩人的視線在月光中緊緊鎖住，即便是我也無法斷開。

他們說得對，夫王不能缺，可是凝霜又不願。這個懶傢伙！

‡ ‡ ‡

心煩地獨自走在巫月燈光下的街道上，因為易了容，換了男裝，所以無人在意。

無論是懷幽還是凝霜都在暗示子律喜歡我，可是我卻從未察覺。因為我和他一見相惜，彼此信任，甚至不問對方真實身分，依然信賴著彼此，這份特殊的感情深深紮根在我的心底，我無法看清現在子律對我的感情到底是什麼？

巫月的京都夜晚更加繁華絢麗，花燈處處高掛，如夜空裡點點繁星。行人或是結伴或是說笑，他們臉上的幸福與快樂也感染了我，讓我心裡的煩憂也慢慢消除。他們的幸福和快樂，才是我作為女皇最大的心願。

幽美的歌聲四處而起，皇家樂團的隊伍不斷在擴大，更多的美少年成為巫月的偶像與明星。巫月的男女平等，讓這裡的女人活得比外面世界的女人更加快樂與自由。

在人潮之中，我看到了他。

心中微微有些驚訝卻又有一絲驚喜，對他感情的不確定讓我對他的感覺也發生了悄然的變化，看見他心情也變得有些複雜。

一身墨玉色的長衫，長髮捲起一束，用翠玉的髮簪盤起，剩餘的長髮散落在背後。冷峻的容顏依然面無表情，佇立在人潮之中，即使穿著再簡單，也依然吸引了女孩兒羞澀的目光。

他絲毫不為所動，手提花燈站在一座奢華的酒樓外宛如在等候他人。

我停下了腳步，看了看酒樓對面，是一家茶樓，裡面樂聲陣陣，出入之人皆是文人雅士。

我隨即走入，小二迎上，我挑了靠外的座位坐下，點了一壺清茶、兩盤乾果，然後靜靜看著他，我的宰相我的臣——梁子律。

第一次看到他這樣耐心而平靜地等待別人。雷厲風行的獨狼即便等我等久了也會露出一絲煩躁，更會厲聲警告我下次不要遲到。是誰可以讓他這樣久候？心情變得更加複雜，像是對朋友的朋友吃醋了，凝霜和懷幽的話還是對我產生了影響，讓我對他的感情也變得有些錯亂。

他漸漸蹙眉，張望遠方，似乎等的人還沒來，他反而顯得更加平靜。忽的，他像是察覺到我在看他，忽然仰臉。

我匆匆轉開臉，繼續喝茶。

轉回頭看原處時，他卻已經不在。我一愣，探出身往人潮中察看，不見他半絲身影，難道他進酒樓了？

「妳在找我？」忽然間子律的話音已到耳邊，我僵硬地收回視線，墨玉的身影已坐於我的面前。

他只是看我一眼，僅僅這一眼卻已經像是徹底看透我一般，唇角揚起一抹輕笑：「哼。」他隨手拿起茶壺，直接拿過我的杯子倒了茶湊到唇邊。

「妳倒是清閒。」冷眸垂落，便飲下杯中茶。

我看看他，單手支頤看向別處：「你怎麼知道是我？」

「何須解釋？」他放落茶杯：「知道是妳便是妳。」

我瞥眸看向他，他也抬眸看向我，觸及他深邃的視線時，我彷彿又被看穿一般微微不適，心跳有些不穩地再次看向別處。

「在等誰？」我問。

他久久不答，我再次看向他，他又為自己倒上一杯茶，微微蹙眉：「安寧。」

我怔了怔，在他抬眸看我時，立刻再次撇開目光。

「如妳意了？」

「……」我一時無言，咬咬唇，轉回臉看他：「什麼叫如我意？」

他又輕笑一聲，看我的目光看似嘲諷又多了一分苦澀，他目光低垂。

「可以清淨兩天，沒人會催妳選夫王了。」

我再次語塞，他又算準了。

我開始變得有點煩躁，他又拿起茶壺倒茶，在他端起茶杯時，我直接從他手中搶過一口喝下，重重放落他的面前。

「誰讓你整天催我選夫王，你明知我愛懷幽、凝霜和瑾崋他們，我不想讓一個我不熟識的男人入宮做我的夫王！」

「那就找個熟識的！」他也語氣嚴厲起來：「夫王之位不能懸空，這是妳的責任！」

「熟識的？哼。」我冷笑，抬眸瞟瞟他：「好啊，你啊。」
他登時怔在了座位上，我也愣住了神情，不知自己怎就失控了，脫口而出，未經大腦。沒關係，子律會自己找台階下。
有些後悔地看子律，他眯了眯眼睛，深邃的黑眸恰似一口深井，讓人無法看透。他沉下了臉，挑起了一邊飛逸的劍眉。
「好啊，如果這是妳女皇陛下的命令，我梁子律必然領旨！」
聽完我瞠目結舌，他灼灼的目光讓我的心跳瞬間紊亂，心神也陷入了混亂。話說到此處，已徹底被他將了一軍，無法再將他對我的感情當作是藍顏知己！
他冷冷看我一眼，冷哼一聲再次拿起茶壺為自己倒茶。
「可惜，有人不敢。」他近乎咬牙切齒的話讓我的後頸不由得一涼。
我有些心慌意亂，第一次想逃。
我站起身，想走時突然被他拉住，我吃驚看他，他只看著桌上的茶。
「陪我。」兩個字，簡潔卻透著一絲落寞。
他冰冷酷寒的臉上卻有著絲絲的苦澀。此時此刻，我讀懂了他臉上的表情，心也越來越沉，感覺周圍的空氣也像酷暑一般窒悶。
我再次坐回，低下臉：「對不起……」
心跳開始加快，因為他依然拉住我的手臂。除了說對不起，我已經不知該對他說什麼。
他不再說話，緩緩放開我，落寞地看著對面的酒店：「今晚，我是約安寧談訂婚宴的……」

心中猛地一揪，越發難受。

「但是，她沒來。」他說得異常平靜，卻讓我有些吃驚。

「為什麼？」

「為什麼？」他抬眸反問，眸中是自嘲的笑。他再次垂眸，執起茶杯：「安寧與我青梅竹馬，她自然早已察覺我心中另有他人。」

我心中一緊，有苦難言。

「對不起……」此時此刻，我已不知該說什麼。

我蹙緊眉，看見他茶杯已空，端起茶壺為他倒滿，他看看我，輕輕的嘆息從鼻息中而出。

他久久注視杯中我為他倒滿的清茶，眸光漸漸晦澀。

「妳既願與我共用一個杯子，為何不願接受我？」

「我……」

「我不想聽。」

他站起身，蹙眉，轉身即走，只留下那盞可以在夜間照明的花燈。花燈上，是一男一女坐在涼亭之中，男子手執帳本，女子……雙手托腮……

那一天，我第一次見梁子律，在現實生活中真正的獨狼。他一手算盤一手帳本，見到我入亭之時，滿臉煩躁。

我雙手托腮笑眯眯地看著他，如發花癡的女孩兒久久凝視他。

子律……

獨狼……

我拿起花燈。我不能再錯下去，明明賜了婚，但在看到他耐心等待他人時，心裡還是莫名地吃了醋。

我需要他，我一直以來，都那麼信賴他、需要他，對他從不客氣，不僅一直獨佔他，而且對他向來呼之即來揮之即去。原來，我對他的這份需要卻被我誤會成友情……

我怎麼……那麼蠢！

懷幽喜歡我，我一直以為他是忠誠於我。

瑾崋喜歡我，我一直以為他是效命於我。

凝霜喜歡我，我一直以為他是相信於我。

而現在，子律喜歡我，我卻……還一直不信。

我撫上額頭，再次看子律留下的花燈，上面的水墨男女更加喚醒我與他之間的種種回憶，讓我無法再忽視迴避，我發現，我真的不能……放手。

可是，我下旨了！

無法言喻的懊悔揪痛了我的小腹，我拿起花燈起身，這件事必須翻盤！

匆匆走下茶樓，雖然還沒想好對策，但是先阻止子律和安寧成婚。

這件事，要去找安寧，安寧是一個識大體的女人，看得出來她的個性不會糾纏不清。

匆匆走出茶樓，腳步一頓，往前匆匆走了幾步，轉身偷偷一看，安寧來了！

安寧站在酒樓前，卻也是躊躇不前。這些天，她和安大人在朝堂上都是一副心不在焉的樣子，尤其是安大人，更像是瘦了一大圈。現在，我似乎明白，安大人是在怕我反悔，在怕安寧搶了女皇的男人！

安寧看了一眼酒樓，決定還是低頭離開。走到街角時，她卻停下腳步，然後看向了小巷，似乎在看誰，就在這時，我驚訝地看到連未央手提花燈走出！

此時，路上行人已寥寥無幾，看得特別清楚。連未央手提花燈為安寧照亮道路，安寧充滿歉意地看著他，想說話卻又像是無法開口，兩人一直默默無言地低著頭，相伴前行。

這些天，連未央也是魂不守舍。難道……

再次撫額，我對每個人的感情，實在是過於遲鈍。

我遠遠跟隨，連未央送安寧回了府。我吹滅了燭火閃避在幽靜的小巷之中。

「未央。」安寧神色不寧地看著連未央，閃耀的燭火中她欲言又止。「我們不能再這樣下去，明天我就去找女皇陛下！」

「不行！」連未央著急地拉住了她的手。

我心中一動，揚唇一笑，有辦法了。

「這太危險。雖然女皇陛下聖明，但是，妳若直言就是抗旨！」連未央緊緊握著安寧的手。

「可是，可是我就要跟子律成婚了！難道，難道你想做小的嗎？」

「如果梁相不介意，我……」連未央默默垂下臉。

「不行！」安寧難過地轉身：「子律的心根本不在我這兒，我和他青梅竹馬一起長大，你以為我看不出他已經喜歡上別人了？我和他在一起是不會快樂的，這樣勉強彼此，只會讓大家痛苦。未央，在我知道子律喜歡別人時，是你陪我度過了那段日子，我不想讓你委屈做小。」

安寧情真意切地深深注視連未央。真切的目光讓我也心裡感動。

我的心裡不由為安寧豎起大拇指。我巫月女兒就是如此的敢愛敢恨，不拖泥帶水，安寧在感情的處理上比我更加果敢，反而我……

我恰恰忘記獨狼的性格，他喜歡乾脆，而我卻一直沒有給他一個乾脆的答覆！我不能再讓他失望了。

「安寧，答應我，不要衝動。」連未央極其鄭重地認真囑咐安寧。

安寧著急地看著他，忽的，家丁開門而出，連未央匆匆放開安寧的手，轉身離開。安寧憂急地一直目送連未央遠去……

連未央心事重重地從我面前經過，我看到他雙眸中的落寞與惆悵。他的傷愁、安寧的焦慮、安大人的惴惴不安與子律的痛，全是我一時衝動所造成。

但是，我是女皇，我下的旨我無法收回，那會動搖朝廷在百姓心中的權威與信賴。

看來……只有委屈一下未央了。

我拿起花燈，轉身從另一個方向前往連未央的家，途中我還買了一壺酒。

無人察覺地落在連未央的院子裡，坐於石桌邊，放落酒，點亮花燈，單手支頤看著上面子律繪下的花紋，柔柔搖曳的燭光將畫面染上了回憶的顏色。柔和的舊黃畫面裡，是雙手托腮的女孩，笑嘻嘻地看對面男子，滿臉的壞意。

男子氣定神閒，依然淡定地打著算盤，算著帳本，回想起那時心裡也是滿滿的笑意。那時子律還不知玉狐是我，對我的拜訪與拜託十分訝異與驚訝。

想必他對那一天也記憶深刻，故而才畫在這花燈之上。

「誰？」一驚呼聲傳來，我看了過去，是連未央。

他戒備地看我，正要喊人，我說道：「未央，是我。」

他驚立在了原地，久久沒有回神。

我對他瞇眼一笑：「有茶杯嗎？」

他僵硬地點點頭，匆匆看看院外，似乎在確認有無人經過，然後匆匆入內，點亮了屋中燭火，搖曳的燈光中映出了他慌亂的身影。

連未央急忙拿出兩個茶杯，我點了點面前的石桌，他誠惶誠恐地把酒杯放到了我的面前。我拿起酒壺為他倒上了一杯酒，他的臉色已經開始發青，宛如我在賜他毒酒。

「未央，坐。」

「是，女皇陛下。」他又是誠惶誠恐地坐下。

我看看他，想為自己倒酒時，他趕緊來拿酒壺：「請讓臣來。」

我微微一笑，讓他接過酒壺，他恭敬地為我倒上一杯，才侷促不安地坐下。

我透過淡淡的燈光看他：「未央，你怎麼越來越怕我了？難道……做了什麼心虛之事？」

他微微一怔，面色開始緊張。

我笑了笑，拿起酒杯：「我最近……做了一件錯事。」

連未央身子立時一緊。自古以來，伴君如伴虎，君主對你敞開心扉，未必是件好事，你知道的祕密越多，若是哪天你不得寵、不得信，君主必然除之。也難怪連未央會如此緊張。

我抿了一下唇：「嗯，不錯，未央，你的肺癆是我治好的，所以……我算不算救了你一命？」

連未央立時離座，掀袍跪下。

「未央謝女皇陛下再造之恩，願為女皇陛下肝腦塗地，死而後已！」他的話音熱忱真摯，並非虛言，而是發自肺腑。

我點了點頭：「不必緊張，起來喝酒。」

「是。」他再次起來，見我拿起酒杯，他慌忙端起酒杯與我相敬，一口乾下。

「我有件事下了旨，但現在後悔了，所以我想讓未央你……」我放落酒杯，抬眸看向連未央，而他表情一愣。我揚唇一笑，指向他：「做我的台階。」

連未央怔怔坐在石凳上，閃亮的眸中閃爍著點點驚詫之色。

我瞇眸而笑：「此事只可天知、地知、你知、我知，連安寧也不可知，你，懂了嗎？」

立時，大大的驚喜從那雙聰慧的黑眸中浮現，他立時起身再次下跪：「臣！謝女皇陛下成全！」

「我也謝謝你，未央。起來吧，我告訴你明天該說些什麼。」我笑了。

「是！」他欣喜地起身，已無初見我時的惶恐與恭敬。

這件事，讓我真正感覺到狐仙之力的遠去，我已不再神機妙算。我面對孤煌少司縱使機關算盡，卻不知身邊人與事已悄然改變。因為我信任他們，所以我不會派人監視他們，或是心中計算他們，才讓這個錯誤發生。

若我早些察覺子律對我的感情，若我早些察覺安寧已對子律心灰意冷，若我早些察覺連未央對安寧的心意，今天，也不用這樣大費周折來彌補這個錯誤。

但是，這件事卻讓我對子律的心意更加堅定。我巫心玉，要奪回他。

與連未央商討結束已是夜半，回宮時懷幽和凝霜都在我寢殿裡焦急等候，我落下之時，凝霜先躍窗而出，懷幽緊跟到窗邊憂急看我。

「妳去哪兒了？」凝霜抓住我胳膊便是質問，像是怕我去偷腥，我壞壞一笑。

「哎呀～～宮裡太悶了，去青樓看看美男子～～」

「什麼？」凝霜立時沉臉，直接甩開我的手臂走人：「哼，我再也不待宮裡了！」

「呵，凝霜，她的話你也信？」懷幽笑看凝霜冰寒的背影。

凝霜腳步一頓，立時轉身，長髮和淡藍的衣襬在月光下飄揚。他冷媚的雙眸立刻斜睨我，美目射出寒光。

「妳消遣我？」

我笑著咧嘴，揭下了面具。懷幽還是露出擔憂之色。

「心玉，妳已無仙氣護體，我們真的很擔心妳。」他柔柔的話音立時讓我的心頭溫暖。

「妳到底去哪兒了？」凝霜再次問，我也知道他生氣是因為擔心我。

我看看他，再看看懷幽，笑道：「我聽你們的勸告，去把子律追回來。」

懷幽立時一怔，凝霜看他一眼便擰起了眉：「算了，我吃虧點，我來做這夫王。」

「哈哈哈——」我仰天大笑，伸手捧住凝霜的臉，把他清俊的臉擠在了一起。「你們現在後悔可來不及囉～～」

凝霜在我雙手間冷睨懷幽。懷幽微微一笑，悠然離開了窗前，深褐色的背影多了一分老謀深算的味道。

我笑看他的背影，若是懷幽懂政，那他才是夫王不二人選。

當第二天陽光灑滿整個皇宮時，文武百官陸陸續續走入廣場，走上台階，他們或是輕聲交談，或是輕聲笑語，不會大聲喧譁，只要一入朝堂，他們立時不苟言笑，嚴肅正經，分列兩旁文武，莊重肅穆。

這裡便是我巫月朝堂無上威嚴之處，社稷江山在此定，巫月未來由此控！

坐在鳳椅之上，我是巫月女皇，聽民意、查民情、定國策、治國情。百官所奏之事或是緊急的旱澇，或是細小的宮苑維修，每日事無巨細一一稟報，大事在朝堂上即刻裁定，小事奏摺上呈，下朝再訂。女皇幾乎無休。

「啟稟女皇陛下，災銀已經送至，重建已經開始。」

「好，加快督工，務必讓百姓盡快安頓。」

「是！」

「啟稟女皇陛下，史冊已經修訂完畢，懇請建史院一所，陳列文武史籍與雕像，對百姓開放，也讓百姓能熟知巫月歷史與文化。」

「這主意甚好，這樣，皇宮冷宮一直閒置，督造司。」

「臣在。」

「將冷宮與內宮隔開，重新設計，建成史院，名為博物館，向百姓開放。」
「是，女皇陛下。」
時間接近下朝，百官也啟奏完畢，我看向眾人，白殤秋喊道：「有事啟奏，無事下朝。」
我點了點頭，正要起身，連未央忽然出列，情緒激動：「女皇陛下，臣有事懇求！」
我愣了愣，坐下，微笑看他：「未央一直忠於職守，勤勤懇懇，今日有事懇求，但說無妨。」
「女皇陛下，請賜臣，死罪！」連未央掀袍下跪。
登時，大堂上響起一片抽氣之聲，安寧立時驚詫看他，華容開始失色。
「未央，何以出此言？你並未犯錯，為何要賜你死罪？」我靜靜看他片刻。
連未央沒有抬臉，握了握拳頭：「因為，臣懇請女皇收回左相與安寧之賜婚！」
立時，朝堂上所有的目光都向安寧聚焦，嚇得安大人臉色一陣蒼白，身體登時癱軟倒地。
「爹！」安寧慌忙扶住。
安大人站穩身體，擺了擺手：「我沒事。」
安寧稍稍安心之餘，卻更加心慌地看向連未央。
連未央紋絲不動地跪在朝堂正中，朝堂的空氣因為他而開始越來越陰沉窒悶。
我沉下了臉：「連未央，你可知左相與安寧自小便有婚約，你為何阻撓？」
我威嚴低沉的聲音讓所有人噤若寒蟬，紛紛垂首。
蕭玉明擔心憂急地看他，匆匆出列。
「女皇陛下，未央連日勞累，頭眼發昏，請寬恕他方才的胡言亂語。」

「我沒有！」連未央大聲打斷了蕭玉明的求饒，轉臉看向安寧。

安寧憂急地看他，連連搖頭，他的神情卻越發堅定，轉臉堅毅地朝我看來。

「女皇陛下，臣不想看安寧夜夜不安，輾轉難眠！臣很心痛！」

連未央的話引來一陣不小的騷動。

「安寧夜夜不安，輾轉難眠，你怎知道？」我沉沉看他。

連未央立時一怔，目露倉皇地匆匆垂下臉：「臣……臣與安寧是知交好友，所以知道。」

「知己好友？」我瞥眸看向安寧，她有些失措地撇開目光，她這一撇讓我微微心憂，在安寧的心裡，連未央到底重不重要，也將決定今日所有人之命運。

安大人已經冷汗連連，低臉不敢說話。

我轉回目光看連未央：「連未央，那你可知安寧為何夜夜不安，輾轉難眠？」

氣氛變得越來越緊張，連未央也擰緊了雙拳，蕭玉明一干年輕官員都擔心地看著連未央。老臣們則是一律看向了安大人。

安大人擦了擦額頭的汗，忽然說道：「啟稟女皇陛下，是寧兒被賜婚過於激動與興奮，故而輾轉難眠……」

「不是的！」連未央著急起身，看向安大人：「安大人，您是安寧之父，難道不想安寧幸福快樂？」

安大人神色一緊，偷偷看我一眼，心虛地垂下臉：「我……自是希望寧兒幸福快樂。」

「未央！別再說了！」安寧著急地看著連未央，連未央搖搖頭。

「今日即便是一死，我連未央也不能再看妳痛苦下去！」

他的話讓安寧徹底失了神，秀美的水眸之中，感動之情泉湧而出。

「大膽連未央！」我一聲厲喝，驚得眾人皆是收聲，連未央再次下跪，我沉臉看他。

「據本女皇所知，安寧一直與左相情投意合，成婚也是兩家之心願，連未央，你憑什麼阻撓兩家婚事！你到底心存什麼企圖？」

此番，所有人的目光靜靜落在了連未央一人身上。他靜靜跪在朝堂正中，安寧心急地看著他，想開口時卻被安大人牢牢拉住，安寧著急回望，安大人分外憂急地瞪她一眼，不讓她說話。

「因為……因為……」連未央緩緩抬臉，目光漸漸深情。

所有的一切都早已入我面具後的眼中，安寧，妳可千萬別讓我失望，更不能讓未央失望受傷。

「因為我與未央才是兩情相悅！」忽然間，安寧更外堅定的話音在朝堂響起。

我在心底揚起微笑，安寧果然沒有讓我失望。未央，對不起，雖然我只是讓你當庭抗旨，但其實真正能改變結果的，是安寧。

安大人大嘆一聲垂下臉，安寧毫不猶豫地大步走到已經驚訝的連未央身邊跪下，安寧淚光閃閃地看連未央。

「你這傻子。」

連未央的神情也激動起來，他真摯地凝視面前的安寧，深情微笑：「我只想妳快樂。」

「要拒婚也該由我來。」安寧轉向我：「女皇陛下，安寧之前確實心愛梁相，但那已是很久之前的事了。」

「這麼說，我是亂點鴛鴦譜了？」我面露吃驚。

「臣該死！」安寧擦了擦眼淚：「臣不敢，女皇陛下的好意臣心領了，但是自女皇陛下賜婚以來，臣與子律一直輾轉難眠，即使我們奉旨成婚也只是同床異夢，臣還深感愧對未央，所以，臣斗膽懇請女皇陛下收回成命！」

安寧與連未央一起拜落，安大人也在同一刻立時下跪。

「臣懇請女皇陛下饒恕小女一命——臣願替小女抗旨領死——」

「臣也請女皇陛下開恩，賜有情人成眷屬——」蕭玉明也跪了下來，下一刻，所有人跪下，齊聲大喊：「請女皇陛下開恩——賜有情人成眷屬——」

我故作呆滯地眨眨眼，看向身邊的懷幽。

懷幽微微俯身，在我耳邊低語：「這……該不是妳安排的吧？」

我揚唇一笑，宛若聽了枕邊風一般，說道：「既然懷御夫也替他們求情……」

懷幽俊眉上揚，退回原位，我轉臉沉沉道：「本女皇就網開一面，都起來吧。」

「謝女皇陛下——」眾人鬆了口氣，欣喜地紛紛起身，安大人的臉色終於轉回紅色，連連擦汗，只有連未央與安寧依然跪在大堂之中。

「但這婚已經賜下，本女皇豈可隨便撤旨？」我沉臉道。

安大人立時又是一陣腿軟，幸好一旁的官員及時扶住。連未央與安寧的神色再次緊張起來。

「這樣吧，本女皇依然賜婚，賜安寧與連未央大婚！」我說道。

安寧和連未央同時一愣，即刻激動地匆匆下拜：「謝女皇陛下賜婚——」

安大人終於大大鬆了口氣，連連撫摸自己的心臟。

我微微蹙眉：「至於左相那裡，本女皇會親自交代，退朝吧。」

「女皇陛下英明——女皇陛下萬歲——」

我在高呼中依然陰沉著走出朝堂，在踏入後宮大門的那一刻，我揚唇一笑，懷幽握住我的手，輕輕一語：「一切都在妳計畫之中？」

「哼……」我笑道：「不，我沒想到百官會一起求情。」

「呵……妳還是晚點再讓子律入宮吧，以免此戲白唱。」

我在懷幽悠然的話音中點頭，前一刻悔婚，後一刻召子律入宮，再蠢之人也明白其中之奧妙了。

深深吸入一口氣，今日秋高氣爽，萬里無雲，正是約會好天氣，該見子律了。

子律來的時候，我正在亭中看奏摺，子律留給我的花燈放於奏摺一旁。燦燦的陽光照亮滿園鮮花，女人的皇宮，四季花開，爭奇鬥豔，繁花似錦，如同盛裝穿在女人身上。

秋風徐徐，茶香陣陣，子律一身錦緞深青長衫在桃香的帶領下從百花中走過，那深深的青色讓他在五彩繽紛的顏色中一眼即見，傾國傾城的女人可使百花失色，而俊美冷酷、氣度非凡的男子，同樣讓人眼中只有他。

他從百花中而來，一身的肅殺冷酷，神情深沉嚴肅，不苟言笑，一臉追債的神情。

現在，我才明白在我帶凝霜回來時他為何滿腹怒氣，那不是怒，是醋。

他腳步帶風地到我面前，也不向我行禮，他從不把我當女皇，除非是在朝堂之上。桃香識趣地退出涼亭，悄悄離去，和其他宮婢躲在遠遠花海之外，這布滿花香的世界中，只剩下我和他。

他沉臉看外面一眼，撇回目光：「懷幽怎麼不在？」

「因為他知你要來。」我翻看奏摺，指向一旁的花燈：「昨晚你把花燈落下了。」

他看向花燈，一時變得沉寂，花燈似乎也勾起了他許多回憶。

秋風帶出秋思，絲絲掠過他神情漸漸柔和的臉龐，他的目光平和下來，那一身的躁氣也在秋風中緩緩帶離。

他緩緩拿起花燈，蹙緊了眉，深邃的黑眸中是乾脆俐落的眼神。

「那我回去了。」他拿起花燈轉身就走，似乎以為我讓他來只是為了還花燈。

在他轉身時，我悠然道：「我同意安寧的退婚了。」

他腳步一頓，驚詫轉身：「安寧退婚了？」

「你不知道？」我反問。見他滿臉的疑惑，我笑了。「對了，消息應該還沒傳到你那裡。今早連未央冒死阻撓你與安寧的婚事，安寧也承認對你已無意，請我收回賜婚，所以……」

我放落奏摺，取下面具。

「我同意了。」

他驚然呆立，目光在陽光中閃了閃，卻在第一時間露出一絲懷疑，微微瞇眼深深看我。

「連未央怎突然有此膽量？」

「我怎麼知道？或是你小看他了。」我勾唇一笑，垂眸再次拿起奏摺。

他再次安靜，卻用那雙如鷹的雙眸緊緊盯視我，如同牢牢盯住自己的獵物，想要看穿牠的動向。

我拿起朱筆，批閱奏摺：「我就這麼讓你百看不厭嘛？」

「妳臉上的傷淡了。」他忽然牛頭不對馬嘴地說：「既然淡了，就不要戴那面具了。」

他坐了下來，把手中的花燈再次放落一旁，拿起我的面具，細細翻看。

我笑了笑。

「不是有人不希望我再用臉魅惑男子嗎？對了，我魅惑到你了嗎？」

我放落朱筆雙手托腮，如那花燈裡的畫面壞笑看他。

他眸光緊了緊，別開了俊逸的臉。

「哦～～果然你還是喜歡那個漂亮的我是不是？」我咧嘴而笑。

「不是！」他沉臉轉回目光：「妳知道我喜歡的是誰。」

他的眸光忽然灼烈起來，越發強勢地鎖住我的目光，那份屬於男人的強勢與霸道的性感讓我一時失神，視線無法從他臉上移開，甚至忘記了呼吸與心跳。

「這一切都是妳計畫的，是不是，巫心玉？」他緊緊鎖住我的目光，沉沉質問。

我眨眨眼，終於從他的逼視中逃脫，無辜看他：「什麼計畫？」

「讓連未央幫妳下台。」

我一怔，笑了，搖頭晃腦：「果然知我者，梁子律也～～」

「正經點！」他忽然厲喝，似是快要被我逼瘋：「妳怎麼這樣對我？對我如此！」

「我對你怎麼了？」我莫名看他。

他像是「恨」地咬牙切齒地說：「呼之即來！揮之即去！」

我愣了愣，他像是從我臉上好不容易收回目光，臉上多了分窒悶與抑鬱。

「我忽然理解巫溪雪的心情，所有的一切都被妳掌控在手中，我竟然……還深陷在妳的……圈套裡……」他的聲音越來越低落，像是有什麼挫敗了他大男人的尊嚴。

我單手支頤，鬱悶看他。

「你怎麼也這麼彆扭？是你說喜歡我，想留在我身邊，我才知道自己錯了，想彌補一下。現在你反而說我設圈套，讓你很挫敗。」

「但妳現在也讓我成為笑柄！」他朝我痛苦憤恨地看來：「我雖然愛妳，但妳也不能這樣踐踏我的感情！任意擺布我！」

我在他懷恨的目光中微微愣怔，這又愛又恨的目光好熟悉，腦中忽然閃過孤煌少司的臉，心中驚了一下，匆匆將其掃去，再次雙手托腮，不正經地說：「你……生氣啦？」

「妳！」他氣鬱地撇開臉：「妳應該先知會我一聲！」

「然後呢？」

「然後……」他頓住了話音。

「你怎麼不拒婚？」我壞笑看他。他怔住了身體，似是啞口無言。

我站起身體，走到他面前，俯臉看他。

「你既愛我，為何不拒婚？不讓我知道你的心意，而是領旨？難道……你想就此湊合？這真的對安寧公平嗎？」

他的臉上劃過絲絲愧色，在我身前垂下了臉。

「願為我而死的獨狼，卻沒有勇氣拒婚，你應該知道，即使你拒婚，我也不會殺你。」

「那時我還不知道安寧喜歡未央。」他低垂臉在秋風中瑟瑟說了起來：「她與我青梅竹馬，早有婚約，我卻一拖再拖，我深覺愧對於她，所以，那時我想……」

「這樣也不錯？」我接了口：「自己委屈一點也不要緊？」

他在我的話音中點了點頭。

「後來我才察覺安寧與未央的關係，我更加愧疚。是我太少關心她，才不知她已心屬他人……現在……」

他緩緩抬起臉，目視前方，唇角是輕鬆安然的微笑。

「這個結局，或許……是最好的……」

「那你自己呢？」我彎下腰與他對視，他眸光閃爍了一下，別開臉又是一臉氣鬱。

「妳少多事！」

我笑了，坐回石桌與他相隔，再次拿起奏摺。

「你都說了，我把你呼之即來揮之即去，現在你沒人要了，也是我的錯，所以我更要回報你。」

「巫心玉！我叫妳別多事！」他猛然雙手拍在了石桌上，厲聲大喝：「這次的教訓還不夠嗎？」

我眨眨眼，可憐巴巴地看他：「我只是想讓你做我的夫王，你……就這麼生氣？」

他徹底怔在了石桌前。

我一直壞笑看他，看著他的目光漸漸從驚訝變得平靜，又從平靜變得落寞。他緩緩坐下，反而比之前更加頹然。

「妳只是想要一個苦力。」

「那你做不做啊？」我揚唇壞笑看他。

他漸漸收緊目光，視線越來越銳利，在這燦爛的秋日中，像一把利劍直直朝我射來！

我在他的目光中也認真起來，深深對視，心跳忽然加快，第一次那麼緊張地想聽一個人的答案。

他的眼神裡像是暴風雨前夕，黑雲滾動，席捲了眸底那片汪洋深海，太多太多的氣鬱化作了一股怒氣，與那深深的愛糾纏在了一起。他是荒漠蒼狼，是孤傲的狼王，桀驁不馴，威武不屈。

「不做！」兩個字從他唇中冷冷而出，他提起花燈轉身就走，深情的聲音也帶走了這裡的溫度，讓我全身一陣涼，望著他如風的身影恍然失神。

子律還是生氣了。

和巫溪雪一樣，沒有人會願意被人任意擺布，像是一顆棋子掌控在手中，更何況是這位孤傲的狼王。

「呼。」凝霜忽然像一片飄雪般輕盈落在我的身邊，立時，花叢中青色的人影頓住了腳步。

凝霜旋身甩起衣襬，往石凳上一坐，冷哼便已傳來。

「哼，有人居然還擺起架子了。玉兒，別理他，家裡太小，容不下他。」

就在這時，子律忽然轉身又大步走回，一陣風起，揚起花瓣飄飛在他周圍，像是他渾身的殺氣捲起那些花瓣，如風般再次走回涼亭站到我的面前，放落花燈。

「我改變主意了，我做。」

我欣喜而笑，身邊傳來凝霜的冷語：「何必那麼委屈？」

子律冷睨我身旁的凝霜，薄薄的唇冷嘲地上揚：「蘇凝霜，你會做夫王嗎？」

凝霜立時殺氣升騰，冷笑看子律：「想要比一比嗎？」

「跟你比？」子律輕蔑輕笑：「豈非拉低我的智力。」

「梁子律！」凝霜騰地站起，狠狠盯視子律，子律不看他一眼地輕撣衣衫，像是絲毫不把凝霜放在眼中。亭內的氣氛告訴我，我還是走為上計。

我緩緩起身，不動聲色地挪開身形。

「哼。」凝霜忽的一聲輕笑：「以後有你負責國事，我就可以盡情陪玉兒快活了～～」

凝霜像是刺激子律一般旋身飄到我的身旁，一把握起我的手，緩緩放到唇邊，眸光卻充滿挑釁地看子律。

子律冷冷看他一眼，倏然抬手拂開他的手伸手攬住我的腰，將我轉入他的懷中，帶我一起轉身坐於涼亭之內。回神之時，我已經坐在他的懷中。他托住我的後背微微傾身，我怔怔看他，他眸光灼灼，完全不在乎是否有旁人地說道：

「我可不打算做有名無實的夫王！」

深沉的話語更像是警告般狠狠撞入我的心，而他的目光也轉向了一側的凝霜，同樣輕蔑挑釁。我坐在他的腿上卻像是如坐針氈，渾身刺痛，這分刺痛主要來自於凝霜帶刺的目光，我惶然起身，在子律和凝霜狠狠對視之時開溜。

「我去茅廁。」說完，我拔腿就跑，身後是刀光劍影般的對視。

凝霜也推薦子律做夫王，但是，無論是我還是懷幽都能感覺到他的矛盾，這讓我想起當初瑾崋推薦他時的矛盾，不同的是，瑾崋推薦他的矛盾不在於我，而現在，凝霜的矛盾是因為我。

子律和凝霜都曾是皇家書院最優秀的學員，學院裡至今流傳著他們二人的傳說，曾經的神童和天下無雙的才子，若不是凝霜的臭脾氣，凝霜也是夫王之選。

真是人無完人。

✣ ✣ ✣

晚上，我立於清風塔，再次拿起了狗哨開始吹響，無聲的狗哨破開雲層，直入雲天。

「汪！」萬籟俱靜的夜半使這聲狗叫格外清晰，隨後，深青色的人影便落在我的身前，閃亮的眸光映出天上的明月，如同染上一片銀霜。

我晃了晃手裡的狗哨，壞笑看他格外陰沉的臉：「果然是……呼之即來揮之即去……」

忽然，他大步朝我而來，我慌忙後退，我竟是第一次被他眸中的寒光威懾，驚慌後退，瓦片在腳下踩亂，「啪啪」作響。後腳微微踩空，我險些向後倒落之時，他伸手有力地把我拖入他的懷中。

蒼月懸於他的身後，他的全身泛出一圈銀白的輪廓。他寒光閃閃的目光躍動著冰藍的火焰，冷風掀起他的髮絲，將它們一一帶入月光之中，化成了迷人的白色，腦海深處猛地掠過模糊的畫面，一雙妖豔冷媚的眼眸在飄飛的雪髮之後若隱若現。

「我已經被妳耍夠了！」

子律冷絕怒極的聲音撞碎了那模糊的幻想，眼前是他冷峻緊繃的俊俏臉龐，肅殺的神情流露出獨狼的強勢與霸道。

「妳玩夠了沒！」他一把奪走我手中的狗哨，高高舉起。

我看了一眼，頑皮地笑了。

「你到底喜歡哪個我？是那個整日坐在皇位上的女皇，還是……那個不太正經的巫心玉，還是那個救你一命的玉狐？」

他眸光緊了緊，攬住我腰的手越發圈緊，使我貼上了他結實緊繃的身體，感覺到皮膚之下那血脈的鼓動！

我伸手緩緩摸上他的胸口，感受到裡面劇烈的心跳。

「你老說我的臉魅惑別人，難道……你也被我魅惑了？」

他的眸光立時收緊，身體旋轉時將我帶回塔頂，俯下臉靜靜盯視我的眼睛。

「妳真的，很討厭！」恰似咬牙切齒的話音溢出時，他的臉也就此俯落，深深吻住了我的唇。霸道強勢的吻像是討回在我這裡受到的所有委屈與不公。

我被他圈緊在懷中，感受到他吻中的發洩，他把壓抑已久的愛與醋一起宣洩在這個吻中，牙齒碰撞，他不容我拒絕似地長驅直入，深深吸取我唇內的芬芳蜜液。

「呵……」他緩緩離開我的唇，抵住我的額頭深深呼吸，像是讓自己努力冷靜。我的唇被他吻得發麻，已經失去了知覺。我呆呆地撫上自己發麻的唇，他握住了我的手，手掌熱燙灼燒。

「我知道……妳不想和我同床共枕……」他離開了我的額頭，眸光漸漸垂落。

「子律！」我著急地說。

他抬手卻以指尖壓上我的唇，側開臉：「我不想聽。」

我收住了欲出口的話，一抹壞笑劃過心底，我不再說話，僅看著他落寞的神情。

「我做了妳的夫王，至少可以像現在這樣……」他轉回臉深深注視我的臉，指尖輕輕撫過我的眉眼。「碰觸妳，擁抱妳……」

他伸手將我再次深深擁入懷中，緊緊抱住了我。

我推上他的胸膛，他反而抱得更緊。

「不要違抗我，不然，我會要得更多！」分外強硬的話讓警告的意味更加明顯。

「那……長夜漫漫，不做點事也挺無聊。」我在他懷中笑了。

「妳想……咳，做什麼？」他深沉的話音多了一分黯啞與緊繃。

「不如我們去看看一個老朋友吧。」我在他懷中揚起臉，笑看他。他眸中有些迷惑，似是想不起誰是我們的老朋友。

當我帶著他落在花姊的院子上方時，他的臉立時繃緊，轉身就要走，我立刻拉住他。

「別走啊，如果不是她，當年我也拿不到你的狗哨，她也算是我們的媒人。」

「我們去換身衣服。」子律蹙眉。

「不用，這樣才顯得我們夠誠意。」

他一愣，我拉起他的手便躍下房樑。

敲開門時，裡面的掌櫃驚得「撲通」一聲癱坐在地上：「女、女、女、女皇陛下。」

我對他笑笑，直接走過他打開了夜市的大門，和子律走下台階。

夜市裡飄著熟悉的花姊菸味，依照夜市的規矩，一次只接待一位客人，所以不用擔心有人再進來。第一次我是由獨狼帶來的。

花姊依然懶洋洋地躺在搖椅上抽著菸，悠閒地閉目養神。

「左邊是毒藥，右邊是暗器，隨意選購～～」

「如果我是想見妳的主子呢？」

花姊聽到我的聲音登時驚醒，從搖椅上坐起，花容失色，寬鬆的衣領滑落肩膀，立時袒胸露乳。

子律蹙眉，側開臉。

她吃驚地看我半天，忽然眸光一轉，驚喜地起身，激動不已：「獨狼！」

子律在她的呼喚中更是直接轉身，她掩唇笑了起來。

「該死該死，現在該叫梁相了。哎呀～～我眼光果然不錯，一眼就看出獨狼定是絕世大美男，可惜……」

花姊嫵媚地朝我看來。

「獨狼的心被一隻狐狸給勾走了～～」

「放肆！」子律怒喝，花姊不畏懼地勾唇壞笑，雙手環在胸前，托起她胸前的巨乳。

「喲～～女皇陛下都沒說我放肆呢～～」

子律上前一步，我拉住了他的胳膊，他看我一眼，心煩地轉開眼。

「花姊，我要見妳主子。」我笑看花姊。

「女皇陛下，您這不是為難我嗎？您會嚇壞我家主子的。」花姊露出為難之色。

「他在哪兒？」我揚唇而笑。

花姊的神色越發尷尬起來。

「哎呀～女皇陛下，您都是狐仙大人的人了，還有什麼不可知的？別逼死我們尋常百姓啊。」

「妳怎能算尋常？」我笑看她：「我只是想見妳主子，沒有說要查封妳的夜市。」

她尷尬侷促起來，從袖子裡抽出綢扇，「唰」地打開搧了起來。

「再不說我可真查封了。」我故意沉下臉。

「別別別。」花姊收起摺扇，渾身扭捏地瞥我一眼：「哪兒有什麼主子，我就是。」

「欸？」我一愣：「可妳之前不是說妳主子……」

「哎呀～有些客人喜歡為難人家啦～人家只有推在主子身上～」她鬱悶地整理衣裙。

「原來如此！」我恍然大悟地笑了。

她癟嘴看我一會兒也笑了，從櫃檯下拿出一壺玉酒，玉杯三只。

「難得玉狐特意來看我，我請妳喝酒。」

「好啊！」我上前，卻被子律拉住，他已蹙緊雙眉。

「她的酒妳也敢喝？」

「咯咯咯咯～」花姊笑得巨乳亂顫：「你怕什麼？我是女人，又不能把她怎樣？當然，我更喜歡把獨狼你灌醉，然後……春宵帳暖～」

「夠了！」子律受不了地冷喝。

「哈哈哈哈～」花姊笑得更歡：「梁相～聽說你被退婚，要不……今晚就獻身給女皇陛下，讓她收了你吧。」

立時，殺氣從子律眸中射出，花姊立刻打開摺扇遮住子律陰沉的目光，她在扇後壞笑看我。

「女皇陛下，您這是唱哪齣啊，先是賜婚，又退婚的。」

我拿起玉壺給三只玉杯倒上酒，看她：「我的事，妳也敢管？」

她壞壞地笑了，玉手拿起酒杯放到烈焰般的紅唇邊。

「我可真是羨慕妳，無論妳是女皇，還是玉狐。」她笑著飲下杯中酒，在翠綠的酒杯上印下她嫣紅的唇印。

我也拿起玉杯，聞了聞：「真是好酒，今後妳這裡可不能再賣我朝中消息。」

「放心～～我花姊可是愛我巫月大國的～～」

她打開綢扇為我搧風，我與她相隔櫃檯飲酒談笑，但子律始終不碰那酒杯。

「梁相，你怎麼不喝啊。」花姊壞笑看他：「莫非是怕酒後亂性。」

「妳閉嘴！」子律沒好氣地白她一眼，轉過身，滿身的不爽。

花姊再次掩唇而笑：「獨狼就是獨狼～～每次來我這兒都是這樣～～哎……你好歹也正眼看我一眼，我可是你的忠實粉絲，人家都在迷攝政王的時候，就只有我迷你～～」

子律不看他，我把酒杯送到他面前，用手肘撞撞他，他抿唇蹙眉看我一眼才喝下，「啪」一聲放回櫃檯，沉臉看我。

「妳明天還要上朝，不要再玩了。」說完，他拉起我的手就走。

「多來看看我～～」花姊在櫃檯後嬌笑。

我被子律一路拉出，躍上房樑，他要送我回皇宮，我卻停下了腳步。

「怎麼了？」他轉身疑惑問。

「也讓我送你一次吧。」我揚起微笑。

他怔了怔，垂下了目光……

月光如霜，我和他一前一後靜靜走在萬籟俱寂的街道上，沒有用輕功飛躍房樑之上，沒有再匆匆忙忙，而是像普通人那樣慢慢走回。

月光和燈光交織在一起，把我和他的身影層層疊疊交融在一起，我走在前，他跟在後，靜得出奇，像是誰都不想說話，但我能感覺到他深深注視我後背的目光。

獨狼一直在守護玉狐，從看見玉狐的第一眼，便信了她，跟了她，對她的計畫從不懷疑，對她的命令從不說不；相反的，當他是梁相，我是女皇時，他反而更不聽話。

「你果然還是喜歡玉狐。」我轉身倒退。

「那又怎樣？玉狐可愛我？」他深深看我一眼。

我沒想到他會問得那麼直接，我轉回身，身後傳來他深深的呼吸，似是我讓他無法呼吸。

抬眸已到相府圍牆，牆後應是子律的院落，我心中有些不捨，這段路原來走得那麼快。

「早朝見。」身後響起他乾脆俐落的話音。當我轉身時，他已經消失不見，我心中鬱悶，也躍上房樑，看到他回房的背影。

「梁子律！你到底怎樣才相信我是喜歡你，而不是讓你做苦力？」我大聲質問。

見他頓住了腳步，我躍下院子。

「我知道自己錯了，一直以為對你只是朋友情誼，可是那晚當我看到你在酒樓前等人的樣子，我很不舒服，因為獨狼從不等人，只會等我！所以，我去找了未央……」

「果然是妳！」子律登時在月光中轉身。

我也有些窘迫，別開了臉。

「我畢竟是女皇，不能出爾反爾，所以需要有別人幫我找個台階。我想奪回你，想讓你在我身邊，只做我一個人的獨狼，一輩子只等我一人……」

忽然，手臂被人用力扯住，下一刻就被他捲入懷中，用力扣住我的下巴吻住了我的唇。比之前在清風塔上更加霸道強勢的吻，瞬間侵入我的唇，身體像是被鎖鍊綁緊般，重重的吻近乎粗暴，他忽然一把抱起我直接放上了一旁的石桌，冰涼的石桌瞬間沁入我的衣衫，他環住我的腰大口大口啃咬我的唇，拉起我的腿緊貼他的腰側，身體也往前欺近。

他緩緩停了下來，呼吸深沉，火燒火燎的視線掃過我的每一處。

「妳不該說那些話的……」低啞的聲音帶出了他此刻濃濃的情慾。

「為什麼……」我在他火焰般的視線中逐漸心跳加速。

「因為……」他灼灼的視線鎖住我的唇：「那會讓我發狂……」

他慢慢地再次吻上我的唇，卻是一個纏綿溫柔的吻，深深地進入，緩緩地吞吐我的舌，帶著酒味的瓊汁與我唇內酒的芬芳開始混合出濃郁的味道。他開始加深這個吻，重重咬住了我的唇，我微微吃痛地蹙起眉，發出輕吟。呼吸急促，血流加速。

他攬緊我腰的手猛然收緊，立時身體貼上了他的胸膛。他抓緊了我後背的衣衫，在我唇內呼吸，薄唇在我的唇上輕動。

「我感覺……那酒……有點問題……」

「好像……是……」我的心狂跳得發疼。

「妳想逃……已經來不及了……」他再次咬住了我的唇，按住我大腿的手撫過我的衣裙，撫上我的身體，另一隻手始終緊緊按住我的後背，像是不讓我逃離。

我在他的喘息中渾身發熱，他的吻再次粗暴起來，大口大口吸落我的頸項，在我的頸項上留下一絲絲的刺痛。他的熱掌撫上了我的酥胸，一把握緊，我不由輕吟出聲，頭開始昏昏沉沉。

他在我的輕吟中也發出悶哼，煩躁地扯開我的衣領，涼氣包裹了我瞬間赤裸的肩膀，他的吮吸也隨即落下，吮過我的肩膀，我的鎖骨，熱燙的手更加用力地扯開我的衣領，好讓我的身體更多地暴露在他的手心之下。他伸入我的抹裙，徹底佔有了我柔軟的身子，他不斷地撫摸，喉嚨裡發出情慾般的粗喘。

我燥熱地摸入他的衣領，卻撫摸到更加熱燙的肌膚。我順著他的衣領找到了他的腰帶，扯開之時，他的衣衫散開，他直接扯落我的抹裙，一把撫上，狠狠啃咬。

「嗯……」我咬住唇，努力忍住溢出口的呻吟。他含住了我的嬌嫩，舌尖捲動，立時抽走了我全身的氣力，衣衫褪落雙臂，他再次吻上，重重吮吻我的鎖骨，像是那裡是他最喜愛之處。他赤裸的身體貼上了我的，一聲低吟從他口中吐出。

他享受般輕輕磨蹭我的身體，用他結實灼燙的胸膛，這時我的腦中恍惚閃現熟悉的畫面，有個男人……他在我的身上……不停地……喘息……

心跳驟然加速，那幻想讓我驚慌失措，卻又血脈賁張。正當思緒混亂時，驟然被貫穿，瞬間衝破了那些不該有的幻想，把我的神思拉回子律的身下，和他緊緊的擁抱。

「現在……我相信……妳愛我了……」耳邊傳來他粗啞的話語時，他深深地進入我的身體，呻吟也從唇中溢出：「啊……」

「嗯……」他用力地挺入，慢慢地離開，再深深撞入，像是要徹徹底底擁有我的一切，宣告我屬於他梁子律，屬於他這頭大漠蒼狼。

整個院子響起他粗重的喘息，即使冰涼的秋風也吹不散他渾身的燥熱，他像是從岩漿中走出的魔狼，渾身流淌著熾熱的岩漿，擁有著源源不斷的能量，粗暴地在我身上恣意馳騁，沒有懷幽的溫柔，更不像凝霜的循序漸進，而是像他的性格一樣，直接，霸道，強勢。

忽然，他停了下來，我們在喘息中感受著慾望的跳動，它尚未獲得滿足，還想要更多更多。

不用酒精的催化也已無法分開此時此刻相連的我們。

感覺到了家僕的腳步聲，我喘息地想推開他，他卻把我攬得更緊，深深地撞入。我差點呻吟出聲，用力一口咬住他汗濕的肩膀，他肩膀的肌肉猛地一緊，發出一聲悶哼。

我斜睨他，他陷入情慾的視線充滿殺氣地望向外頭：「滾！」

外面的腳步聲急停。

「少、少、少爺，原、原、原來您回來了？夫人擔心您，讓我們來看看您回來了沒？」

「知道了還不滾！」

「是，是。」小丫鬟們還沒看到院內的景象已經被他像是要殺人的厲喝嚇跑。

子律直接抱起我，我雙手立刻環過他的頸項，他一隻手有力地托住我環在他腰上的腿，他每走一步便是一次折磨，這讓他舉步艱難，也讓我備受煎熬，我再次狠狠咬住他的脖子。他終於走到房內，把我放落床上之時，他甩掉了所有的衣衫，再次與我交疊在了一起。

雙腿的糾纏，纏綿悱惻的熱吻，強勢的律動，搖動著帳幔和床榻。

「說妳愛我。」霸道的話從他口中而出，月光為他的雙眸染上了寒光。

「你以為我巫心玉喜歡隨便跟男人上床嗎？」我撐起身體，狠狠看他。

他瞇起了眸光，再次吻落我的唇，儘管雙唇已經紅腫發麻，他用力地挺入，身體在月光中繃緊，性感的腹肌與人魚線也在月光中清晰可見，讓人血脈賁張。

「我愛妳，巫心玉！」他扯起我的身體，讓我坐在他的身上。「無論妳是玉狐，還是女皇……我愛妳，我要妳，我不准妳再讓別的男人入宮！」

他霸道地抱緊我，不斷地宣示主權，對我發出警告和命令。

「以後懷幽、蘇凝霜、瑾崋都歸我管！」

「嗯嗯嗯……」

我在他身上喘息，緊緊抱住他，揪緊了他已經散亂的長髮。他是第一個這麼說的男人，也是第一個對我格外霸道的男人。

以後……後宮……或許真的會不安寧了……

子律比凝霜更加貪婪，不知要了多少次，我最後在疲憊中睡去，睡夢中依然被他緊緊圈抱，緊貼我的身體，不與我分開絲毫。

「心玉，該上朝了……」我在懷幽的聲音中驚醒，猛然坐起，眼前竟是……子律的房間！

大腦一陣嗡鳴，我撫上額頭。我被懷幽叫習慣了，他每天早晨的喚聲深深印入我的腦海，我竟然自己準時醒了。

眼前一片青青紫紫，我看向自己的雙臂，上面全是子律的吻痕！

「轟——」大腦徹底炸開，這要是被懷幽和凝霜看見……

忽然身邊一陣風劃過，子律長髮散亂地驚坐而起，雙手抱頭，似是頭痛地輕輕抽氣：「嘶……」

他如墨的長髮在晨光中流光溢彩。

窗外傳來腳步聲和丫鬟們輕輕的話音：「昨晚少爺怎麼了？好凶啊。」

「那今天我們要不要叫他起來？」

「可是夫人說了，今天要叫他上朝。」

「吵死了……」子律揉著太陽穴煩躁地說，放落手抬起臉時，立時身體怔住，僵硬地朝我看來。

我匆匆側開臉，臉上一陣發燙。

他也猛地抽了口氣，撇開臉。

「要不妳去吧。」

「我？我不敢，妳吧妳吧。」

門外丫鬟的聲音逼近，我拉起被單立刻看向子律，子律匆匆裹緊我的身體抱在身前。

「滾！」一聲厲喝出口之時，門外傳來「噹啷」臉盆落地的聲音。

「嗚——」緊接著，兩個小丫鬟哭著跑走了。

「少爺真可怕～～」

「我都說不要叫他了～～」

她們漸漸跑遠，子律有些倉皇地放開我，臉色發紅。我看他，他匆匆側開目光，避開我裸露在空氣裡的身體。

「你這麼凶幹嘛，把她們都嚇哭了。」

他耳根發紅，心煩地轉回臉：「就說那個陰陽人的酒不能喝！」

「陰陽人？」我疑惑看他，他轉回臉看著我。

「就是花姊，她上面有，下面……」他的目光尷尬了一下：「也有。」

「真的啊！下次我一定要去看看！」

立時，殺氣射來，我匆匆側開臉，臉頰在他狠狠的盯視中開始發熱，我索性轉回臉，沉語：

「你這是在說你酒後亂性，根本不想嗎？」

「想！當然想！」他立刻扣住了我赤裸的手臂，手心微微一緊，目光掃過我身上的淤痕，臉紅地撇開。「那酒催情，所以讓我失去控制，我不該……要妳那麼多……」

他心疼地轉回目光，輕柔地撫上那些他留下的痕跡。

「別看了……」我尷尬地側開臉。

「嗯……」他也尷尬地收回手，垂下臉。

我轉身下床，無處不痛。腰直往下沉，見他朝我看來，我轉開臉：「別看！」

他僵硬了一下，再次垂下臉。

被子從身上滑落，「撲簌」墜地，我忍著腰痛撿起地上凌亂的衣裙匆匆穿上，遮住滿身的紅痕。

「我在朝上等你。」

「嗯。」悶哼的聲音裡帶出了一絲乾啞。

「還有……」我臉熱起來，不敢看他。

「什麼？」他在我身後問。

「下次別留痕跡，懷幽和凝霜看見怎麼辦？」

「咳！」他尷尬地一聲重咳：「看見就看見，哼！」

沉沉的話音像是完全不在意他們的感覺。

但是，我在意！

尷尬的不是此刻，而是回去後如何面對宮裡的那兩個男人。

偷偷摸摸回到寢宮時，果然懷幽一臉深沉地坐在我鳳床之上，身旁是我上朝的鳳袍。

我咬了咬唇，硬著頭皮進房。

「回來了？」

「嗯……」我走到他身邊坐下。

「那換衣服上朝吧。」懷幽不多說，起身要來解我的衣裙，我慌忙拉住。

「別！我自己來！」

他眸光倏然瞇起，立時鎖定在我的頸項上，一向溫潤溫和的老實人懷幽也升起了陰沉沉的殺氣，拂袖轉身，沉沉道：「從今天開始，妳不准離宮！我會讓凝霜看住妳。」

什麼？把我女皇大人給禁足了！

可是，我此刻卻無法「忤逆」慍怒的懷幽，老老實實去上朝。

「上朝回來記得沐浴！」他又低沉地說了聲，拂袖而去。

好痛，渾身不舒服，不想上朝，只想睡覺。花姊這酒，定是相互作用，我已無仙氣，也就不再百毒不侵，哎……中招了。

昨晚到底多少次？已經不記得，只感覺子律真的像是發了狂，至今耳邊還迴盪著他粗重的喘息聲，讓我在上朝時也有點心不在焉。

「啟稟女皇陛下！遠征軍再傳捷報，已經掃滅第四處馬賊窩點！」

「嗯……」我坐著很不舒服，身邊懷幽寒氣更甚。他氣子律，但更心疼我。凝霜第一次的時候，就被懷幽教育了很久，無論凝霜是躲在房樑上還是假山裡，懷幽總能找到他，然後喋喋不休地教育他，不能在早晨我上朝前。搞到最後，凝霜第一次服人，雖然他聽話是因為怕懷幽再嘮叨。

而這次……更嚴重……

下面站著的子律也心不在焉，始終低頭，死氣沉沉，別人不知還以為他被退婚，顏面掃盡，無顏見人。

安寧始終愧疚地看著他。

忽然，她上前一步：「女皇陛下，夫王之事不可再拖，請女皇陛下擇優異男子為夫王……」

我微微吃驚，安寧怎麼替子律催起夫王之事了？

子律也有些吃驚看她。安寧依然目不斜視。
「臣建議女皇可邀朝中三品以上官員之子入宮賞桂，從中選出夫王人選。」
「好主意啊！」
「嗯，不錯不錯。」眾人皆附和起來。
「梁相，不如此事由你來操辦。」安寧看向子律。
子律一怔，我恍然明白，安寧在幫子律牽線，但她不知我們已經……
子律朝我看來，我臉微微一紅，他的眸光也水潤地閃了閃，匆匆垂下臉。
「女皇陛下，您意下如何？」
「呃……此事就由梁相操辦吧。」我愣了愣神。
這下，反而百官驚訝，他們目光交錯，宛如在吃驚這一次選夫王的提案怎麼那麼容易就過了。
子律也是愣神看我，我鬱悶地給他一個眼色。他恍惚回神，以往精銳的黑眸今日顯得格外遲鈍，也是倦意濃濃。
他緩緩回神，上前一步。
「臣認為慕容飛雲和瑾崋他們尚在外為女皇征伐馬賊，女皇陛下在宮內選美貌男子為夫王實在不妥……」
立時，群臣驚呆！
他們先驚訝於我今日不再反感催選夫王，而此刻，他們更驚訝的是平日催得最緊的梁相，此時卻不贊成倉促選擇夫王。

在百官和安寧的驚訝目光中，子律繼續道：

「況且，瑾崋和慕容飛雲他們也是人選，若將他們排除在外，實在不公，更莫說此刻他們正為女皇浴血奮戰！」

我呆呆看他，這是……不想讓別的男人靠近我的節奏啊……

耳邊響起昨晚他霸道如同命令的話：「我不准妳再讓別的男人入宮！」

感覺到身旁陰沉之氣，至少在這點上，我想他跟子律是一樣的。

「女皇陛下，夫王之選不可草率，夫王人選更要慎重！」

子律沉沉而言，驚得安寧在他身旁目瞪口呆。

滿朝文武因為子律態度的改變而反應不及，皆瞠目結舌地看著子律。

我看看滿朝文武，想了一會兒。

「梁相說得有理，夫王之事不可草率，但朝內官員子女也已到了適婚年齡，由於種種因素，少有接觸。這樣吧，由本女皇為媒，邀朝中官員適婚子女共同入宮賞桂遊園。」

百官從連番的驚訝中回神，含笑點頭：「謝女皇陛下——」

我微微而笑。

「那就這樣吧，此事還是由梁相操辦，無事就下朝吧。安寧、未央、梁相你們留一下。」

安寧和未央尷尬地看子律。子律微微蹙眉垂臉，抬手揉了揉眉心，盡顯疲態。

「你們也該適可而止！」忽然，懷幽壓低的聲音說道。我蹙眉側開臉，我要封了花姊的店！

✣ ✣ ✣

遣退所有人，我獨自躺在浴池裡，昏昏欲睡，不知不覺還是睡著了，睡夢中，我站在曾經被孤煌少司追殺的懸崖上，雪花狂亂飛舞，利箭如雨般朝我而來，忽然一縷雪髮掠過我的面前，擋住了那些劍。

可是我的心卻猛地刺痛，低下頭時，看見一支箭血淋淋地紮在心口上，鮮血瞬間染紅了我雪白的衣裙，我往後緩緩倒落。面前的人倏然轉身，我看到了一張由破碎的雪花拼湊起來的臉，空洞而沒有五官，只有他的雪花在風雪中飄揚。他朝我急急伸出手，我伸手想抓住他，他的手卻像雪花一般在我面前破碎，狂風乍起，他瞬間在風中吹散。

「泗海……」

我驚醒過來，頭一時昏昏沉沉，好像喊了一個名字，卻怎樣也記不起來，夢境也變得遙遠而朦朧，漸漸從腦海中淡去……

「昨晚有人很快活啊！」冰霜般冷酷的聲音從身後而來，瞬間降低了包裹我的水溫。

眼中映入凝霜格外冰寒的眸光，「哼！」他冷臉拂袖，轉身就走。

我立刻轉身：「凝霜！」

他頓了頓腳步，下一刻，他倏然轉身直接大步朝我而來，「啪！」一聲直接躍入水中，站到我的面前，雙臂撐在我的身旁將我完全囚困！

在我想說話時，他已經俯臉吻住了我的唇！

「唔！唔！」我伸手推他，他扣住我的雙手圈在我的身後，已經濕透的華衣貼上我的身，冷笑俯看我。

「怎麼？有了新歡就不要我這舊愛了？看來……」他掃過我身上斑斑紅痕，目中殺氣四射。「我們的女皇陛下更喜歡粗暴……」

他立刻俯下臉狠狠吮住我的頸項。

「凝霜！我愛你！你別這樣！」

他頓住了身體，緩緩離開我的頸項，冰寒從他黑眸中化去，浮上濃濃的深情，扣住我的雙手也緩緩鬆開。我撫上他的臉，靠上他的胸膛。

「對不起……你別生氣了……花姊給我們下了點藥……事情就這麼突然發生了……」

他的胸膛開始平穩，輕輕攬住我，靠落我的頭頂，自嘲而笑。

「呵，我和懷幽真是引狼入室。」

「嗯。」在他胸前閉眸：「我不會再出去了，你和懷幽放心吧。」

「那今晚妳要和我們一起睡。」

「一起？」我離開他胸膛，大驚失色。

他唇角壞壞一揚，點上我的鼻尖：「是像以前一樣，妳在亂想什麼？」

「你確定……只像以前一樣？」我有所戒備，懷疑地看他。

凝霜壞壞笑了笑，目露不屑：「就算我想，懷幽那根保守的木頭也不會樂意的。」

「呼……」我鬆口氣，還好有懷幽。

「走了，他們都等妳半個時辰了。」

我恍然回神，子律他們還在等我呢，我竟然睡著了！

凝霜再次看落我的身體，殺氣騰騰。

「哼！我要去揍他！」說罷，他「嘩啦」躍出浴池，大步離去。

頭真痛。算了，男人們的事，讓他們自己去解決。

宮內已經丹桂飄香，瑾崋和飛雲他們離開已有數月，從夏入了秋。真的很想他們。這段期間發生了很多事，凝霜險些喪命，流芳被孤煌少司那隻妖狐偷襲，我被毀容，之後天神降臨，中間的事記憶變得模糊不清，只記得自己把命給了流芳和孤煌少司，也徹底了結了與孤煌少司這一世的冤孽。

回來後……凝霜和子律相繼成了我的夫，雖然未曾宣布，但我愛他們，他們也愛我，我們只差一場婚禮。

遠遠的，看見安寧和未央站在九曲橋邊的水榭裡，子律坐在一旁像是歇息。

懷幽冷冷站在水榭之外，未見凝霜。

懷幽遠遠看見我，朝我而來，水榭中子律也站起了身，遙遙看我。

「好些了嗎？」懷幽到我身前溫柔地看我，握住了我的手，撫上我洗淨的臉。我笑了，心中甜蜜而溫暖。

水榭中安寧和未央略帶尷尬地羞怯轉開臉，子律面帶愧色地也別過臉。

懷幽執起我的手，扶我進入水榭，水榭已放筵席，懷幽帶我到筵席後坐下。

「大家都坐下吧。」我看向未央、安寧和子律。

「是……」大家紛紛入座，懷幽這一次沒有離開，而是像御夫般坐在我的身側，而且……是靠近子律的那一側。

「讓你們久等了，我不小心……睡著了。」我抱歉地看未央和安寧。

子律身子微微一僵，面色微沉：「那妳該好好休息！」

「梁相既然關心女皇陛下身體，是不是不該讓她累著？」懷幽立刻沉臉看子律。

亭內的氣氛瞬間一緊，安寧和未央還有些莫名，而子律變得沉默，第一次，他的氣勢竟在懷幽之下。

「是啊，梁相是該為女皇陛下分憂。」安寧笑道，她以為說的是公務累到了我。「所以，梁相該選個夫王替女皇陛下分憂。」

「安寧，夫王之選需要慎重，他需要處理朝政。」子律立時蹙眉。

「梁相就很合適。」連未央突然打趣。

子律面色登時一緊，微微側臉輕咳：「咳。」

「安寧、未央，叫你們來是想問你們婚禮需要什麼？」我見狀笑道。

連未央和安寧登時臉紅起來，紛紛垂臉。

「有勞女皇陛下費心了……」連未央尷尬得甚至嗓子也有些乾啞起來。

「之前是我壞事，此番請讓我補償，你們想要什麼？」我笑了。

「既然如此……」安寧羞澀而笑：「安寧想……讓椒萸公子在婚禮上為安寧奏曲。」

安寧的臉頰發紅，如同粉絲渴望觸碰偶像般。

連末央的身體微微一僵，轉臉緊緊盯視安寧，安寧察覺，立時坐直笑看我。

「若是不行也無妨。」

「哈哈哈……」我不由大笑，看連末央吃醋也很有趣：「好，我與椒萸說一聲。」

「謝女皇陛下！」安寧開心一拜，連末央不開心地撇開臉。

「末央，你吃什麼醋？椒萸琴技巫月第一，不知多少女人想讓他為其奏曲。」我笑看末央。

連末央轉回臉，也是一臉鬱悶：「讓女皇陛下笑話了。」

安寧在旁偷笑，用手輕戳連末央，連末央立刻握住安寧的手，放落自己膝蓋。

「你們下去吧，我與梁相商談遊園之事。」我點點頭。

「是。」連末央與安寧攜手起身，朝我一拜，攜手離去，彼此相看，情意濃濃。

子律微笑地目送他們離開，面露柔情。

「看到安寧有這麼好的歸宿，我也安心了。」

「有人要做夫王了，當然安心。」

隨著凝霜冷冷的話音傳來，一抹月牙色的身影從上方滑落，如貓兒般躍入水榭，輕輕落於我的身旁，慵懶一躺，冷睨子律。

「不准你再碰玉兒！」冰寒的殺氣直射子律。

子律穩坐案邊，輕揚唇角。

「哼，你管得著嗎？」同樣銳利的目光筆直朝凝霜射去。

凝霜登時要起身，我厲喝：「夠了！除了懷幽，你們誰也別進我房！」

立時，兩個男人同時看向懷幽，懷幽面不改色地端坐我身旁，目光半垂。

「呿，又被人漁翁得利了。」凝霜不悅地轉開臉，渾身寒氣將冬季的寒冷提早帶入這水榭之中。

子律黑著臉看向別處，他不像凝霜和懷幽已入宮，他現在只是宰相，其他什麼都不是。

「這次遊園會，要辛苦懷幽你了。」

懷幽頷首點頭。

「好，但此次遊園會還是會有諸多心懷夫王之夢的孩子前來，女皇陛下應斷了他們的念頭。」

聽聞此話，子律和凝霜稍稍退卻了寒氣，紛紛朝我看來。

我沉思道：「即使我毀容，也無法斷了那些想做夫王之人的念想，你們可有好主意？我不想再被大臣們催選夫王，但也要有所交代。子律，你應知道，夫王我不能直接賜封，須要讓大臣們心服口服，所以，你需讓他人知難而退，自知沒有資格列入夫王候選。」

子律蹙眉思索片刻，抬眸看向凝霜：「簡單，要成夫王，需才智勝過蘇凝霜。」

「哼。」凝霜立時冷笑：「你這算盤打得可真好，巫月之內能有幾人才智勝過你我？而遊園會那日懷幽必然忙得無暇陪伴玉兒，你又差我做事，你是想獨佔玉兒嗎？」

「你可以不做，到時更多美男子會圍著心玉。」子律沉下臉。

凝霜雙眸一瞇。

「我做就是了！但你也要跟我一起！玉兒。」凝霜冷睨我：「那麼多美男子，我一個人可應付不過來～～」

我心中早已鬱悶，立刻道：「好，那日你們二人負責出題，能贏過你們之人，方能入圍夫王人選，這人選到底多少，就看你們那天能不能難倒那些男人們了。」

子律和凝霜的眸光因為我的話而對撞在一起，他們出的題卻害到自己，讓他們怎能不恨那個拖自己下水之人？

晚上，我終於舒舒服服安睡在自己大大的鳳床上，懷幽輕輕吹熄了燈，靜靜躺在我的身邊。月光柔柔灑入，恰似一層銀毯蓋在我們身上。

懷幽一直沒有說話，房內是他輕悠而平穩的呼吸之聲。我看他一眼，慢慢伸手握住了他的手，他沒有說話，只是將我的手慢慢握緊，月光之中，他的唇角微微揚起。

我閉上眼睛，靠在了他的肩膀上，他輕攬我的肩膀，輕柔地拍打，宛如哄一個孩子入睡。

忽然，床猛地一沉，我和懷幽同時驚起，卻看見是凝霜落在了床上。

「凝霜？」

「凝霜，回房去！」懷幽沉沉而語。

凝霜嘴角一揚，直接躺落：「早上有人答應我，可以像以前一樣一起睡。」

我一僵，懷幽立刻看向我：「妳答應了？」

「他說像以前一樣。」我撫額。

懷幽一僵，眨眨眼，月光中的睫毛閃閃發亮，然後他默默躺下：「好，就像以前一樣。」

「欸？」我一愣，凝霜揚唇而笑，愜意地單腿疊起，懷幽微微沉臉。

「有他在，不怕妳跑了。」

我啞口無言地看懷幽，所以，他們兩隻真的是要看緊我嗎？

「嗡——」我的腦中一陣嗡鳴，後宮不和諧，這往後的日子又該如何過？

自從剿滅孤煌少司一派之後，朝中一團清明之氣，但想做夫王的依然大有人在，因為夫王，是證明自身實力的最好方法。

遊園會那天，滿宮丹桂飄香，這讓我總是想起懷幽身上那若有似無的桂花香，濃一分甜膩，淡一分無味，懷幽身上的剛剛好，讓你感覺到一種淡淡的舒心感。

懷幽命令宮人們在丹桂園中掛起彩綢，彩綢上是一只又一只花燈，花燈上寫著燈謎，猜中者，還有精美的禮品。

園中四處長桌，桌上放有精美食物，招待入園的青年男女。

入園前，男子領一朵腕花，若遇上心儀的女子，可將腕花綁在女子手腕之上。女生領一把摺扇，若是遇到心儀的男子，可將摺扇相贈。結束之時，若是女子的腕花正好是所贈男子所繫，則為天賜的良緣。

遊園會，我不參加，我會在丹桂園邊的聞香樓上俯看全場。

聞香樓前東西兩側各有花亭一個，亭周放落薄紗，內坐子律與凝霜。凝霜今日一身白衣勝雪，衣上銀蓮繡紋，衣帶寬鬆，長髮恣意披散，不用任何髮帶，秋風拂過薄紗，也帶起他絲絲髮絲，讓遠處的女孩們無不癡癡相望。

子律與凝霜截然不同，一身紫色長衫，卻是包裹得一絲不苟，長髮高挽，留一束垂於耳邊，面容嚴肅，一身的威嚴之氣，讓女孩兒們敬而遠之。

入亭較量之人更是絡繹不絕，或是對弈，或是對棋，但皆滿懷自信而來，垂頭喪氣而歸。

「沒想到有這麼多人想做夫王。」懷幽為我倒上一杯茶，笑看下方。

我笑了笑：「他們不是想做夫王，是子律和凝霜挑起了男人們的戰意，贏過他們，便是巫月第一智者，意義遠比夫王更大。」

「原來如此。」懷幽微微點頭。他今日一身淡金色的華服，如那丹桂的顏色，襯得他越發暖人溫潤。現在，他身上倒是有了仙氣，越發俊美起來，宛若一顆迷人的黃水晶，燦燦生輝，讓人無法移開目光。

我的案上是瓜果茶水，終於沒了煩人的奏摺，可是光這樣坐著也很無聊。

往下瞥眸時，我忽然看到了傾城與椒萸。對了，他們也是適婚的單身男子。而他們的出現引起不小的騷動，美麗的女孩兒們立刻羞澀的送上摺扇，將他們圍得水泄不通，妒壞了他們周遭之人。

「懷幽，讓椒萸和傾城上來。」我笑了。

懷幽神色微變，卻很快恢復鎮定，平淡點頭：「是。」

他緩緩起身，吩咐他人後再次坐回，臉上的笑容卻已不在。

皇宮難得熱鬧，我卻只能一人在樓上。選夫王讓身邊每個男人敏感萬分，我不知他們為何還要憂心？不相信我對他們的感情。

當傾城和椒萸走過兩個花亭之時，凝霜和子律的視線立時被他們吸引，莫說他們，周圍的男男女女也將目光聚焦在傾城與椒萸的身上。

曾是夫王候選的傾城鎮定自若，他早已習慣被各種目光追隨；倒是椒萸，顯得有些緊張，雖然他曾在皇家樂團，也是萬千少女追捧的偶像，可是此刻，他還是那麼的緊張。

當他們上樓後，懷幽往我身側又坐近一分，我命人擺上案席，和他們也是很久沒有相見。暖風陣陣，帶來丹桂飄香，而茶中的桂花又讓這桂花的芬芳更沁人一分。

傾城今日一身絳紅長衫，一件暗紫的罩衫套在絳紅的長衫外，蓋住了紅的豔，卻又多了一分紫的魅惑，即使是暗色，依然壓不住他容貌的豔麗，即使滿園金色，也蓋不住他這一抹豔紅。

無論誰站在傾城的身邊，皆會被他的豔光遮蓋。倒是椒萸，看似黯淡，卻讓人無法從他那份特殊的寧靜美中移開目光，他如床邊幽藍，是君子卻美如仙女，靜靜地散發他獨特的暗香。

他們垂眸坐於我的面前，我懶懶地單手支頤：「今日可有心儀之人？」

椒萸微微一怔，臉卻是慢慢紅了起來。

傾城沉默了片刻，幽風輕輕撫起他臉邊的髮絲，他淡淡道：「有。」

懷幽立時朝他看去，椒萸也側臉看向他，他嘴角微微一笑，眸光始終低垂。

「但已經不屬於傾城，傾城也不配。」

我微微一笑，轉眸看向樓外碧藍的雲天。

「椒萸，彈首曲子吧，我好悶。」

「是。」椒萸的聲音落下，宮女已送來古琴，幽幽的琴聲伴隨著丹桂的甜香飄出樓外，樓下子律與凝霜紛紛仰臉看來……

遊園會促成諸多良緣，也讓月傾城和椒萸將要入宮的傳聞傳開，我對這些緋聞置之一笑，不多解釋。

因為我發現這樣的緋聞對凝霜和子律有很好的牽制效果。我不想看他們爭風吃醋，或許多幾個敵人，能讓他們彼此更加團結。

傾城、椒萸，謝謝你們了。雖然，我只是請你們喝了一杯茶，你們卻因我而陷入緋聞風暴。

不過，緋聞會隨時間沖淡。

當葉落花枯之時，冬意染滿皇都，我高高立在觀星台上，凝望西方。瑾崋離開近半年，雖是捷報連連，但戰場多變，我時時憂心。聽說飛雲受傷了，聽說聞人中箭了，每一條消息，都讓我對他們更加牽掛一分。

天上烏雲密布，冷冽的風中漸漸有了飄雪的味道，懷幽和凝霜已是身穿狐裘，和我一起站在陰雲之下。

「玉兒，不要太擔心了，瑾崋他們應該快回來了。」凝霜難得放柔語氣。

我遙看遠方：「懷幽、凝霜，你們說，甘願為我死的男人們，若它們的心願是只想和我在一起，我又該怎麼還？」

懷幽和凝霜沉默了。他們知道我在說誰，除了他們，還有他們。但是，我現在屬於他們，我對他們有意卻無情，心中始終多一分虧欠。

三天前，傳來捷報，瑾崋、飛雲他們正凱旋而歸，明知他們打了勝仗，正在回來的路上，我的等待卻變得更加難熬，日日在此等候，只盼能早日見到我的將帥安然歸來。

觀星台的台階上，傳來急急的腳步聲，我們緩緩轉身，卻是子律匆匆而來。

子律一臉凝重肅然，來到我身前：「心玉，緊急軍情！」

「瑾崋出事了？」我心揪緊。

「不，是蟠龍忽然出兵，已至龍鳳關！」

懷幽和凝霜登時一驚。

「蟠龍出兵？難道是那小子。」凝霜眸中已帶出寒光：「哼，月紫君還真打回來了。」

「他隱忍一年，還是捲土歸來。」懷幽目露感嘆。

我在他們緊張的面容中反而微微笑了。

「他始終要回來的，要出那口氣。只是，比我預想得早了些。」

阿寶之前依靠的王爺現在已登基為蟠龍之王，我相信，這其中阿寶出了不少力。他的資質絕對不在傾城之下，可謂帝王之才，可惜巫月女人執政，他只能為夫王，但沒想到夫王未做，就被人退婚，可謂奇恥大辱。

「心玉，瑾崋他們離這裡還有段距離，北辰也還在路上，從東面調軍，只怕來不及。」

子律滿面憂慮。

我想了想：「我去。」

「那我也去！」凝霜立刻請纓。

「我去！」子律也認真看我。

我搖搖頭：「不，子律，我不在，你要坐鎮朝中。凝霜，你隨我去。」

「嗯。」凝霜立時點頭：「可京城守軍只有五千，不知能否拖延時日，等到瑾崋他們回來。」

我看向陰翳的天空，深深一想，撫上臉頰漸淡的疤痕，放落手。

「不，我們這次不帶兵。」

「什麼？心玉！」懷幽憂急起來：「妳身上已無仙氣，又無多餘性命，不要再涉險，還是等瑾崋回來吧。」

「不錯，心玉，這次聽懷幽的。」子律認真看我，凝霜也在旁點頭。

我笑看他們。

「放心吧，沒有兵，我可以靠一張嘴。」我指向自己的嘴，三個男人全數生氣起來。

「不准！」子律直接厲聲否決，眸光瞬間銳利，深沉看凝霜和懷幽：「看好她！別讓她亂來！」

「嗯！」懷幽和凝霜立時伸手，一人拉住了我一條手臂。

我鬱悶道：「你們怎就不信我？蟠龍王也是聽了月紫君的一番話，這次戰爭只因一人之讒言而起，為何我不能以言還之？若是一場遊說能阻止兩國戰事，豈不更好？」

子律開始深思，可是眸中依然掩不住對我的深深擔憂。他心裡清楚，兩國交戰，也可用說客。

懷幽把我的手臂越發捏緊，憂切地深深看我，目光之中已有不允。

「或許……可行。」凝霜揚起唇角，懷幽立刻生氣看他。

「凝霜！」

「你放心，就算死，我也會護她安全。」鄭重的話第一次從凝霜那張嘴中吐出，懷幽沉默下來，卻依然不安。

「實在不行，用美人計！」我笑著指指臉。

「妳敢！」立刻，三個男人的怒吼震得我雙耳發聾，響徹烏雲密布的天空。

喂喂，我巫心玉也曾經號稱為達目的不擇手段，當年師傅在我臉上施法，也是為此目的。若非那孤煌少司對我有……情，我又怎能贏他贏得那麼順利？我也該用一命還他。

天未亮，兩匹寶馬踏風出北門，高高的城樓上，立著子律和懷幽目送的身影。

我已通知子律，讓瑾崋他們帶兵去龍鳳關，我這次去，若能遊說成功是最好，若是不能，也替瑾崋他們帶兵過來爭取了些時間。

「除了美人計，其他我都聽妳的。」凝霜在我身旁鄭重警告。疾馳的馬帶起的風揚起了他的斗篷。

「其實凝霜，我在宮裡真的……挺悶的。」我揚唇一笑。

「哼，就知道妳心很野～～」他瞥眸朝我看來，髮絲在風中掠過他的薄唇：「要不……解決龍鳳關的事之後，我們別回去？」

我瞇眸而笑：「好啊。」

陰沉的天空忽然飄雪而下，我們在飄雪中馬不停蹄。

連日趕路，七天後，我們趕到荒涼的邊關。眼前是緊閉的城門。

「來者何人！」城門上士兵大吼。

凝霜揭下斗篷，把城門上小兵驚呆：「巫月女皇駕到，還不開城迎接！」

凝霜的話讓城上小兵驚得目瞪口呆，好半天才回神，倉皇地跑下城樓替我開門。城內士兵忙碌來去，拿槍的拿槍，推車的推車，但是在我進入後，他們紛紛驚訝地停下手邊動作。

「見、見過女皇陛下！」守城的士兵匆匆下跪，周圍的士兵一聽，也立刻放下手中的活下跪。

我依然戴著面具，其實臉上傷痕早已痊癒，本以為會留疤，卻運氣很好地恢復如初。但是手腕上的傷，卻如何也好不了，像是孤煌少司要在我身上留下印記，隨我此生。

「女皇陛下來了！太好了！有救了！」

「聽說女皇陛下用兵如神！」

周圍傳來竊竊私語，守城大將匆匆跑來，卻也是一名女子，而且還有些眼熟。

她看見我立刻一拜：「龍鳳關守將辰蓉拜見女皇陛下！」

原來是辰家的女兒，難怪眼熟。

「對方現在兵在何處？」我立刻道。

「在龍涎河對岸。」

「快帶我去看！」

「是！」

我翻身下馬，辰蓉看看我身後，似在看我有沒有帶兵。龍鳳關是巫月東北方的入口，所以守軍不少，也有五千，地勢也是易守難攻，且有龍涎河作為一險守護邊界。

然而，龍涎河入十二月後會慢慢結冰，至來年二月初才會化開，所以入冬後，龍涎河反而成了一座橋樑，蟠龍挑此時來，也是基於此。

凝霜緊跟我身旁，隨我一起上了城樓，遙望龍涎河對岸，果然黑壓壓一片蟠龍的軍隊。

「女皇陛下，您帶來多少兵？」她的臉上露出急色。

我繼續看已經開始結薄冰的龍涎河：「一兵未帶。」

「什麼？」辰蓉驚呆在原地。

我仰臉看看天，想了想：「妳馬上掛上彩旗紅燈，再給我拿一把琴。」

辰蓉越發呆滯地看我半天，才回神：「是，是！」

她匆匆而去，凝霜不解看我：「妳要做什麼？」

我看向對岸，沉沉笑道：「宴請蟠龍王！」

凝霜站在我身旁久久看我，隨即揚唇一笑，雙手環胸。

「哼，妳果然還是妳，總是不按常理出牌。」

很快，邊境城樓掛滿紅燈，一派喜慶！

在我們眺望敵人的時候，敵人也在眺望我們。

我獨坐城樓，古琴擺放身前，辰蓉已經顯得極為不安。

「讓大家在岸邊燒起篝火，烤起羊肉，喝起酒，唱起來！鬧起來！」我笑道。

「女皇陛下！」

凝霜到她身前，傲然看她：「怎麼，不相信女皇陛下？」

辰蓉蹙緊秀眉，低下臉一嘆：「臣！不敢……」

當夜幕落下時，熊熊燃燒的篝火在岸邊燃起，氣溫陡降，卻無法降低岸邊的溫度。士兵們喝著酒，烤著羊肉，在岸邊又唱又跳，歡鬧無比。

我在城樓上開始彈起樂，奏起曲，凝霜取來長笛與我附和，歡快的曲聲和羊肉的香味隨風飄過龍涎河。

關於龍涎河與龍鳳關也有過一段傳說。當年狐族和狼族結束戰爭後，龍族想趁狐族和狼族尚未恢復一統天下，狐族族長派出狐族最美的女子在龍王面前起舞，龍王看得如癡如醉，口水流了一地，成了現在的龍涎河。

當然，這僅僅是傳說。我曾問過師傅，師傅說當時確實派狐族最美的女子起舞，是為吸引敵人的注意力，也就是美人計。也因為龍族士兵被狐族的美女舞姿吸引，才沒注意狐族的偷襲，所以，狐族狡猾之名便在那時留下，因為龍族不想承認自己貪色。

這一任的蟠龍王應該是老王的次子龍天瀛，他帶兵長途跋涉而來，我深知冬天行軍的痛苦，又冷又餓又乏，此時此刻，這裡的美酒羊肉、快樂曲聲更加折磨他們的身心，讓他們備受煎熬。

樂曲自古以來被用在兵法之中，它有著神奇的魔力，能夠輕易進入人心，讓對方的士兵漸漸成為它的俘虜。

我琴聲一轉，奏起了思鄉的曲調，凝霜淒冷的笛聲更添一分哀愁。他吹的正是蟠龍的曲子，試圖動搖對方軍心。

白雪開始飄落，岸邊篝火漸漸熄滅，只有這哀哀淒淒的曲聲不停地在陰沉的天空下迴盪。

空氣越來越冷，帶出了刺骨的寒意，今晚必然冰封龍涎河。

夜深人靜之時，凝霜陪我走到岸邊，辰蓉緊張地守衛在後，大自然的魔法將在此刻施展，河面漸漸封凍，寧靜黑暗的世界裡只傳來結冰時輕微的「卡啦」聲。

「女皇陛下，真的不用守城？」

我點點頭：「你去休息吧，天亮後取一個大的帳篷來。」

「是。」辰蓉將信將疑地離開。凝霜握住了我冰涼的手，他在飄雪中露出擔憂的神情。

「妳也回去休息吧，這幾天趕路太累了。」

我微微而笑，握了握他暖暖的手，披好狐裘，緊緊盯視對岸，看了看已經不知何時成形的冰面，我抬腳踏上。

「心玉！危險！」凝霜拉住了我，我輕輕拂開他的手。

「放心，我命硬，你別來，我要去會會蟠龍的界神。」

凝霜擔心地看著我，我對他點點頭，他輕嘆一聲，帶出白色的呵氣。

我一步一步踩上冰面，神奇的大自然讓整條河瞬間凍得結結實實。一夜冰封，將那條流動的河凍結在了昨日，讓人深感人類的渺小。時間已經將近凌晨，我在寒風中打了個噴嚏，繼續前行。

天色將明，東方微微露出一抹白色，我站在龍涎河的中心，腳下的冰層已經厚實得看不見下面的河流。

抬眸間，風雪吹散，忽然迎面拂來一股熱氣，眼前已經是龍神虛幻的巨大臉龐。他近乎透明的身體在身後搖擺，一束晨光從上空落下照透他的身體，落在我的身前。

我看著他，我是巫女，身上有狐族之力，只要我站在別的神族的地界，界神皆會出現，如之前的狼神。而此刻，蟠龍的龍神現身，因為他們會排斥別的族群。

「狐族巫女——阻止龍天瀛——」龍神的聲音渾厚有力，近乎透明的觸鬚遊走在我的面前。

我淡淡地看他，不卑不亢：「是龍天瀛要打仗，不是我，你自己托夢告訴他，讓他滾回去。」

「他不會信我，就像他不信我的巫師。」他瞇起了眼睛，裡面是一絲憤懣。他是龍神，守護蟠龍之王是他的職責，即便他再不願。

不由得，我想起同樣被自己界神嫌棄的都翎，每每想起狼神那嫌棄的眼神，忽然覺得都翎有那麼一絲可憐。

「你們龍族之人都很自大又有野心，自然不會相信巫師之言。」我笑了。

「放肆——」龍神忽然對我大喊，立時狂風揚起，風捲殘雪！

「你才放肆——」忽然，銀色的身影掠過我的眼角，一隻巨大的銀狐已站在我的身旁，是流芳！若是有別的界神侵犯領域，他可以現身於千里之外的！但現在，他和龍神都不是真身，而是真真正正的元神！

流芳齜牙咧嘴地瞪視龍神：「如果你敢越界，你知道後果的！」

龍神也立刻凶神惡煞起來，惡狠狠地俯視流芳：「小小狐狸！本神一隻腳就能把你踩死！」

「哼！小心我咬斷你的脖子！」流芳忽然躍起，落地之時，銀髮飄揚，白衣銀紋的華袍蓋身，俊美無瑕的容顏在晨光中散發誘人的華光。

龍神愣在了空中。

流芳抬起精美小巧，雌雄莫辨的臉，冷冷看他：「不准你對我的心玉那樣說話！」

龍身的身體緩緩縮小，龍尾落地之時是一件薄薄的近乎透明的銀紗，一身銀藍色的華袍在銀紗之內，湖藍長髮落在後背，隨風輕揚，唇角還有兩縷尚未退卻的龍鬚，藍髮之間是尚未退卻的龍角，但是已經成形的人臉可以看出將是一位妖豔的男子。

他冰藍的瞳仁盯視流芳，目光帶刺。

「狐族果然美豔，所以才有這些媚惑的女人。」

「哼。」流芳冷笑，冷看龍神：「龍族果然好色，才有想搶我們女兒國女人的王！」

龍神眉峰一緊：「龍天灝不是為女人！是為擴張領土！」

流芳唇角一揚：「擴張之後，就是女人了！」

龍神神色一緊，竟被流芳說得無法反駁。

我好笑地看陷入僵滯的龍神：「你說讓我阻止龍天灝，你有那麼好心？」

他神色緩緩恢復，但已是極為不悅，白了流芳一眼看我。

「他的皇弟準備篡位，妳必須阻止，否則蟠龍會危在旦夕。」

「不許你命令我的心玉！」流芳瞬間化作狐形朝龍神厲喝！

「你管不著！」龍神也緊接著化出龍形居高臨下地俯視流芳。

一龍一狐又是劍拔弩張，我的流芳完全失去了平日的溫柔與平和。

「別吵了！」我上前一步，站在兩界之間，雙臂撐開，一手按在流芳的狐臉上，一手按在龍神的龍臉上。他冰涼的觸鬚掠過我的手腕，如同小蛇遊過，讓我一陣發麻。

「鈴——」一道鈴聲傳來，對面薄薄的冰霧之中竟出現了一身麻質長袍的男子。他的臉上也和我一樣戴著面具，但是他手中的神杖已經表明了他巫師的身分，同為巫族的我，可以感覺到同類的氣息。

但是他的巫力遠遠不如我，他在看見我的那一刻便停在了原地，他手中龍骨所做的神杖上是一串銅鈴，鈴聲正是從銅鈴而來。

龍神再次平靜，從我的手前離開：「他就是我的巫師芝華。」

我收回手看向蟠龍的巫師，他的眼睛正在面具後同樣在打量我，我的腦中忽然一絲刺痛，同樣曾經有人在面具後這樣打量我，他陰邪的目光讓人心底發寒。我努力地去想他是誰，他卻和孤煌少司漸漸重合起來，像是有雙手在我腦中把他和孤煌少司用力地揉在了一起，最後，變作了一個人。可是，卻有一縷雪髮從那面具後飄出，猶如孤煌少司的頭髮一夜變得花白。

「妳是誰？」他的話音裡帶出了一絲戒備。

「妳在跟誰說話？」他又問。

我緩緩回神，看看他，再看看龍神：「他看不見你？」

龍神看看他，對我點點頭：「巫族的力量已經越來越弱，他們只能用占卜與我們對話。」

「妳……是巫月的巫女？」他感應到了我，就像我感應到了他。

我從面具後正色看他：「是。」

「妳的神杖呢？」他向我走來，神杖上的鈴鐺隨著他的腳步作響。神杖是我們神使的象徵，只有神杖在手，百姓才會信你與神明相通。

「出來急，忘了帶。」我說，卻讓對方一驚。因為巫師不帶神杖，是對神明的不敬，而人類中最不該不敬神明的，正是巫師自己。

他目露慍怒：「難怪巫月會有此劫，連巫女都如此不敬自己的狐神，巫月之亂乃是天罰！」

「放肆！」流芳登時厲喝，立刻狂風捲起冰花，朝芝華撲去。

「你才放肆——」緊接著，龍神就朝流芳大吼，將那股殺氣逼回，只見兩股風糾纏在了一起，形成龍捲風，捲過我的身旁，看得芝華驚詫怔立，神杖上的鈴聲叮叮作響。
我眉毛上揚，忍不住喝道：「都給我住手！」
芝華因我的厲喝而看向我，我對龍神怒斥：
「你能不能沉穩點！連人形都沒修成還敢對我的流芳呼呼喝喝？」
登時，龍神像是深受打擊似地雙目失神。
身邊銀光閃過，流芳已然化作人形，他輕撫自己銀色長髮，不屑地瞥看龍神，完全是刺激龍神的姿態。
龍神再次化作人形，陰沉著臉瞪視流芳。
我能理解龍神的鬱悶，因為流芳也曾經因為沒有修成人形而抑鬱良久。
「不就是根神杖，心玉，我給妳拿來。」說話間，流芳已經伸手，神杖立時浮現他的手中。若是一般人，只會看到神杖憑空出現。
「你不能在凡人面前施法！」龍神暴跳如雷。
「你管不著，我在我的地界施法，怎樣？」流芳冷笑看他。
龍神立時臉色鐵青，我接過許久未見的神杖在手中，再次看向芝華。
「好了，現在我有要事相告。」
芝華久久沒有回應，一直呆立在冰面上，在面具後呆呆看我。面具是巫師的裝扮之一，很多巫師會戴上可怖的面具讓人敬畏。
我拿起神杖重重往冰面上一敲，「噹」一聲，芝華回神，我認真看他。

「我知道你已感應龍神，所以下面的每一句話，你要聽清。龍神說，龍天瀛並不相信他的存在，所以也不會聽你的。你可曾為此戰做了占卜？」

「做過，龍神警示不可戰，但陛下他……」芝華在面具後輕輕一嘆。

果然如此。

我深思片刻，說道：「你回去告訴龍天瀛，說巫月女皇巫心玉在此擺宴，請他一起釣魚飲酒。雙方不帶一兵一卒，他若無膽，可不來。」

他怔怔看我，晨光已經完全灑落如鏡的冰面，金燦燦的光芒反射在冰面上，讓天地融在了一起，美如隔世的宮殿。

說罷，我轉身往回，流芳再次化作狐形跟隨在我身旁，我笑看他。

「你怎麼突然來了，神廟不忙嗎？」

流芳側過狐臉：「冬天了，山上積雪，來的人少了些。謝謝妳，心玉，現在神廟很熱鬧。」

我笑了，拄起神杖踏著滿地的金光，在「叮鈴」的鈴聲中，一步一步走回，冰面上只倒映出我一人的身影。

將至岸邊之時，卻看見燦燦的陽光下站著兩個身高相仿的男人。我微微驚訝，用手微微遮光，漸漸看清了站在凝霜身邊之人。

他一身黑色狐裘，長髮用同樣黑色的兔毛髮帶綁起，暖融融的狐毛之中是他傾國傾城美豔無雙的臉。我怔住了，是傾城，他怎麼來了？

「他喜歡妳。」流芳用鼻子嗅了嗅空氣：「他很擔心妳。」

我的心情變得複雜起來，經過子律的事件，我對感情怎能再蠢鈍？不過是裝不知而已。我知道他心裡有我，我也知道不僅僅是他，還有別人。但是……

他擔心的目光已經遠遠而來，凝霜站在他身邊，同樣擔心地張望，看見我時目露安心的微笑。

我揭下面具朝他們而去，凝霜安心的同時也側臉輕笑看著傾城，似是說了什麼。傾城轉開臉，雙手負在身後不回他話。

凝霜白了傾城一眼也別過臉看向了別處。

傾城才慢慢轉回臉看我，淡淡微笑。

我到他們身前，傾城和凝霜卻同時朝我伸出手，傾城的黑眸中微露一絲尷尬，在黑色的狐裘下收回了手。

我伸手拉住凝霜的，他扶我上岸，我看向傾城：「傾城，你怎麼來了？」

他眼神閃爍了一下，看落別處。

「妳知道，我們月氏能文能武，所以我來了。」他轉回目光看我：「妳是我的……女皇陛下，我怎能讓我的女皇陛下只帶一人面對敵軍？」

「人不在多，而在精。」凝霜微微揚臉輕笑冷語：「別忘了當年是誰壞事？」

月傾城沉眉不語，比以前更加沉穩內斂。

「哼。」凝霜輕笑，說得月傾城啞口無言。

「好了，這都哪個朝代的事了。凝霜，你去找辰蓉，讓她把帳篷支在湖心，擺上宴席。」

「什麼？」凝霜驚訝出聲。

我繼續道：「你去拿兩個面具，稍後你和傾城與我一起去會蟠龍王，如果……他敢來的話。」

我回頭遙望因為反射而變得光芒刺目的冰面。

「妳怎麼突然有神杖了？」凝霜疑惑看我，我看了一眼身邊的流芳，凝霜驚呼：「狐仙大人來了？」

我點點頭，傾城和他一樣露出驚詫的神情。

「知道了。」凝霜揚唇輕蔑一笑：「狐仙大人，我不在的時候，你可看住心玉，別讓她跟月傾城調情。」

凝霜直白的警告充滿殺氣，惹來月傾城一聲輕笑：「呵。」

我蹙眉不看他，直接轉身背對他和月傾城，手執神杖遙望遠方。

身後是凝霜迅速離開的聲音，傾城上前一步站到了我的身旁。

「傾城，我知道你來是為了我。」我說。

他不言，靜靜站在我的身旁，帶著寒冰氣息的風帶起他一縷髮絲，吹拂在我的肩膀上。

「但是……對不起，你知道我……」

「妳不用跟我道歉。」他說，我止住了話音，依然看著前方。他靜默了半晌，再次傳來話音：「我懂……」

簡單兩個字卻揪痛了我的心，我垂眸一笑：「謝謝。」

「但是，椒萸呢？」他忽然說，我擰起了眉。「他也曾是為妳復仇的五人之一，刺殺時，是他在彈琴。」

傾城的話音很淡，淡如水，卻字字印入我的心。

我還記得我曾經答應椒莧的母親，說來年春天椒莧會有好姻緣，但是已經不知過去多少個春天了，椒莧卻一直未娶妻。

遊園會那天，我問他可有心儀的女子，他臉紅地不敢看我，我便了然於胸。我知道，他曾是五人之一，子律、凝霜、瑾崋、懷幽和椒莧，懷幽負責送我的屍體上神山，而比懷幽更加膽小的他卻為我在宴席上獻曲巫溪雪，助子律、凝霜和瑾崋他們刺殺。

現在，五人中的四人已在我的身邊，只有他，連和我見面說話的機會都少之又少。

身後再次響起腳步聲，士兵們小心翼翼地踏上冰面，扛起大大的帳篷朝河心而去。凝霜回到我的身邊，伸手給傾城一個醜陋的面具：「拿著。」

傾城接過面具戴上，完全遮住了他豔絕無雙的容顏。

凝霜手中是一個白色面具，簡簡單單，但比傾城的好看許多。他隨手戴上面具，面具遮臉時瞥眸朝我看來。

「沒跟誰調情吧。」

「哼。」我不由輕笑，也再次戴上面具：「就算有，你也管不著。」

凝霜一怔，我在面具下揚起笑，再次走下冰河。

早晨有點冷，我在搭好的帳篷中悠閒地用了早膳。

辰蓉找出邊境小城中最好的地毯為我們鋪上，拿來小凳擺放一邊，幾個士兵便拿著冰鎬小心翼翼地鑿出一個洞，然後撤回岸邊，空空蕩蕩的冰天世界只剩下我、凝霜和傾城。

我獨坐冰洞邊釣魚，傾城與凝霜站立一旁。

晌午時分，有一行人從對面而來，為首的男子身披貂皮斗篷，油亮的貂皮在日光下流光溢彩。龍眉飛挑，目光凜冽威嚴，不厚不薄的唇緊抿，帶出一絲剛毅，削尖的下巴拉長他的臉，讓他的臉顯得更加瘦削如出鞘的匕首，一頭黑色的長髮披散，只用一個小小的王冠扣住，不苟言笑，一眼便知王者身分。

他的身邊正是芝華，還有另一個與阿寶身形相似的男子，也戴著面具。而他的身後，是一隊補兵和一名將領。

他看見了我們，停下腳步揚起手，步兵停下，不再前進，他也帶著兩個戴面具之人朝我們而來。

此人應該就是蟠龍王——龍天瀛。

再次見我的芝華，不由吃驚地頓住腳步。

龍天瀛走了幾步，回頭，沉沉看他：「怎麼了？」

芝華回神，在面具後眨眨眼，隨他再次前行。

龍天瀛到我身前，銳利的眸光立刻掃視我的周圍，然後落在凝霜和傾城的身上。

「說好不帶兵，你怎帶了？」當我柔柔的話音出口之時，他怔立在我身邊。

「請坐。」我揚手指向身旁的小凳，他竟緩緩坐了下來，深深看我的面具。

「怎麼？你還會怕我這個女人？」我繼續釣魚。

「哼。」他輕笑一聲，從我面具上收回目光：「本王怎會怕女人？」

「那你為何帶了兵？」

他再次一怔。

我放落魚竿轉臉看他：「是怕有詐？」

他蹙緊眉不言。

「兩國和談，誠信為先，我雖是女人，我們巫月雖是女人執政，但我們還是講信用的。」我笑道。

他面色微沉，我看向傾城：「去拿熱酒來。」

「是。」傾城轉身，龍天瀛帶來的另一男子轉目看傾城的身影。

「很多戰爭可以避免，你皇位尚未坐穩，就那麼急著擴張領土嗎？」我繼續道。

「放肆！」龍天瀛厲喝。

「你放肆！」凝霜立時冷喝。

登時，龍天瀛不遠處的步兵已經「噌啷啷」紛紛亮出刀槍，劍拔弩張，氣氛開始收緊。

我看向龍天瀛：「我不帶一兵一卒，你現在若殺我，也會被人恥笑，堂堂蟠龍王見巫月女皇竟還要帶上士兵，原來，你是如此怕我。」

他的神色開始陰沉，我看到了漸漸浮現於他頭頂的龍神，淡淡的透明之色讓流芳也戒備起來。

「妳在看什麼？」沒想到龍天瀛倒是很留意我的目光。

我收回目光，傾城端來矮几，矮几上是燙酒的小爐與熱酒，兩只犀角杯放於兩旁，傾城為我們倒上熱酒，我拿起犀角杯放在龍天瀛的面前。

「冬天冷，先暖暖身。」

龍天瀛只看著我的酒杯，我笑道：「怎麼？怕？芝華，不如你來試酒。」

芝華一怔，龍天瀛緊緊盯視我。

芝華俯身接過我手中之酒，一口飲下，然後放落案几，退回原位。

「蟠龍王，你有一位忠心耿耿的巫師。」我微笑看龍天瀛。

龍天瀛沉思片刻，對我說：「一位從巫月而來的客人告訴我，巫心玉詭計多端，狡詐陰險。」

「哈哈哈——」我仰天大笑，龍神落眸看我，我笑看龍天瀛：「你連你的龍神都不信，居然信他人之言？」

「因為龍神虛無，而敵人……」龍天瀛的眸光驟然收緊：「就在眼前！」

「所以你信了？信一個女人會贏你嗎？」我笑道。

「我是不信，女人能有何作為？但還是小心為上。」他微微沉臉。

「小心駛得萬年船。」我點點頭：「那現在呢？你還是怕我？」

我看向他身後不遠處陷入緊張的將領。

他側目看了看，揚起手：「你們回營吧。」

「王！」不遠處的將領一驚。

「回去吧。」龍天瀛不再多言，那將領只得帶士兵而歸。

傾城再次為龍天瀛倒上酒，龍天瀛深沉看我：「既說誠信，為何不以真面目示人？」

我微微垂臉：「一，我雖是巫月女皇，但亦是巫月巫女，這點，我想月紫君應該與你說過。」

我抬眸看向他身旁的另一人，那人微微側臉，似是並不驚訝我知道他的身分，我笑看他。

「阿寶，好久不見。」

他依然不語。我再次看向龍天瀛。

「二，在阿寶離開巫月後，巫月發生了很多事，我毀容了……」說到此處時，阿寶驚然轉回臉，

我提起衣袖，露出手腕可怖的疤痕。「這是那時留下的，這裡，還有我的臉上。」

龍天瀛看著我手腕處深深的抓痕甚為驚訝：「是何等的猛獸，傷痕竟如此之深！」

我放落衣袖。

「所以，我想告訴蟠龍王，我們巫月的女人從不懼怕男人，如果誰入侵我巫月，我們定然捨身捍衛，即便犧牲性命！」鄭重的話語從我口中而出，是宣告也是警告。

龍天瀛在淡淡的日光下漸漸瞇眸：「妳以為妳能遊說我？哼，妳們女人真是天真。」

我淡淡而笑，再次提起魚竿。

「我知不能說服你退兵，但我要告訴你一件事，你再不回去，你的王位就是你弟弟的了。」

身旁的龍天瀛登時一驚，手中的魚竿一緊。

「我想你的巫師應該說過，此戰不合時宜，但是他看不見龍神，只能用占卜。龍神的意思其實是你若在此戀戰，你的皇弟必然藉機篡位，你將會陷入我巫月之前的境地，內憂外患。蟠龍根基不穩，我們做王的，要考慮很多事情，不可任性而為。」

我轉臉看他，他的面色已經緊繃，眸光閃閃。

「妳在唬我！」龍天瀛果然不信。

我懶得看他：「信不信由你。蟠龍之事與我何干，你若要戰，我奉陪，但是即使你帶兵過百萬，

也無法佔領我巫月。」

「哼。」耳邊傳來他一聲輕蔑的冷哼。

我看看他不可一世的臉，提了提魚竿，釣起了一條魚。

「冬季食少，魚兒容易上鉤，昨晚你的兵可曾想家？」

他眉峰立時收緊，深沉看我：「昨夜果然是妳的詭計！紫君沒有說錯。」

我揚唇一笑：「我先動你軍心，讓他們思念家鄉。龍鳳關天寒地凍，他們熬不了多久，我就先跟你拖延。」

「妳怎麼拖延？」龍天瀛瞥眸看我：「我雄獅過河，破妳城牆是頃刻之事，到時軍心自會重振！」

「不錯，你破我龍鳳關是眨眼之事，但是，你沒想過天氣。」

「天氣？」他眯眸看我。

我提起一旁放魚的桶子。

「龍鳳關的天氣到子時極冷，水淋在牆上，頃刻封凍，我會在牆上澆水，你面對的將不再是簡單的城牆，而是銅牆鐵壁，這應該能拖延你？」

我轉臉看他，他目露驚訝，垂落眼瞼細細深思。

「我既告訴你我的打算，便是不怕你來攻城。除了此法，我還有諸多方法可拖延你行軍，將你的百萬雄師拖成疲兵，那時，只怕你的弟弟也已經坐上皇位。哼，還是你與他兄弟情深，並不介意他做王？」

「噹啷！」他忽然扔了手中的魚竿霍然起身，揚袍之時猛然從腰間拔出利劍。「我現在就殺了妳，更是省事！」

寒光劃過我的臉龐，凝霜和傾城倒是不動，因為，他們相信我。

忽然，流芳躍到我身前，「嗷嗚——」一聲大吼登時狂風四起，揚起龍天瀛、阿寶和芝華的長袍，芝華手中的神杖登時亂響。

與此同時，龍神也飛落朝流芳大吼：「滾回去——」

兩人的怒吼撞在了一起，「轟隆隆！」立時，地動山搖，芝華慌忙拉龍天瀛後退，將驚訝的他護在了神杖之後。

我穩坐矮凳，凝霜替我拿著神杖，冰面在龍神與流芳神力的震動中瞬間裂開，「啪啦啦」，一條冰壑在我和龍天瀛之間頃刻形成，橫穿冰面，直達天際！

「大家都冷靜！」我大喝一聲，流芳和龍神各自退了一步，但充滿殺氣的目光仍然刀光劍影。

「怎麼回事？」龍天瀛站在芝華身邊驚訝地看那道裂冰。芝華手中神杖在龍神之力中震顫直響，雖看不見他的神情，但從他驚呆的目光中，可察覺他的一絲驚恐和擔憂。

我淡定地拿起矮桌上的酒杯，矮桌下已是一條裂痕。

「沒什麼，是我的守護神和你的打起來了，隨他們去，他們不能傷凡人。」

龍天瀛驚詫看我一眼，立時看向月紫君，月紫君緩緩揭下面具，深深看我。

「妳果然擁有巫神之力！我一直以為法場上，是妳在演戲！」

我看向他一驚，發現他的嬰兒肥沒了，臉開始拉長，已與傾城擁有相似的臉型，再仔細看看，好像還長高了一寸。

「喲！阿寶你長大了！」

他的殺氣立時升騰。我再次笑看龍天瀛。

「我約你不帶一兵一卒，而你卻藉機殺我，你即便佔我巫月，我巫月忠臣良將也會替我報仇。到時你巫月得不到，皇位又被人坐去，你最後只會落得無家可歸的下場。」

我起身看他，他蹙緊眉峰立於冰面之上，手中長劍握緊。

「對了，忘記告訴你，我跟蒼霄聯手剿滅孤海馬賊，所以我們現在算是盟邦，若你動我巫月，蒼霄王必攻你蟠龍，你好好想想吧。」

他目露吃驚，阿寶更是不甘心地驚呼：「妳居然跟蒼霄聯盟了！」

我揚唇而笑：「你投奔敵國，野心又那麼大，我自然要早做防範。阿寶，我早知你叛國，但從不殺你，你知道為什麼嗎？」

「為何？」他深邃的黑眸中充滿戒備。

「因為我愛才，你為我畫的美男圖我一直保存。所以，阿寶，能有人賞識你，重用你，我為你感到高興。」

他怔怔看我，我柔和看他。

「很抱歉當初一直沒有重用你，你應該知道原因。你若想要回面子，可以回國，我在朝堂上招你為夫王……」

阿寶一驚，凝霜和傾城也驚訝朝我看來。

「心玉！」凝霜急呼，但我揚起手。
阿寶發恨地咬牙：「誰稀罕！」
我隨即繼續道：「然後你當朝拒絕，豈不要回了面子？」
阿寶怔立在冰面上，眸光開始閃爍不已。
我再看龍天灜：「國之強盛在於王，王強則國強，然，王之強，不在於擴張多少領土，而是有多少忠臣良將。龍天灜，好好珍惜那些為你死、為你敢喝毒酒的人，他們才是你強國之本，莫被野心蒙蔽了眼睛，不聽諫言。」
龍天灜緩緩放落長劍，深深看我。
「阿寶，要跟我回去拿回面子嗎？」我對阿寶說。
阿寶開始沉默，目露深思。
「阿寶。」忽的，傾城上前一步，摘下了面具。那一刻，龍天灜露出驚為天人的神態，宛若從未見過如此美豔的男子。
傾城走過那道裂冰，站在阿寶的面前深深看他。
「回家吧，月氏只剩你和我了。我也曾是夫王候選，但現在，我也什麼都不是了，你對夫王真的那麼執著嗎？我們活著的意義就是做那個夫王嗎？別再讓夫王這個念頭束縛你了，現在的你，不是很好嗎？」
阿寶擰了擰雙拳，轉身。
「我不想再看見任何巫月的人！」說罷，他戴上面具大步離去，不再回頭。

月傾城輕嘆一聲，也戴回面具。

龍天瀛也在那時收回目光，看向我：「紫君說，巫月出美人，無論男女，果然如此。」

我微笑點頭：「歡迎你來巫月，看我巫月美人。但你若要強佔，我隨時奉陪，會讓你後悔得罪我們巫月女人！」

沉沉說罷，我在他深沉的目光中轉身。凝霜遞過神杖，我輕輕一敲地面，「咚……」一聲，迴響陣陣。

流芳瞪一眼龍神，轉身跟在了我的身旁，巨大的狐尾蹭上我的身體，護住我的後背，如一條手臂攬住我，護我離開。

「相信你的龍神——」我背對龍天瀛喊著：「他一直在守護你——」

不受被守護之人相信的神，是可憐的，是寂寞的，是虛弱的，難怪他一直修不成人形，這與龍天瀛的信念息息相關。

唯有相信，才會存在。

龍天瀛沒有攻城，我站在城樓上眺望時，龍天瀛黑壓壓的大軍正在離開，如同黑色的潮水正在緩緩退卻。

辰蓉和士兵們歡呼起來，我微微而笑，倦意突然襲來，我眼前被黑暗席捲，身體也不受控制地緩緩倒落……

「心玉！」

「女皇陛下！」

凝霜和傾城一起朝我奔來，我落入他的臂彎之中……

眼前漸漸被金光覆蓋，我緩緩睜開眼睛，看見了師傅微笑的臉龐，他輕輕撫上我的臉，金瞳之中除了深情，還有望不到底的更複雜的，我看不懂的情愫。

師傅怎麼了？

「師傅……沒有你的仙氣，我果然熬不了夜了……」

他微微而笑，俯身輕輕吻上我的額頭。我微微一愣，因為之前師傅從未在夢中表現出這樣強烈的感情，他像是一直在隱忍，在壓抑。

「我知道……」他的目光中卻染上了歉意：「下次別再熬夜了，妳很快就不是一個人了……」

「我一直不是一個人，我不是說了，我要在人間美夫成群，氣死你嗎？」我笑了。

他深深注視我，卻沒有笑。他緊緊握住我的手，疼惜地說：「對不起……心玉，對不起……」

「師傅，你到底怎麼了？」我疑惑看他。

他搖搖頭，再次浮起微笑。

「只是……想起了一些……很久很久以前的事。心玉，一切都是值得的，師傅覺得現在很幸福，一切都是……值得的……對不起……心玉……對不起……」

他的聲音隨著他的身影漸漸淡去，他一聲又一聲「值得」和「對不起」環繞在耳際，師傅……什麼時候也叫我心玉了？

他為什麼要跟我道歉？仙氣又不是他收回的，是我自願把命給孤煌少司和流芳的，師傅到底在說什麼？

總覺得師傅有些變了，曾經的他眼中無憂無慮，有時還會偶爾露出困惑的神情，現在，他看似不再困惑，卻像是被更深的感情所糾纏。到底，什麼是值得的？

從困惑中醒來，床邊是擔憂的凝霜，他見我醒來，立時喊：「來人，粥！」

我四肢有些軟綿無力，還是有些睏倦地看他：「凝霜，我還是覺得很睏……」

「喝了粥再歇息。」他心疼地撫上我的額頭。

我點了點頭，他扶我坐起。傾城推門進入，為我送來了粥，見我醒來微露安心之色。

凝霜餵我喝了粥後，我再次熟睡，夢中卻再也見不到師傅。

再次醒來已是第二天晌午，睡得腰痠背痛，昏昏沉沉。我動了動身體，床邊立刻有人起身，俯身到我面前：「心玉！」

我模模糊糊的眼中是一團黑色，我一驚：「誰？」

他一愣，摸上了自己的下巴。

視線開始清晰，我看到了瑾崋滿是鬍碴的臉：「瑾崋！」

他摸摸下巴，尷尬地笑了笑，立刻憂心看我。

「怎麼樣？好些了沒？要不要喝粥？我馬上叫人去拿！」他轉身要走，我一把拉住他，他再次轉身坐回我床邊。「怎麼了？」

我細看他的臉，他的臉上顯然帶著一絲疲憊。

「你什麼時候到的？」

「昨天。」他握住我的手，有些生氣：「妳太亂來了！怎麼可以不等我和飛雲？」

我微微而笑，伸手緩緩把他拉下，他疑惑之時，我環抱住了他，他在我的身上發怔。

「心玉？」

「謝謝……」我埋在他的頸邊，儘管臉上的青蔥有些刺痛，但我知道，他為了我而馬不停蹄。

「心玉……」他也伸手環住了我，壓在我的身上。

「我想你。」

「妳不想我才不該。」他有些生氣地說：「我走的時候，明明只有懷幽和凝霜，回來居然多一個子律！哼！明明我才是妳第一個搶入宮的男人！」

他不開心地轉開臉，跟我鬧彆扭。

「呵……那……要不要補償一下？」我睡了那麼久，精神可是特別好。

瑾崋立刻撐起身體，眸光閃亮：「現在？」

我有些尷尬地側開臉，深吸一口氣：「咳。」這種事，我怎麼好意思說出口？

「我去刮下鬍子！」瑾崋轉身，忽的，他頓住腳步：「算了，機不可失！」

忽然他又轉回，笑嘻嘻看我。

「兵貴神速是不？」我撐起身體躺在床上笑了。

他看看左右，躍上我的床，拉上了帳幔……

瑾崋是我第一個帶進宮的男人，卻是最後一個收的男人，他的心裡有多麼不甘心，我自然知道。

夜晚，龍鳳關擺宴，算是替飛雲、聞人他們接風，凝霜也熬夜陪我，所以在瑾崋來時，瑾崋跟他換手，讓他去休息。他們不會再讓別的男人進房照看我的。

所以，我和瑾崋的事……咳，凝霜還不知道。

夜幕下，滿城紅燈再次亮起，比之前更加熱鬧。士兵們喝著酒，吃著肉，唱著歌，歌聲響徹雲際。

府中，我舉杯敬載譽而歸，又為我奔波而來的將領，回京之後，會為他們舉行更大的洗塵宴，還會邀請都翎前來參加我的大婚！

飛雲、聞人坐在席位上舉杯敬我，飛雲的眸光格外清澈，如新生嬰兒般明亮。他一直看著我，直到凝霜和瑾崋發現，到他面前灌酒，才阻斷了他的目光。

我坐在席位上淡笑不語，我不想失去……飛雲這樣的知己……

城樓之上，紅燈高照，飛雲站在我的身旁，我微笑看他：「你辛苦了。」

「臣應該的。」他垂首淡淡地說，和我保持君臣的距離。

我點點頭：「你為你的家族再次贏得了榮譽，我會歸還爵位。」

「謝女皇陛下。」他有些猶豫地抬臉，看向我的面具，目露憂傷：「女皇陛下，您的臉……真的不能治了嗎？您治好了飛雲的眼睛，飛雲想知道到底需要怎樣的仙草，飛雲定為女皇陛下採來！」

我笑了，抬手緩緩摘下了面具，那一刻，他怔立在朦朧的紅色燈光中，久久沒有回神……

良久，他笑了，我再次戴回面具，他輕笑搖頭：「飛雲真是多慮了……」

「你們聊完沒？」凝霜不悅的聲音從房頂傳來，飛雲又是垂眸而笑。

「臣還是告退吧。」飛雲含笑而去，與跑上城樓的瑾崋擦肩而過。瑾崋已經一身便衣跑到我身旁，臉上乾乾淨淨，還他俊朗面容。

「心玉，我洗乾淨了！」他咧嘴笑著，笑容從未如此燦爛，紅暈微微浮上臉，低聲說道：「中午……沒刺痛妳吧……咳……」

心跳立時漏了一拍，中午時，他可是把我扎得又癢又疼……

血脈加速之時，胃忽然不適，我捂嘴乾嘔：「嘔！」

「怎麼了？」瑾崋和凝霜異口同聲地急呼，白衣飄過我的身邊，凝霜也落到我身旁，和瑾崋一起扶住我。

我緩了緩，腦中「嗡！」一聲，立刻把上自己的脈，倏然感覺到了兩條脈動，我驚喜地抓住他們兩個人的手。

「我有了！我有孩子了！」

「這麼快！」瑾崋驚呼：「我們中午才……」

「瑾崋！你說什麼？」凝霜登時橫眉怒目。

我驚喜地拉住他們二人：「是懷幽的！是懷幽的！懷幽沒事了！」

他們二人驚訝地站在我的身旁，我激動地擁抱瑾崋和凝霜。這是懷幽的！一個多月前，凝霜和子律又鬧彆扭，於是我把他們踢出了門，只跟懷幽一起，所以，是懷幽的！

懷幽知道了，一定會高興大哭的！

原來師傅說的我不是一個人，是在說此事！

「瑾崋你這隻豬！心玉懷孕了你居然還做那件事！你真是禽獸！不發情你會死啊！」

「蘇凝霜！你說得太過分了！我那時根本不知道！心玉也不知道啊！」

「就算心玉不知道，她那時剛醒你居然還累到她，你果然是頭豬！」

「蘇凝霜！你夠了！如果不是為了你，心玉怎麼毀容！」

「你今天真是找死！」

「來啊！」

我在瑾崋和凝霜的刀光劍影中撫上小腹，幸福而笑，懷幽，你現在真的不用再……自卑了……

巫月二六一年，女皇巫心玉大婚，封梁子律為夫王，封懷幽、蘇凝霜、瑾崋為御夫，大赦天下，普天同慶，邀蒼霄王都翎，蟠龍王龍天瀛參加婚典，從此四方安泰，天下太平！

✣ ✣ ✣

坐在御花園裡，滿園春色在月光下更加迷人。

粉色的帳篷，華美的地毯，美人在旁，賽過群芳。

都翎和龍天瀛分坐兩旁，桃香和蘭琴在旁倒酒服侍，兩個丫頭也是臉紅含笑，盡現處子嬌羞。

「四個，哼，四個！」都翎無語地直搖頭。

龍天瀛深沉看都翎：「巫月是女皇，四個男人算什麼，你我還不是妃嬪三千？」

都翎瞥了龍天瀛：「龍天瀛，你對她沒感情當然這麼說，我可是一直想著她，如果她不是巫月女皇，我早搶回去做我的王后了！」

我輕笑看都翎：「我該謝謝蒼霄王對我的厚愛嗎？」

「不不不，我只是隨便說說。」都翎又開始不正經，金色的捲髮甩了甩，看身邊：「話說……我這次能不能帶回去一兩個？」

「隨你，但也要我的姑娘們同意。」我冷臉白了他一眼。

「香香～～妳願不願意～～」都翎立刻笑問桃香。

桃香的臉立時炸紅。

龍天瀛受不了地搖搖頭：「都翎！現在要說正經事！」

都翎輕笑舔唇，看看龍天瀛：「龍天瀛，如果巫心玉不毀容，你也會被她迷上的。」

龍天瀛蹙眉轉開臉，像是不想再搭理他。

「借我大婚邀二位前來，也是為了正事，希望三國能和平相處，共同繁榮。」我正色道。

「嗯。」龍天瀛沉吟地點點頭。

我看向都翎，他的金髮在月光中多了一抹蒼然冷月之色。立時，那縷熟悉的雪髮再次掠過腦海，我恍惚地看見蒼月之下，一個孤立的身影，他的雪髮在飄雪之中，一直飛揚……

「都翎……我和你在孤海荒漠相遇的時候，我……是一個人，還是……兩個人？」

不知為何，奇奇怪怪的問題又從我口中而出。

都翎奇怪地看我一會兒，莫名地說：「當然只有妳一個人。哎！當時我沒下手，太可惜了！」

「咳！」龍天瀛一臉緊繃地咳嗽，再看都翎的目光極為嫌棄，和那狼神一樣。

「對不起，我們開始訂條約吧。」我笑了。

卷軸在我們三人之間展開，共訂三國和平通商條約，福澤後人！

寧靜的月色下，懷幽站在我身旁，為我披上披衣，溫暖的手撫上我的小腹，眸光再次顫動起來。

我還記得那天告訴他這個喜訊，他真的哭了，哭了很久……

他的淚水是別的男人無法懂的，他曾對此已經死心，也因此一直自卑，每每提及延續香火之事，他總是會默默離開……

「心玉，真的是我的嗎……」他再次問。這句話，他不知問了多少遍，他是那麼的自卑。他環抱住我，氣息顫抖地帶著恐慌。

「當然是你的~~」凝霜冷冷的聲音裡滿是妒意，他和子律、瑾崋從花中走來，他們尚未脫去的紅衣讓他們格外耀眼迷人。

「每次我和子律吵架，都是你佔便宜，哼。」凝霜站定後冷睨子律：「子律，我們是不是該言和了？」

「哼。」子律垂眸一聲輕笑，似是不買帳。

「最鬱悶的是我好不好！」瑾崋煩躁地看凝霜和子律：「你們早跟心玉在一起了，我呢！我才回來，結果就……」

瑾崋氣悶地甩開臉。

「現在我們都不能進心玉的房了！」

「對不起……」懷幽抱歉地看大家。

「別得了便宜還賣乖。」凝霜瞪了懷幽一眼，懷幽默然低頭。凝霜、瑾崋和子律看看他，不約而同地來到他身旁，凝霜懶懶地靠上懷幽的肩膀。「別擔心，一定是你的。」

懷幽有些驚訝地看他，凝霜對他揚起了笑容，眸光不再冰冷。

「懷幽，別擔心。」子律也來寬慰。

「你就愛瞎擔心。」瑾崋一拳打在懷幽胸口：「如果不是，我多生個給你！」

登時，懷幽一怔，神情裡又再次不安起來。瑾崋僵立，被凝霜和子律狠狠瞪著。

「啊！我去茅廁。」瑾崋說完就跑。

「想跑？哼！你能跑得過我？」立時，凝霜飛身而起，紅衣在月光下飄然如蝶。

我和懷幽、子律相視一笑，拉起手一起看空中明月，月光格外皎潔迷人。

「來年的春天，若是椒萸還未娶，就讓他入宮吧……」我淡淡的話音在月光之中讓懷幽和子律一愣。我看向他們：「這樣，你們五人才不缺……」

懷幽立刻看向子律，子律沉默片刻，點了點頭。

「既然妳心中放不下他，就讓他入宮吧。當初讓他獻曲，替我們轉移巫溪雪的注意力，他從未猶豫過。他和懷幽一樣，手無縛雞之力，卻與我們一起涉險。只有他在妳登基後一無所求，我對他也有所虧欠。」

子律說罷，凝望月空，往事歷歷在目，那一晚到底怎樣，我不知，但是，我能想像得到當時的危險與驚心動魄。

來年的春天，我一定能給椒萸……一段……好姻緣……

肚子越來越大，天氣越來越熱，我躺在床上輾轉反側，難以入眠。懷幽心疼地看著我，為我搧風解熱。

「小玉，對不起……」

「哪位母親不是如此，我們的孩子很快就會降生了。」我無語看他。

懷幽滿臉的自責，像是我為他懷胎，他卻感覺害了我。

「我沒想到，它會讓妳難眠……」懷幽神情複雜地撫上我高高隆起的肚子，現在國事有子律、凝霜和瑾崋幫我分擔，但生孩子不是別人能幫忙懷的。

可是，我很開心，我輕撫自己的肚子，孩子在裡面正調皮地跳動。

「懷幽，不要自責，我現在感覺很幸福，謝謝你讓我有了孩子，讓我感覺到他的存在，我還想……懷子律的孩子，凝霜的，瑾崋的，你說好不好？」我開心地看懷幽。

「妳上癮了……」懷幽搖頭嘆氣。

我笑了。

「錚——」忽然間，琴聲傳來，幽幽的琴聲飄蕩在空中，讓人安心靜氣，當那琴聲響起時，我肚子裡的孩子靜了下來，像是他也想好好欣賞這動人的琴聲。

「這是……」我看向懷幽。

懷幽淡淡而笑：「御醫說琴聲能助眠，所以我把他請入宮了，這段時間，他會一直為妳彈琴。」

我心中劃過絲絲感動，靠上懷幽的胸膛，閉上了眼睛。

「我還說……來年的春天會給他一個好姻緣，結果……今年的春天，來不及了……」

「沒關係……我們還有明年……」

我在懷幽溫柔的話音和那輕柔的琴聲中安然入睡，睡夢中，那琴聲如同潺潺的流水般，一直伴隨著我……

有了他的琴聲，我終於可以安眠。又一個月過去，肚子已經有點沉，懷幽在琴聲中已經熟睡，我緩緩坐起，輕輕起身，走出了寢殿。

他夜晚而來，夜半離開，白天卻從未出現在我面前。明明懷幽為他備了寢殿，他卻依然不留宮中。

我知道為什麼。

琴聲越來越清晰，我站在了他的殿外，扠腰緩了緩氣，呼……好累。我提裙走入，他正坐在殿中琴案之後，背對殿門認真撫琴，忘我的神情讓他飄然若仙。

一直以來他都是安靜的，羞怯的，即使歷盡艱險，他面對敵人時和瑾崋他們一樣勇敢，不再膽怯害怕。可是，在面對我時，他依然是原來的椒萸，那個不敢看我，比懷幽還要謹守本分的安靜男人。

我輕輕地站到了他的身後，認真撫琴的他依然沒有絲毫察覺。我微微而笑，提裙有些吃力地緩緩跪坐他的身旁，然後，伸出了我的手彈落在他心愛的古琴之上。

「錚——」輕靈的聲音像是清靜世界裡響起女孩兒的笑聲。

他怔住了身體，轉臉看到我時驚得跳起。

「女、女皇陛下！」他驚呼起來，雙目圓睜地站在我的面前。

「是我。」我抬臉笑看他。

他驚然回神，匆匆跪在我的裙前：「臣該死，臣今天的琴聲是不是吵到陛下您了？」

我搖了搖頭，看著他依然敬我三尺的神態有些失落。我伸出手，撫上他雌雄莫辨的臉，立時，他的面頰在我的手心裡熱燙起來。他僵住了身體，更像是不敢妄動地被我抬起臉，但是顫顫的眸光卻落在了別處。

「椒莄，我曾答應過你娘，來年的春天會給你好姻緣，你……可有喜歡的女孩兒了？」

我收回手，靜靜看他因為我的話而發怔的臉。

他漸漸失神，面頰上的紅暈在他的失神中漸漸退卻：「沒……有……」

我笑了：「那你可知懷幽為何召你入宮？」

他眨眨眼，恭敬地頷首：「給陛下撫琴。」

我淡笑搖頭：「此入宮……非……彼入宮，懷幽是在給你機會吶……」

他一怔，吃驚地朝我看來，但在觸及我目光時，臉倏地炸紅又匆匆低頭，忽然失措起來。

我伸出手執起了他的手，他的身體立時僵硬，我握住他的手，撫上他的臉。

「你們五人現在……只缺……你一人了，你真的要……我來開口嗎……」我微微側開臉，心跳不由自主地加速起來。女皇做久了，我還是第一次主動召一個男人入宮。

椒莄僵坐許久，倏然握住了我的手：「女皇陛下！」

「叫我心玉。」

「心、心玉……」他失措地一時結巴起來：「可、可、可是我，我、我、我不配，我、我、我、我、我不夠格。」

我有些生氣地轉回臉，正視他。

「不，你夠格。曾經的椒萸就很難說了，但是，在你為我冒死與敵人周旋時，你就已經夠格了。如今，你依然未娶，為什麼？你的心裡，是……」

「是妳！」他幾乎下意識地脫口而出，雌雄莫辨而精巧的臉瞬間變得僵滯。

我看著他呆呆的神情忍不住笑了。

「好，既然你心中是我，那你準備入宮吧。」我微微起身，看著他像是已經驚喜到靈魂出竅般的呆滯神情，我笑了，緩緩俯下臉，輕輕吻上他的唇。他的睫毛瞬間顫抖起來，下一刻，他也直起身體，如同壓抑已久卻被我一觸點燃似地，捧住我的臉深深吻入我的唇。

從這輕顫的吻感受到他的激動、興奮、渴望，和初吻的青澀。他帶著一絲喘息地深深俯視我，雙眸之中竟然泛著點點淚光。

「你怎麼了？」我撫上他眼角的淚水。

他卻一把抱住我，輕輕哽咽：「我一定是在作夢……」

我忍不住輕笑，忽然間，一陣陣痛傳來，我立刻抱住他蹙緊了眉。

「如果是夢，你快要醒了，因為、因為……我好像要生了！」

「什麼？心、心、心、心、心玉！」他又急得結巴起來，匆匆放開我跑向外面大喊：「御醫——御醫——懷幽——凝霜——瑾崋——子律——來人啊——」

我坐在地上喘息地捧住肚子，眼中映入椒茰驚慌失措的身影。立時，最近的懷幽第一個出現，他緊張地看椒茰：「椒茰！出什麼事了？」

「心心心心心……」

「到底怎麼回事！」子律帶著怒吼和凝霜、瑾崋一起出現，眼尖的瑾崋立刻看到了殿內的我，立刻躍到我的身旁。

「寶貝！寶貝妳怎麼了？」

「不，不是我！」我咬唇忍住越來越厲害的陣痛，指指肚子：「是、是她！」

「她？」凝霜一愣，殿外的人也紛紛看來，下一刻，凝霜像是恍然大悟般驚叫起來。「她——她要出來了！孩子要生了——」

他竟和椒茰一樣朝外大喊起來。登時，瑾崋睜大了雙眸，子律也怔立原地，而懷幽更是直接暈了過去！

我深吸一口氣翻了個白眼，這群從來天不怕地不怕，不怕妖狐的男人們，居然在我要臨盆時，亂作了一團！

「啊！啊！啊——快傳御醫接生——」最後，還是我自己喊了出來。

「哇～～」當孩子的哭聲響起時，懷幽再次激動地暈了過去。

是個女孩兒，他夢寐以求的女孩兒。

儘管他暈了，他卻抱住孩子沒有鬆開，而那孩子像是知道爹爹就在身邊般，格外安靜，小小的睡顏可愛得讓人心醉。

子律、凝霜和瑾崋依然陪在我的身邊，心疼地看著我。

「辛苦了，心玉。」子律握住我的手，忽然狠狠看凝霜和瑾崋：「不准再讓心玉生了！」

意外的，凝霜和瑾崋一起點頭。

我生氣地握住子律的手：「不行！我想要！我想要看小子律、小凝霜、小瑾崋！」

子律的神情瞬間柔和下來，疼惜地注視我。

「可是，我們是心疼妳，妳生孩子的時候，真的把我們都嚇壞了。」

「是啊，寶貝，別生了，我們不介意。」凝霜也坐到我的身旁，輕輕擦去我額頭的汗水。

瑾崋臉色煞白地看落地面：「我上陣殺敵從未怕過，但是剛才我、我真的很怕……」

「瑾崋將軍，請你不要說這種晦氣話！」站在一旁許久的椒萸終於忍不住開口，鼓起臉生氣看他：「我們的心玉一定長命百歲，兒孫滿堂！」

「心玉？」瑾崋、凝霜和子律異口同聲。

我笑了，向椒萸伸出手，椒萸也忽然昂首從子律他們三人的目光中來到我的床邊，若是從前，他可不敢。

椒萸握住我伸出的手，雙膝跪落我的床邊，我微笑看他。

「三個月後，你入宮吧，我不想再等來年的春天了，是我欠你太久了……」

子律、凝霜和瑾崋目露恍然，露出了恭喜的微笑。

椒萸的眼眶中再次淚水滾動，激動地吻落我的手背。

「椒萸……遵旨……」輕顫的聲音帶著絲絲哽咽，讓人心憐。

我看向子律、凝霜、瑾崋，還有樂畢的懷幽，微笑而睡。終於，他們五個人齊了，他們不僅僅是我的臣，我的男人，更是……我的……愛……

我要和他們一起生兒育女……

我要給他們和我的孩子們一個……

盛世天下！

因為我是——

巫月女皇！

巫月三四〇年，一代女皇巫心玉殯天，享年一百，兒孫滿堂，百世流芳。

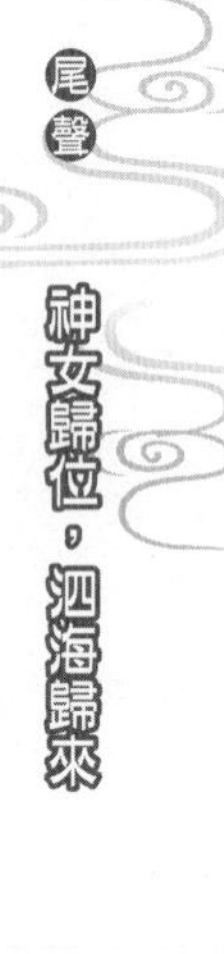

尾聲　神女歸位，泗海歸來

當我再次醒來時，是在天宮的神台上。

我坐起身，記憶如同浪潮般瞬間湧出，那些下凡之前被封印的記憶。

我頭痛欲裂地站起，模糊的視線中是師傅的身影，他朝我微笑地伸出手。

「心玉，我來接妳了。」

我看著他的手，腦中是深深的刺痛！

泗海！

泗海！

泗海！

我全都想了起來，憤怒充滿了身體，讓我頭痛欲裂，讓我肝腸寸斷！只想掀翻整個天庭！

「為什麼，為什麼由著我忘記泗海？」聲音因為極度的憤怒而輕顫，我憤怒而痛心地看向面前的人，我曾經的師傅，我曾經的愛——天九君！

他無言地面對我，緩緩收回手。

「即使是父神的命令，你也可以幫我喚起！為什麼你沒有？」我心痛到全身揪痛地起身看著他，

我知道他沒有義務幫我恢復記憶，也沒有義務幫我想起泗海。他一直循規蹈矩，從不違抗天意。

但是，我還是很痛心，我曾經最愛的人，卻冷漠地看著另一個我深愛的人灰飛煙滅，被我遺忘，甚至忘了整整一輩子！

我面對無言的他，心痛得已經無法言語，瞬間潮湧般的記憶，讓我瞬間回到泗海離開我的那一刻。他讓天神抹去我對他所有的記憶，只為讓我忘記痛苦，可以輕鬆地活下去……

泗海……

我必須找回他！即使他灰飛煙滅！

我拂袖轉身，即使掀翻整個天宮，我也要找那個人算帳！

「心玉！」師傅立刻攔在我的身前：「忘了他是為妳好！」

「真的嗎？」我心痛地看著他，他的臉上是和泗海相似的眼睛。曾經因為這雙眼睛，我在泗海的身上看到了他的影子，那時對他的情感依舊，也因此，泗海的眼睛留在了我的心底。

而此刻，我看著他的眼睛只會想起泗海。我不該生他的氣，但他是讓我忘記泗海的幫凶之一。

「是為我好，還是……你也想讓我徹底忘記他？」我難過地看著他，這個我曾經、現在依然愛著的男人，也是我第一個男人——天九君。

他的臉上風騷與嫵媚不再，細細長長妖媚的金瞳中是深深的痛。

「心玉！他不值得妳留戀！他愛的永遠只是他自己！他要的永遠是天下最好的東西！」

曾經懶散平靜的師傅，忽然激動地朝我大喝。

「他為了得到最好的面具，砍斷了椒萸父親的手！他為了得到全天下最好的女人，他強行佔有了妳！因為最好的才配得上他孤煌泗海！那樣的男人，不值得妳愛！他太自私了！」

「不是的！」我憤怒地大聲打斷了他的話：「不是的……」

我的聲音再次顫抖。

「至少……後來不是的，在他讓我忘記他的時候，他就已經變了，他真的知道錯了……」

我深吸一口氣，在他深切帶恨的目光中轉身。

「如果你真的為我好，不要阻止我。如果你想知道我現在心裡的男人是誰，我現在就可以告訴你：是他，孤煌泗海，而不再是你，天九君！」

說罷，我拂袖躍起，朝金殿而去，不再回頭看他一眼。

我要救回我自己深愛的男人，無論面前是誰！即使是我的父親——天帝！

我一路前行，身上的殺氣讓經過的仙女退而遠之！

我站在了通往金殿的九千九百九十九級台階下，毫不猶豫地抬步踏上台階。

忽然，金色的捲髮掠過眼前，三皇兄落在我的面前，他寶藍石的眼睛閃閃發亮。上一世，他也下凡歷了劫，成為蒼霄王——都翎。

「九妹！妳回來了！」他開心激動地看著我，唇角揚起，滿臉的不正經。「我說我是都翎的時候怎麼對妳一見鍾情，原來是血緣使然，難怪我們無疾而終。」

「讓開！我要找父神！」我冷視他。

「別別別。冷靜！」他扣住我肩膀。

「閃開！」我一掌掀飛他，直飛而上。

忽然，大皇兄又落下，沉臉攔在我的面前：「小妹！冷靜！」

我狠狠看他，他也下凡應劫，成為蟠龍王龍天瀛。

帝王星並不是一顆星，而是整整一座星宮，由我們天神之子女統管。但是，並非每一任帝王如我們這般下凡，我們只在世界混亂遇劫時，下凡統一天下，或者，繁榮一朝。所以，開國皇帝，或是如我這般重新振興巫月的帝王，才是帝王星下凡。

而現在，我和三皇兄、大皇兄歸位，而其餘皇兄還在下界歷劫。

大皇兄沉沉看我，黑眸之中是鄭重的警告。

我冷冷看他一眼，依然揚起手臂，將他掀開：「別攔我！」

大皇兄被我的神力震開，我再次一躍而上。

縮地成寸，九千九百九十九級台階在我腳下化作虛無，我一躍而上，站在了仙氣繚繞的金殿之上，憤怒地冷視高高坐在神位之上的男子，我的父神——天帝！

「把泗海還我！」我朝他大喝。

登時，金殿祥雲瞬間消失，黑雲密布！

「胡鬧！」雷霆之聲，震天動地：「妳乃帝女神君，居然還對那隻妖狐念念不忘！」

「你也曾對魔界魔女念念不忘！你有何資格殺我心愛之人！」我憤然到他金座之下。

「放肆！」登時，父神的厲喝響徹雲天，他周遭的神光依然青紫。「妖狐根本配不上妳！」

「好啊！你說他配不上我，我來世做妖去配他！」我笑道。

「妳！」父神怒然起身！

忽然，大皇兄和三皇兄躍落我身邊，一個抱住我，一個捂住我的嘴。

「父神息怒，她剛回來，封印剛除，還有點腦子不清楚！」三皇兄嬉皮笑臉地為我辯解！

「嗯！嗯！」我在他們手中奮力掙扎。

「父神，小妹性子一直固執，請父神息怒，我們這就帶她回宮休息！」大皇兄說罷，給三皇兄使了個眼色，立刻把我用力拖走，前方是父神冷然站立的身影。

父神是冷漠的，他周圍的神光，讓我們從小便無法靠近；就像剛成仙的師傅，我無法看清他的容顏一樣。即使我能看見所有人的容顏，卻很少能看見父神的，只有他願意親近我們之時，才會卸下護體的神光。

我被大皇兄和三皇兄拽回了宮，他們設下法陣，不讓我離開。

我站在神光之後用力拍打，如同那天與泗海分離，明明面前只是一層比空氣還薄的光，卻讓我們就此永世分離。

「公主殿下……」隨著呼喚，我曾經的侍官、護將，漸漸浮現我的眼前，園中紅梅化出人形，也朝我走來，然後是我的琴，我的……神獸。

他們……他們隨我一起下了凡，他們曾經在戰爭中為我出生入死，可是這一世，我怎麼都沒想到，他們卻都成了我的夫……

我的侍官成了懷幽……

我的護將成了瑾崋……

我的神獸是子律，我的梅是凝霜，我的琴是椒萸。

此時此刻，我的心裡溢滿對他們的感激與愛，是他們的陪伴成就我一世女皇。是這一世，讓我知道了他們藏在心底對我的不僅僅是誓死效忠，還有……愛……
我的愛都已經回到我的身邊，而他……卻不再來……
「公主殿下。」他們站在了神光之前，齊齊下跪：「請冷靜！」
我踉蹌地後退兩步，坐在了仙氣繚繞的冰冷地上。比起在天宮做神，我們更喜歡下凡歷劫，因為……這裡是那麼的冷……
「母神！」他們的驚呼吸引了我的注意力，神光落下，母親從神光中緩緩走出，在這無邊無際的天宮裡，只有母親讓我們感到溫暖。
母親卸去了神光，露出無人能比的美麗容顏，無論她如何傾倒六界，她始終是我們溫柔的母親。
她走入神光，蹲下身體溫柔地環抱我。
「母神……」
「九兒，泗海一直都在……」
我一驚，立刻看她：「在哪兒？」
她溫柔撫上我的臉，微笑注視著我：「九兒，妳可曾記得，曾有一日，泗海隨他師傅上天？」
我平復了一下心情，努力回憶，我記得那時泗海還不是狐仙大人，當時的狐仙大人上天參加天宴，泗海隨他而來。
我點了點頭：「我記得，那時他心地純良，有一雙世上最清澈的眼睛。」
母親點了點頭：「是啊，很美，像無瑕的寶石。那時，妳與他師傅下棋，言及巫月，妳可還記得妳當時說了什麼？」

我細細回憶：「我說……我辛辛苦苦開國，然後世人不知珍惜，好色貪淫，還對狐仙神像意淫……該給他們一次天罰，讓巫月女人好好警醒！難道？」我心中登時大驚，看向母親。

「不錯，應是那時，那孩子便記在心裡了。」母親含笑看我。

我的心跳立時而亂，原來一切是因我而起！泗海是為了我！

「那孩子讓我很感動……」母親溫柔的話音再次響起：「我答應他，只要他經萬劫不復之刑，便許他一個心願。」

我的心顫抖起來，無人能走出萬劫不復之刑，即便走出，元神已被重創，極易灰飛煙滅。

「他是不是走出了？」我的氣息不禁害怕得輕顫。

母神微笑地點頭：「妳知道，他的心願是什麼嗎？」

我看著母神溫柔的目光，心底又是害怕又是欣喜：「是什麼？」

母神笑了，神光將她再次慢慢包裹。

「是做巫心玉第一個男人。心玉，去找他吧，那孩子，不容易……」

母神在我的面前漸漸消失，我的大腦瞬間被一切攪亂！

泗海的願望，是做我第一個男人！

我第一個男人，是師傅！

時間！是母神用時間做了弊！

忽然間，所有的一切，變得順理成章。

師傅第一次看見我，即使我只有六歲，他依然愛上了我……

師傅修煉不足百年便能成仙，是因為泗海已經替他歷了劫！

師傅應該不記得自己曾是泗海，所以，他總是獨坐在祭壇上，迷茫困惑地仰望天空……

原來一切冥冥中早已注定，泗海歷劫剔除了魔性，才還天九君原本最為純善之心！

師傅……泗海……

師傅生來無緣由地討厭泗海，原來是在討厭自己的過去！

師傅方才的憤怒，原來是在憤怒曾經的自己！

師傅成神後，封印的記憶開始慢慢找回，所以他總是說想起了一些原來的事情，最後，他知道自己曾是誰，所以，總是不斷地對我重複：「一切是值得的，對不起……」

一切是值得的，只要為了跟我在一起……

對不起，對不起讓我忘記了他，忘記了我們的愛……

「我要出去！」我立刻起身大喊：「父神！我知道錯了！我要出去！」

神光再次落下，淹沒了懷幽他們所有人，宛如創造了另一個世界，在這裡，只有我和父神。

父神從神光中走出，光彩琉璃的華袍上面宛如每一個圖紋都是鮮活的，黑紫色的長髮長及腳踝，豔絕六界的臉根本不像一位父親。

他狹長的紫眸中，露出一抹無奈，儘管他很遙遠，但他最疼愛的卻是我。

「九兒，父親最為寵愛的，便是妳。」他撫上我的臉，寵溺的目光輾轉流連：「因為妳是父親唯一的女兒，也是性格最像我的孩子。父親不同意妳與那妖狐在一起，是因為他魔性未除，和他在一起只會傷害妳，讓妳陷入更多的劫難。他是凡人時不愛眾生，只愛自己，若是他成魔擁有無上魔力，妳可曾想過他會屠戮六界？」

我沉默了很久，沒想到父親會這樣與我交心。

父神久久看我：「九兒，父親知道妳與天九君情投意合，他也是天界最美的神君，你們完婚吧！至於那隻妖狐，妳別再想了，他已經在萬劫不復之刑中灰飛煙滅了。」

父神難得地，溫柔注視我。

「嗯，女兒謹遵神旨。」我垂下臉。

「這才是父親的乖女兒。」他溫柔地撫了撫我的長髮，在我額頭上輕柔落下一吻，緩緩消失。

在他消失的那一刻，封印我仙宮的神光也隨之解除，懷幽他們憂急看我：「公主殿下！」

「沒事了。」我笑看他們。

他們露出了安心的微笑。懷幽垂眸長舒一口氣，瑾崋笑著攬上凝霜的肩膀，凝霜清澈的冷眸中是一絲懷疑，椒萸又是默默地低下臉揚起安心的微笑。

而子律，依然用那雙如鷹的眼睛深深打量我，和凝霜一樣在懷疑我的話。

遠遠的見到金髮揚起，我深深凝視：「你們……休息吧，我想一個人靜靜。」

「是……」他們彼此看了一眼，紛紛退下。我沒想到在神宮忠於我的男臣們，會與我一世情緣，為夫為郎。

他朝我緩緩走來，金髮在空氣中劃過一抹淡淡的白光。

他狹長的眸中露出了泗海的深深思念，和天九君的溫柔寵溺。

他是泗海……又是天九君……

他走到我的面前，神情也複雜而糾葛，他想對著我露出慵懶嫵媚的笑容，卻在唇角揚了揚之後收起，垂下臉。

「心玉，對不起。」

「啪！」我直接揚手打在他的臉上，他什麼都沒說，下一刻，我就扯落他的金髮吻上了他的唇。

他立刻環住我的身體加深了這個吻，他愛我兩世，歷經萬劫，方能與我這天帝之女在一起，他怎能對自己如此的狠！

淚水從眼角滑落，嘴唇在他的吻中輕顫，他微微一怔，放開我心疼地注視我片刻，吻去我的淚水，我垂下臉。

「你怎麼能對自己那麼狠！你知道你隨時會灰飛煙滅嗎？」

他撫上我的臉，深深將我擁入懷中。

「值得，只要能和妳在一起，什麼都值得。」

「泗海……」

「心玉，不必為我難過，我也是罪有應得，是我自己修為不夠，著了心魔。我雖歷盡萬劫，嘗盡痛苦，但是，我成神了。」

他輕撫我的長髮，吻落我的頭頂。

「我那時只想得到妳，但後來我才明白，愛一個人是讓她幸福。心玉，孤煌泗海真的做錯了。」

我緊緊抱住他，在他的胸前深深呼吸。我們相擁許久，誰也沒有再說話，只想在此刻擁有劫後重生的彼此，永遠……永遠不再分開……

仙宮流雲漸漸染上晚霞的色彩，美輪美奐，我們坐在仙宮的金頂之上，相依相偎，十指相扣，在這裡，沒有時間，我們也沒有生死。

「如果你轉生時帶著泗海的記憶，你可以改變泗海的軌跡，那樣，你就不必經歷萬劫。」

他卻搖了搖頭：「若是那樣，我便無法遇見妳。」

若是他改變了泗海的命運，那麼天九君也將不復存在。或許，會有天九君這樣一個人，但是，他的靈魂將不再是泗海。

「在妳六歲上山那年，母神曾托夢給我。」

「母親？」我有些吃驚。

他點點頭：「她告訴我，我將來愛上的人是神女下凡，我只有好好修煉，上天成神，才能與她生生世世一起，讓我莫要貪戀一世情愛。」

「這裡只有母親最疼我。」我倍感溫暖。

他扣緊了我的手，似是深怕下一刻我再次從他身邊消失。

「或許……天帝只是當不知，時間沙漏觸動，他怎會不知？」

我仰臉看向他，他狹長的雙眸深情注視我。是啊，時間沙漏的觸動，父親怎會不知？

原來，這一切，是父親在考驗他，考驗這個……未來女婿。

我笑了，他也笑了，金髮在神光中漸漸淡去金色，絲絲雪髮在風中飄揚起來，他的雙眸中也浮現絲絲邪邪的笑意，將我再次擁緊，唇角揚起微露一抹得意。

「現在，妳真的是我的了。」

「哼……」我環緊他的身體：「是的，我現在是你的了。」

「只是……」他變得遲疑起來。

「什麼？」

「哥哥尚在人間受刑，我怎能與妳完婚享受快樂？」他落眸看我。

我一笑：「接來不就行了？」

他一驚：「怎麼接？」

我掐指一算：「幫他渡劫，怎樣？想不想跟我下凡再次歷劫？」

他的金眸慵懶嫵媚地瞥我一眼，上挑的眼角讓這絲嫵媚多了分原本屬於他的邪氣。

「自然是妳去哪兒，我就去哪兒，這次絕不便宜妳那些男臣。」

我笑了，伸出手：「走！天宮無聊。」

他也懶懶起身，流露出天九君的慵懶。

「不錯，在這兒尚不到百日，不知時間，不知愛恨，我真的……」他緩緩俯身，雪髮掠過我的臉龐，眸中邪氣叢生：「有點懷念我做泗海的時候。」

「你可不許再亂來！」我狠狠白了他一眼。

「是～～我的公主殿下～～」他握住我的手彎腰一吻，和我再次十指相扣，攜手一起走向神台。

仙宮依然安靜，梅香陣陣，琴聲幽幽，子律與瑾崋石桌對弈，懷幽提起仙玉壺為他們倒上仙茶，茶香四溢，隨風流轉，飄向遠方……

我的男臣們，好好看家，我，很快會回來……

「丁鈴──丁鈴──」神廟的鈴聲在風中作響，狐仙大人站在我的身前，手中握著狐仙的神杖。

「小玉。」他鄭重看我：「妳將接任狐仙，要好好守護巫月，不可任意妄為，否則會遭天譴。」

我隨意地接過神杖，瞟他：「流芳大人，你都修煉快要兩百年了，怎麼還沒成神啊。」

流芳大人面色一陣尷尬。

「不是說前一任天九君大人修煉不到一百年就被接去做神仙了嗎？難道……開後門？」

「小玉！」流芳大人有些生氣了：「妳好好修煉，時間一到，自然封神！師傅歷劫去了！」

流芳大人沉臉拂袖，他總是被我氣得臉色大變。

我轉身看他，他走了兩步，卻又頓住腳步，燦燦陽光下，他的銀髮在風中飛揚。

他緩緩轉身，深深注視我片刻，到我身前，抬手撫上了我的長髮。

「小玉，師傅不在，妳可要乖，師傅歷劫成神之後，就會來接妳歸位。」

我疑惑地看他，他眸中劃過一抹笑意，俯臉在我的額頭落下一吻。

「師傅……要不……你別走了……」我怔怔看他。

他的銀瞳裡立時掙扎不斷，咬唇轉臉，仰視天空。

「不行！我要跟天九君一樣忍住！才能跟……妳……不，是跟她永遠在一起！」流芳大人狠狠說完，大步離去，不再回頭。

我不捨地看著他踏出神廟大門，消失在空氣之中，心裡一下子空落落的。

空氣中漸漸現出小白，他是我青梅竹馬的夥伴，也是我現在貼身的隨從，他有一頭漂亮的雪髮，也是狐族裡最漂亮的白狐。

他叫「雪」，因為他的雪髮，但我更喜歡叫他小白。

據說，幾百年前，狐族也出現過一隻最美的白狐，名叫泗海，後來還做了狐仙大人。可惜，他沒能抵住人間的誘惑，結果墮入魔道，被天神重罰，最後灰飛煙滅。他的事，一直警醒我們狐族。

「流芳大人終於走了。」他不開心地瞥眸看神廟門口，細細長長的眼睛瞥人時帶出天然的妖媚，讓人心神蕩漾。

「他真是煩死了。」流芳百般嫌棄他，因為我和他總是調皮，讓流芳大人生氣。

「終於成為狐仙大人了，哈！這麼說……我可以入禁地了！」我晃了晃神杖。

「妳要進禁地？」他大驚。

「你不好奇嗎？聽說那裡關著最厲害的妖狐，是那個泗海的哥哥！」我壞壞一笑。

雪髮在風中揚過小白邪邪的笑，眸光閃閃。

「嗯～～我開始動心了。走！我帶妳去！」他渾身白光閃現，他化作了巨大的白狐，我一躍而上，他飛奔而起，我們跑向後山祭壇。

傳說，那裡關押著狐族最厲害的妖狐……

傳說，他曾是那泗海的哥哥……

傳說，他在結界裡遭受最嚴苛的刑罰，不見天日……

太多太多的傳說讓狐族每一個人都對他心生好奇，想一窺真相。但是，那裡是禁地，只有狐仙大人才能進去。

現在，我是狐仙大人了！我一定要去看看這隻傳說中的妖狐是怎樣的。

雪停在了結界前，化作人形，把我抱在懷中。我從他手臂上躍落，神杖點地，立時，金光閃現，面前出現了近乎透明的結界，一點金光在結界上化開，漸漸融化結界，現出了另一片可怖天地！裡面電閃雷鳴，昏天黑地！雪也驚立在神壇前。

一道一道閃電劈落在神壇的狐仙神像上，而那裡，寒光閃閃的條條鎖鍊下，是一個黑色的人影！

我吃驚地走入，雷電在那一刻停止，黑雲緩緩散去，陽光一束一束破空而出，狐仙神像上的人疲憊乏力地朝我看來，那一刻，他的目光再也無法從我和雪的身上移開。

我和雪驚異地一步一步朝他走去，他震驚地直視我們。陽光落在我和雪的身上，雪第一次那麼長久地看著一個人，像是很久很久以前就相識。

「泗海……」呼喚從那個口中而來，他渾身焦黑的傷口正在慢慢癒合，全身黑衣已經襤褸不堪。

「你在叫誰？」我心疼地看著那些慢慢癒合的傷口，這是何等殘忍的刑罰。把我們狐族的身體一條條撕開，再讓我們自己的自癒之力慢慢癒合，然後周而復始。

他深深看向我，臉上是安心的微笑：「能再次看到你們……都值了……」

我久久看著他，心裡深深揪痛，不知為何，我忽然很想救他，不想再看他被折磨下去。

我雙眉一擰，已做出決定！我大步向前，走到他的身後，他緊張起來：「妳要幹什麼？」

我抓起冰涼的鐵鍊，毫不猶豫地扯斷！

「不要！心玉！」他疾呼出口！

鐵鍊像是紙條一樣在我面前斷裂，他緩緩跪落神壇，黑髮在風中飄揚。

「不……不要……」

我走回他的面前，神杖戳地，「咚」一聲，立時金光從我腳下蕩開，他驚訝抬首看我。我俯臉在陽光之中對他而笑。

「沒事了，跟我回家吧，我們重新開始。」

我朝他伸出手，他愣愣看我許久，緩緩地把手放入我的手中。我笑了，他有些不可置信地久久凝望天空，虔誠的神情像是在感激什麼，又像是在懺悔什麼？

「走吧。」雪上前扶起了他，他看向雪，雪也看向他，他們彼此對視許久，如幾世未見的家人。

他們久久相連的目光都讓我嫉妒了，雪還是第一次看除了我之外的人那麼久。

我故意打斷他們相視的目光：「以後你就是我的隨從，嗯……叫你小黑吧，你可願意？」

他朝我看來，微笑地緩緩下跪：「我，願意。」

溫柔和煦的山風揚起了他長長的黑髮，與雪的白髮飄向同一個方向。

我神杖輕輕放落他的肩膀，金光從他肩膀襤褸的衣衫點開，一身乾淨整潔的黑色衣衫覆蓋了他的身體，也讓他不再狼狽，俊美的容貌再次神采奕奕，和一身白衣的雪站在一起，足以羨煞旁人。

我看著他們，宛如看著一對相親相愛的兄弟，一黑一白一對狐，相依相偎在世間。

我笑了，轉身，陽光完全灑落神壇，神杖上的鈴聲在風中飄遠……

他第一次見到巫心玉的時候，其實是在二十年前，巫心玉出生的時候，那天舉國歡慶，皇宮設宴，慶祝這位小公主的出生。

他那時只有六歲，隨母親赴宴。

巫月女皇是一個仁愛的女皇，她很愛孩子，不僅僅是自己的，還有她的臣子們。小公主誕生，她邀請的卻是朝臣的兒女，而朝臣們只是陪同。這種有愛的邀請讓巫月上下一片祥和。

小公主是巫月女皇和自己最愛的男子所生，這個男子來自於民間。這是他聽說的，當然，他對這些並不感興趣，因為，他只有六歲，他還不懂什麼男女之愛。

他，是丞相梁秋瑛最小的兒子梁子律，別看他六歲，卻已小有名氣，被人稱為神童。

梁子律一歲識字，三歲作詩，六歲寫文，即便是二十歲的年輕人，也在他的面前敗下陣來。他擁有了神童的美譽，卻讓他如高山之松，孤立山頂。

年紀相仿的孩子，他不屑，玩泥巴，扔石頭，射彈弓，孩童玩的遊戲他都不喜歡，他才不會去跟連鼻涕都擦不乾淨的笨小孩玩。

然而，比他大的孩子不願與他為伍，因為，他只有六歲。

他坐在筵席上，今日的筵席和平日大為不同，整個宮殿設置了許多玩樂的地方，一大群朝臣的孩子在裡面玩得歡樂，分外吵鬧，唯獨他一人獨自坐在席位上。

「你也去玩玩吧。」梁秋瑛溫柔地說。她這個兒子不用她操心，可是，這越來越孤傲的性格卻讓她擔心，她希望子律能和正常的孩子一樣去玩玩，畢竟，他只有六歲。

哪知，梁子律卻給了她一個不屑的眼神。

「吵。」一個字，讓她這位母親也啞口無言。

坐在席位上的女皇看見了獨坐在席位上的梁子律，和一臉無奈的梁秋瑛，笑了。她起身，走到梁子律的身前，梁秋瑛匆匆行禮，女皇朝她揮揮手，梁子律也如小大人一般起身行禮。

「拜見女皇陛下。」

「不必多禮，小律來，我帶你去看小公主。」女皇笑著拉起梁子律的手。梁秋瑛略帶驚訝，但還是靜靜跟在了女皇的身後。

女皇拉著梁子律小小的手，走出了喧鬧的大殿，孩子們歡鬧的聲音慢慢遠去，梁子律才覺渾身舒服了許多。

「為什麼不願和別的孩子玩？」女皇溫柔地問。

「太吵。」子律答。

「子律一直那麼寡言少語嗎？」

「嗯。」

「子律不得無禮！」梁秋瑛微斥。

「秋瑛，無礙。所以子律，更喜歡跟聰慧的人做朋友是嗎？」女皇微笑。

「嗯。」

「那你看，我可以嗎？」女皇笑了。

梁子律一驚，呆呆地看著女皇，女皇溫柔地摸摸他的頭。

「我們子律，將來一定是一位比你母親更厲害的丞相！」

「女皇陛下請勿戲言！」梁秋瑛無奈地看自己的女皇。

女皇溫婉而笑，拉起梁子律的小手走入前面安靜的宮殿。

宮殿裡飄散著一股淡淡的幽香，宮殿深處，一俊美的男子正懷抱一個女嬰溫柔注視，男子溫柔的目光，宛如可以融化世間任何冰冷的心。

女皇走到了那男子身邊，梁子律靜靜看著，他知道這個男子是女皇陛下的男妃之一，是女皇真正心愛的男子。

他雖然才六歲，但是他懂很多，他懂女皇要娶很多自己不喜歡的男人，是為了政治上的利益。他懂得太多，所以他無法和那些蓬頭稚子相談，他們真是太蠢了。

女皇從男子手中接過小嬰兒，男子溫柔地輕攬女皇肩膀，女皇將小嬰兒放到了梁子律的面前。

「子律，看，這是小公主。」

梁子律呆呆地看向小嬰兒，他還是第一次看到小嬰兒，因為他是家裡最小的孩子。那小小的嬰兒又白又嫩，小小的拳頭比他還要小。

那小嬰兒用她那雙又大又亮的眼睛正看著他，目光中卻不是懵懵懂懂，而是真的會說話，像是在說：「你好。」

他呆呆地看著，不知不覺伸出了手，梁秋瑛輕輕提醒：「子律，不得無禮。」

「沒關係，秋瑛。」女皇笑著：「你看，小公主也想和子律做朋友。」

只見小公主已經朝梁子律伸出了小小的拳頭。

梁秋瑛的目光，也溫柔感動起來。

「小公主雙眸明媚，一看便是聰慧之人，女皇之幸，巫月之幸啊。」

梁秋瑛竟是感動得淚濕眼眶。

梁子律怔怔地伸手握住了小公主的手，小公主「咯咯」笑了，梁子律的臉一下子紅了起來，女皇看著溫柔微笑。

「看來子律很喜歡玉兒呢，將來和玉兒做朋友好嗎？」

「好。」梁子律不知不覺地答，握著那隻小小的手。

從那時開始，他開始希望，自己能有個妹妹，和小公主巫心玉一樣聰慧、愛笑的妹妹。然而，他再次見到巫心玉時，卻已經是六年之後。

那一天，天很陰，他母親早早喚他起床，站立在皇宮宮道的兩旁。所有朝臣都來了，但是沒有帶自己的兒女，只有他來了。他母親說是女皇親命的，讓他來送送小公主。

「他們要送她去哪裡？」此時的梁子律已有十二，才情更是遠播巫月，所有人認為他將成為巫月最年輕的官員，然而，他卻不願為官，不願參加科舉。

梁秋瑛的臉上滿是哀嘆：「送她去神廟。」

梁子律沉默了，心裡很難過，儘管他與小公主只見過一面，他卻對她時時掛念。他知道，只有被皇族排擠的公主，才會被送往神廟供奉狐仙，成為巫月的神女，看似殊榮，實則是幽禁，小公主再也無緣巫月皇儲之爭。

他聽自己母親說過，女皇因為太愛小公主的父親，想立小公主為儲君，然而，這遭到了巫月皇族的反對，因為小公主的父親來自民間。

女皇無奈，為了護小公主安全，只得送小公主離開。

遠遠的一位俊美的男子牽著一個小女孩的手，梁子律沒有認出那小女孩，但是他認出了那位男子，那是小公主巫心玉的父親。他看向了那個小女孩，卻是一愣，因為她的表情極為平靜。

她只有……六歲吧……

他卻在她的臉上，看到不同於同齡人的沉穩與冷靜。他的心跳忽然加速，他不知道這是什麼感覺，但是，他知道，他終於找到了同類。

她靜靜地跟在自己父親的身邊，目光孤傲而不屑，他從她的目光中看出了無畏，從她的目光中看到了輕蔑。

她走過了他的身前，忽然，他情不自禁地伸出手拉住了她的手，宛如小時候，他拉著她小小的拳頭。

她停下了腳步，轉頭只是平靜地看了他一眼。他匆匆放開了手，她依然平靜地看著他，他忽然在這個六歲的女孩兒前倉皇失措，久久的，才說了出來：「保重。」

「謝謝。」她對他漾開一笑。他怔住了，她的笑容異常成熟，宛如她已經知道了一切，她知道皇族們心中所想，知道把她送去神廟的目的。

「小心！」他著急地說，這是他第一次有些慌慌張張。

她對他微笑點頭，轉身繼續向前，背影瘦小卻帶出女皇一般的傲氣。

「哎……」梁秋瑛輕輕一嘆，梁子律看著那遠去的背影心中卻生出了深深的不捨。他感覺到，她和他是同類，可是，她卻從此遠去，不再下山。

巫女，是狐仙大人的女人，她不會再下山了，他似乎預見到了巫月的衰敗。

巫月真的如他所猜測，漸漸衰敗，妖男當政，貪腐四起。他很憤怒，但是什麼都做不了，因為他是梁相的兒子，他不能做連累家族之事。

他立在房樑上，長髮在月光下染上了一層銀色，如同雪狼般的銀色。他不能再這樣下去，他必須要做些什麼，去救那些被貪官汙吏欺壓的良民，被妖男陷害的良臣！

他穿上了黑衣，豎起了長髮，戴上了佩劍，拉起了面罩，從此，他成為行走在月下的獨狼，京城劫富濟貧、懲治貪官的英雄！

今晚，他就要去刺殺妖男，他對他們的行徑再也無法忍受！

他潛入妖男的王府，卻立刻被妖男的暗衛發現，他們果然各個武藝超群，讓他一時無法脫身。

忽然一個女人飄落他的面前，她輕盈的姿態如同一隻黑狐從月中悄然落下，她矯捷的身姿彷彿狐仙般時隱時現。

她救走了他，拉住了他的手，一起穿梭在月光之下，那隻手很溫暖，讓他有些熟悉，讓他有些失神。

她帶著他落下，渾身的墨香。

「你倒是有膽兒，敢去孤煌少司的府裡鬧！」她說。

他準備走，因為他是獨狼，從不與人廢話。可是，她卻攔住了他。

「我救了你，你就這麼走了？」

「妳想怎樣？」

「簡單，帶我去買夜行衣。」

他一愣，看著她身上的夜行衣。這、這該不是畫的吧？

而他更沒想到，這個站在他面前，穿著自己畫的夜行衣的女孩兒，正是那個他心裡一直掛念的小公主——巫心玉。

直到如今，他和她回想起那一刻，仍會會心一笑，那件畫出來的夜行衣成為他們的紅娘，成為他們相識、相知、相愛的開始……

（全文完）

國家圖書館出版品預行編目資料

凰的男臣. 6, 凰的夫王 / 張廉作. -- 初版. -- 臺北市 : 臺灣角川, 2016.09

面； 公分

ISBN 978-986-473-273-9(平裝)

857.7 105013598

Kadokawa Fantastic Novels DX

凰的男臣6（完）

凰的夫王

2016年9月22日　初版第1刷發行

作　　者：張廉
插　　畫：Ai×Kira

發 行 人：成田聖
總 編 輯：蔡佩芬
責任編輯：林秀儒
資深設計指導：黃珮君
美術設計：宋芳茹
印　　務：李明修（主任）、張加恩、黎宇凡、潘尚琪

發 行 所：台灣角川股份有限公司
地　　址：105台北市光復北路11巷44號5樓
電　　話：（02）2747-2433
傳　　真：（02）2747-2558
網　　址：http://www.kadokawa.com.tw
劃撥帳戶：台灣角川股份有限公司
劃撥帳號：19487412
法律顧問：寰瀛法律事務所
製　　版：尚騰印刷事業有限公司
ＩＳＢＮ：978-986-473-273-9

香港代理：香港角川有限公司
地　　址：香港新界葵涌興芳路223號新都會廣場第2座17樓 1701-02A室
電　　話：（852）3653-2888